Escribir en puertorriqueño

OBRA SELECTA

LUIS RAFAEL SÁNCHEZ

Escribir en puertorriqueño

OBRA SELECTA

Edición de Luce López-Baralt
y Aníbal González Pérez

Planeta

ÍNDICE

Un seguidor de Montaigne contempla el Caribe: ensayos y crónicas

El feroz riesgo del teatro

INTRODUCCIÓN

Luce López-Baralt y Aníbal González Pérez

Vida y carrera literaria

Luis Rafael Sánchez nace en Humacao, en la costa Este de Puerto Rico, en 1936, en el seno de una familia modesta. Su niñez tuvo el consuelo de la cultura popular, que le ofreció, como ha visto Carmen Vázquez Arce, algunas claves que habrían de marcar su futura obra literaria: la oralidad, la teatralidad y la música popular. De joven prestó su voz vibrante a las antiguas radionovelas, y más tarde se inició como actor del Teatro Rodante de la Universidad de Puerto Rico, vocación que perfeccionaría en el Actors' Studio de Nueva York. Andando los años fue catedrático en la Universidad de Puerto Rico, que lo distinguió a su retiro como Profesor Emérito.

Luis Rafael Sánchez comienza su carrera literaria como dramaturgo con *La espera y Los ángeles se han fatigado* (1960), *Sol trece, Interior* (1962) y *O casi el alma* (1966). Su teatro de ruptura se inicia con *La pasión según Antígona Pérez* (1970), una versión contemporánea del drama de Sófocles, y culmina con el *tour de force* de humor paródico de

Quíntuples (1985), una puesta en escena del gran teatro de la vida a partir de seis monólogos a cargo de una actriz y un actor, que terminan quitándose sus máscaras e incorporando al público al escenario. En 1966 se había iniciado en la narrativa con su libro de cuentos *En cuerpo de camisa*, que lo sitúa en la generación de escritores latinoamericanos que Ángel Rama llama «los novísimos» o «de los contestatarios del poder». Aquí ya emerge de lleno el escritor indócil que descarta la sátira moralizante para escribir, por primera vez, «en puertorriqueño». Una aureola de compasión baña sus personajes, que el narrador aborda con un humor antillano cómplice. Por primera vez el lenguaje fulgurante de Luis Rafael Sánchez se enseñorea con el protagonismo de la obra: ha nacido el inmenso escritor que universalizaría a su isla de origen.

Para los años setenta ya Luis Rafael Sánchez era un autor reconocido. Viaja extensamente por América Latina y Europa, estrena *La pasión según Antígona Pérez* en el Puerto Rico Travelling Theatre de Nueva York y participa como jurado del Premio Ricardo Miró del Instituto de Cultura en Panamá. En Puerto Rico inicia la serie de ensayos subtitulada *Escrito en puertorriqueño*, reflexión crítica sobre la realidad nacional, que vería la luz en el periódico *Claridad*. Sánchez colabora asiduamente en la prensa del país, convirtiéndose en la voz de la conciencia nacional. (Lo sigue haciendo hasta el día de hoy con crónicas cada vez más audaces). Reúne en libro muchos de sus ensayos y viñetas periodísticas, que también han hecho historia: *La guagua aérea* (1994) —que define a Puerto Rico como «una nación flotante entre dos puertos de contrabandear esperanzas»—;

No llores por nosotros, Puerto Rico (1997); *Devórame otra vez* (2004) y *Abecé indócil* (2013).

En 1976 Sánchez se estrena como novelista con la publicación de *La guaracha del Macho Camacho* en Ediciones de la Flor de Buenos Aires. Sánchez lleva aquí a su culminación las novedosas disidencias literarias de su primer libro de relatos, cargando la mano en el humor o relajo antillano y en la pirotecnia verbal de su lenguaje, que, una vez más, es el gran protagonista de la novela. Muy pronto se agotaron los ejemplares en las librerías de Buenos Aires y San Juan: lleva razón Arcadio Díaz Quiñones cuando afirma que *La guaracha* es el texto literario puertorriqueño más difundido en el siglo xx. La Flor ha publicado ya cerca de setenta mil ejemplares en sus diecinueve ediciones, pero hay otras: la de Argos Vergara en Barcelona (1982), la de Casa de las Américas en Cuba (1985) y la edición crítica de Díaz Quiñones para Cátedra en Madrid (2000). La novela ha sido traducida al inglés por Gregory Rabassa (1980), al portugués por Eliane Zagury (1981) y al francés por Dorita Nouhaud (1991).

Paralelamente a la escritura de *La guaracha del Macho Camacho*, Sánchez escribía otra novela titulada *Ritos clandestinos*, henchida de magia y de humor desacralizante, que lamentablemente no culminó y que consta como perdida. A partir de *La guaracha* publica dos novelas: *La importancia de llamarse Daniel Santos* (1988), en la que evoca de nuevo la música antillana, esta vez la del famoso bolerista puertorriqueño, y las *Indiscreciones de un perro gringo* (2007). Esta última obra resulta novedosa en el corpus literario del escritor puertorriqueño, ya que aquí hace dialogar la literatura fantástica con el realismo cibernético. El perro gringo Buddy es el testigo canino de los escarceos amorosos del presidente Bill Clinton con la becaria Monica Lewinsky, pero Sánchez no se queda en la anécdota sensacionalista, sino que lleva a cabo una poderosa recreación antillana de los experimentos metaficcionales del *Coloquio de los perros* (1613) de Cervantes, con el que dialoga de cerca.

Su texto más reciente, el ensayo lírico *El corazón frente al mar* (2022), constituye una declaración de amor al Viejo San Juan, el casco antiguo de la Capital de Puerto Rico. El autor se sirve de una línea de la célebre composición de Noel Estrada, «En mi Viejo San Juan», un himno nostálgico del puertorriqueño ausente de su querencia isleña. Difícil decir si esta evocación marina de la ciudad constituye una crónica o un ensayo poético/musical: lo cierto es que en este libro Luis Rafael Sánchez experimenta con otra voz literaria novedosa en el contexto de su obra.

Y sigue en ello, ya que al presente viene trabajando en sus nuevos libros: *Piel sospechosa,* que recogerá una veintena de ensayos sobre el prejuicio racial, tema que le ha interesado desde temprano; *Vida, nada me debes,* que incluye uno de sus textos cumbres, «La poética de lo soez», así como «El elogio de la radionovela» y «El elogio de la música popular». Por último, Sánchez también prepara sus *Textos canallas,* que incluirán ensayos de temas procaces y eróticos como la viñeta extraordinaria que ha titulado «Refúgiame en tu piel».

El enorme prestigio de Luis Rafael Sánchez lo ha hecho asimismo acreedor de honores internacionales: recibió una beca Guggenheim y un nombramiento como

Escritor Residente de la Academia de Artes y Ciencias de Berlín y del Woodrow Wilson Center for Scholars de Washington. Ha ocupado la Cátedra Julio Cortázar en Guadalajara, México; la Cátedra Carlos Fuentes en Veracruz y la cátedra de Profesor Distinguido en la City University of New York. Recibió, junto a Mario Vargas Llosa, un Doctorado *Honoris Causa* de la Universidad de Puerto Rico en 2006.

La editorial Cátedra llevó a cabo una edición crítica de la *Guaracha* a cargo de Arcadio Díaz Quiñones, que elevó la novela a rango de texto clásico. Son muchos los estudiosos que han dedicado libros y ensayos a explorar el fenómeno literario que constituye la obra de Sánchez: John Perivolaris, Efraín Barradas, Eliseo Colón, Gloria Waldman, Ela Birmingham-Pokorny, Carmen Vázquez Arce, Mercedes López-Baralt, entre tantos otros, como los que suscriben estas páginas introductorias. Congresos enteros se han dedicado a su obra: la Universidad de Puerto Rico (recinto de Arecibo) reunió a distinguidos estudiosos puertorriqueños e internacionales y el encuentro culminó en el volumen *A lomo de tigre: Homenaje a Luis Rafael Sánchez*.[1] El Departamento de Estudios Hispánicos de la Universidad de Puerto Rico le acaba de dedicar la Fiesta de la Lengua de 2023, de la que saldrán nuevos estudios sobre su obra, que por cierto sigue creciendo de manera irrestañable.

---

[1] Editado por William Mejías López, el volumen vio la luz en la Editorial de la Universidad de Puerto Rico, Río Piedras, en 2015.

Narrativa: Novela y cuento

La aparición de la obra de Luis Rafael Sánchez marcó un salto cualitativo importante en la literatura puertorriqueña, y fue con sobrada razón que el novelista Emilio Díaz Valcárcel emitió en 1969 su juicio entusiasta y preciso al llamar a Sánchez «el adelantado de una nueva generación» literaria. Para entender este juicio, conviene recordar que hacia finales de los años 1960 empiezan a debilitarse las visiones hispanofílicas de la identidad cultural puertorriqueña generadas por autores de la llamada «Generación del 1930» tras la invasión estadounidense de 1898, desde la ensayística de Antonio S. Pedreira a la narrativa social de Enrique Laguerre y Emilio S. Belaval. En las mismas se mitificaba de manera racializada la figura del «jíbaro» (campesino) puertorriqueño, viéndosele como una figura eurodescendiente (en realidad no pocos jíbaros eran mestizos o mulatos) que encarnaba la primacía y la continuidad de la lengua, los valores y las costumbres hispánicas de la isla. Igualmente perdió fuerza la versión modificada de esa visión, de corte existencialista, propuesta por René Marqués y sus compañeros de la «Generación del 1950» (José Luis González, Pedro Juan Soto y Emilio Díaz Valcárcel, entre otros), que representaba a los descendientes ya urbanizados de los jíbaros —y a los puertorriqueños en general— como seres trágicos y angustiados, víctimas irremediables del colonialismo «yanqui». A partir de la década de los 1960, aquellas concepciones de la identidad cultural puertorriqueña comenzaron a resultar poco útiles como instrumentos para el análisis crítico y la representación veraz de la cambiante realidad de la isla. Incluso podría argumentarse que tales ideas nunca habían servido ese propósito, ya que su función original había sido fundamentalmente defensiva; eran bastiones creados por los intelectuales de la élite criolla para protegerse, por una parte, de la penetración cultural estadounidense de la isla, y por otra, contra las fuerzas emergentes y rebeldes de la cultura popular del país.

Durante la misma década de los 1960, sin embargo, una serie de circunstancias alentaron el surgimiento de una visión más abarcadora y combativa de la cultura puertorriqueña. A nivel internacional fueron fundamentales sucesos políticos tales como la Revolución cubana, con su giro hacia el socialismo, la lucha por los derechos civiles de los negros en los Estados Unidos, las protestas contra la guerra de Vietnam y la resistencia al servicio militar obligatorio impuesto a los puertorriqueños por el gobierno estadounidense. En la esfera cultural, importa señalar el malestar expresado globalmente en la rebelión juvenil de aquellos años y el auge editorial de la ficción narrativa en el llamado *Boom* de la narrativa latinoamericana. En Puerto Rico ocurren cambios como la crisis de sucesión del 1967-1968, cuando el autonomista Partido Popular Democrático (PPD) pierde las elecciones por primera vez en veinte años frente al anexionista Partido Nuevo Progresista (PNP). A la vez, surgen tensiones entre la mayor movilidad social producida por las políticas de industrialización del PPD y el fracaso de esas políticas en establecer una sólida base económica para el desarrollo de la isla. Estos y otros factores fueron fomentando una profunda conciencia crítica en los intelectuales y artistas puertorriqueños, cuyas implicaciones abarcaban no solo la representación política sino la representación artística de la realidad nacional.

Sánchez opta por escribir «en puertorriqueño»[2] cuando se lanza a la aventura de traducir literariamente los complejísimos entresijos que conforman nuestra colectividad nacional. Coloca en un primer plano a los desposeídos, que estrenan en sus textos una «picaresca» a «camino intermedio entre la tragedia y la comedia», como propone en «La fatal melodía del azar». Con su verba incomparable, Sánchez eleva a categoría artística el idiolecto popular de estos marginados, urdiendo lo que él mismo ha llamado una «poética de lo soez».[3] Él mismo confiesa en *No llores por nosotros, Puerto Rico* que prefiere «combatir desde la trinchera de la marginalidad». Al leer su prosa una sonrisa compasiva asoma a nuestros labios, porque los caribeños nos reconocemos en las ambigüedades gozosas que revela la novedosa óptica literaria de Sánchez. Por su esencial puertorriqueñidad rebosante de vida y de verdad es precisamente que el arte literario de Luis Rafael Sánchez se ha internacionalizado: de la misma manera en que Cervantes emerge como un clásico universal desde los espacios prosaicos de La Mancha y Galdós desde un Madrid provinciano, Sánchez universaliza los fondos bajos urbanos de San Juan, que tan de cerca conoce.

---

[2] Nos referimos a la frase que usa Luis Rafael Sánchez para sus crónicas —«Escrito en puertorriqueño»— y la frase que a su vez usa Efraín Barradas como título de su libro: *Para leer en puertorriqueño: acercamiento a la obra de Luis Rafael Sánchez* (Río Piedras: Cultural, 1981).

[3] Sánchez ha leído este texto en diversas universidades de las Américas, pero ha decidido incluirlo en un próximo libro titulado *Vida, nada me debes.*

De carácter independiente y reacio a afiliarse a grupos o capillas, Luis Rafael Sánchez lideró la «Generación del 1970» en virtud de la fuerza y calidad de su obra y las ideas expresadas en ella, así como por su firme espíritu de solidaridad humana y su sentido del humor irreverente, el cual —paradójicamente— se nutre también de la ironía y el humorismo trágico del narrador «treintista» Emilio S. Belaval en sus *Cuentos para fomentar el turismo* (1946). En sus ficciones Sánchez aporta a la literatura puertorriqueña el refinamiento semiótico de la mejor narrativa contemporánea latinoamericana, el cual, unido a su ya mencionado humorismo desafiante, intensifica la perspectiva crítica de sus textos. Desde un punto de vista temático, parecería que en su obra Sánchez ha buscado renovar la visión «negrista» que veía la cultura de Puerto Rico como una predominantemente mestiza o mulata, planteada por el mayor poeta puertorriqueño del siglo XX, Luis Palés Matos (una figura disidente dentro de la «Generación del 1930»), ya que muchos de los personajes de Sánchez son afrodescendientes y exhiben abiertamente muchos de los juicios y prejuicios puertorriqueños en torno a las cuestiones de raza y de clase social. Ciertamente hay en la obra de Sánchez una disposición a confrontar problemas de discrimen racial y conflictos de clases que rara vez se manifestaba tan abiertamente en la narrativa y la ensayística puertorriqueña anterior. No obstante, en sus textos Sánchez se aparta de la visión más bien conciliadora de Palés Matos, moviéndose hacia una crítica de la noción misma de «cultura» y de su uso como base para un discurso sobre el devenir político y social de Puerto Rico. Luis Rafael Sánchez ha sido el primer autor puertorriqueño en situar la cuestión de la cultura dentro de la problemática de la representación tanto política como estética; en otras palabras, en entender que toda cultura es un modo de representación y que la cultura puertorriqueña se forja en medio de un campo de fuerzas en el cual, junto a la política y la economía, también actúan las metáforas y sistemas simbólicos utilizados para representarla y, en cierto sentido, crearla.

En *La guaracha del Macho Camacho*, el autor se sirve de la alegoría cortazariana del atasco automovilístico para reflexionar sobre nuestra realidad y algunos estudiosos piensan que el niño hidrocéfalo aplastado por un automóvil de lujo al final de la novela sirve de símil a la isla de Puerto Rico, «colonia sucesiva de dos imperios», como la denomina en su *Guaracha*. Sánchez lleva en esta novela hasta sus últimas consecuencias sus experimentos y rupturas verbales, y vuelve a elevar el lenguaje callejero procaz a categoría literaria. Estudiosos como Mercedes López-Baralt consideran, por su parte, que *La guaracha* también es una joya del neobarroco caribeño tal como lo concibe teóricamente el cubano Severo Sarduy. Los abundantes intertextos cultos comparten el espacio textual con intertextos de la cultura popular, siempre celebrada por Sánchez, y que van desde el bolero, la guaracha y la plena a la copla española y la zarzuela, pasando por los cómics, los cuentos de hadas, la poesía cursi, los anuncios publicitarios y los eslóganes políticos. Y no olvidemos el ritmo: como bien señala Marco Antonio de la Parra, «Hay libros que dejan emociones, otros, un personaje, otros una idea. Los de Luis Rafael Sánchez dejan ritmo». Esta cadencia verbal emparenta la novela con otras obras maestras de las cadencias antillanas como el *Tuntún de pasa y grifería* (1937) de Luis Palés Matos, el *Sóngoro cosongo* (1931) de Nicolás Guillén y *De donde son los cantantes* (1967) de Sarduy.

La guaracha del Macho Camacho también ofreció una nueva perspectiva ante la problemática de la cultura puertorriqueña al tomar como su punto de partida la teoría de los medios y de la información para realizar una lectura crítica, incluso paródica, de la visión de la cultura de Palés Matos. Junto con la novela naturalista *La charca* (1894) de Manuel Zeno Gandía, el mencionado libro de poemas afroantillanos de Palés Matos *Tuntún de pasa y grifería* es también otro de los numerosos clásicos literarios puertorriqueños que se reinscriben en clave paródica dentro del texto de Sánchez. Sin embargo, si en *Tuntún* Palés Matos presentaba una visión utópica y triunfalista de la cultura caribeña como la fusión armoniosa de distintas razas y culturas, *La guaracha*, con su visión polémica, representa la cultura puertorriqueña como una entidad sumamente fragmentada, desgarrada no por fuerzas naturales sino por luchas de clases, por la sociedad de consumo fomentada por los Estados Unidos y por la interferencia sistemática de los medios de comunicación masiva que forman parte de ella. El discurso narrativo de *La guaracha* abunda en imágenes derivadas del mundo de la radio y la televisión y una de sus metáforas clave es el propio concepto de «interferencia» o «estática» de la señal radial o televisiva. En la novela de Sánchez, la cultura puertorriqueña de la segunda mitad del siglo XX se nos presenta como una cacofonía de emisiones mediáticas, las cuales, como la «nieve» o estática de una pantalla de televisión, «congelan» la cultura puertorriqueña e impiden su desarro-

21

llo. La figura alegórica de la «Mulata-Antilla», que para Palés Matos simbolizaba la armonía subyacente de la cultura caribeña y puertorriqueña, reaparece en el texto de Sánchez encarnada en la figura tomada de la realidad histórica de la *vedette* Iris Chacón (n. 1950), cuyos ritmos frenéticos al danzar parecía que fueran a despedazarla como un molino de caña descontrolado. En vez del vitalismo de Palés Matos, para quien la fecundidad reproductiva de la Mulata-Antilla garantiza la continuidad de la existencia de la cultura caribeña, la novela de Sánchez se sitúa en un ambiente de crisis en el cual la reproducción se ve derrotada por la diseminación, el vitalismo es suplantado por la pulsión de muerte y la crítica se convierte en la última esperanza para fortalecer la cultura puertorriqueña. A pesar del pesimismo de *La guaracha*, Sánchez logra definir allí la problemática de la cultura en el Puerto Rico actual con claridad meridiana y pone en primer plano en su escritura, de manera contundente, la fuerza del habla popular puertorriqueña, creando una literatura plenamente vernácula. Más aún, su defensa de la literatura de ficción como el medio más crítico y radicalmente honesto de representación, pues no pretende hacerse pasar por la verdad, le abrió el camino a los demás autores puertorriqueños contemporáneos para poner en práctica con mayor fuerza y libertad el análisis de la cultura puertorriqueña. Sin la presencia y la obra sostenida de Luis Rafael Sánchez sería imposible entender el auge de la narrativa puertorriqueña de las últimas dos décadas del siglo XX y la transición al siglo XXI, que ha encontrado en los textos de Sánchez el lenguaje y los medios para representar con exactitud la crisis colonial de Puerto Rico, desde Rosario Ferré, Manuel

Ramos Otero, Edgardo Rodríguez Juliá y Ana Lydia Vega hasta Rafael Acevedo, Pedro Cabiya, Francisco Font Acevedo, Sergio Gutiérrez, Luis Negrón, Manolo Núñez y Mayra Santos-Febres.

Importa señalar, además, que si bien el estilo y el manejo del discurso narrativo en Luis Rafael Sánchez le debe mucho a la libertad creadora y la energía renovada que trajeron a la novela los autores del *Boom* latinoamericano (es sabido que además de leerlos con sagacidad, a Sánchez le unieron lazos de amistad y mutua admiración con Carlos Fuentes, Gabriel García Márquez y Mario Vargas Llosa), este se sitúa más propiamente dentro de la narrativa producida por figuras que van surgiendo a la sombra del *Boom* durante los años 1970 y que a lo largo de los 1980 y 1990 van ganando reconocimiento. La crítica literaria, con más intención pedagógica que imaginación, ha bautizado a este grupo como el «pos*boom*». El mismo, que también incluye los nombres prominentes de Reynaldo Arenas, Alfredo Bryce Echenique, Elena Poniatowska, Manuel Puig, Severo Sarduy, Luisa Valenzuela y Pedro Vergés, entre muchos otros, se aparta del modelo de la «novela total» del *Boom* y se sitúa en los territorios movedizos entre la ficción y la no-ficción, conjugando literatura y periodismo, produciendo narrativa testimonial y sentimental, incorporando la cultura popular y los medios masivos, e incidiendo en modalidades autoconscientes y autocríticas, tales como «posficción» y la «autoficción».

Como si advirtiera cuál es realmente el centro de gravedad de su arte literario, Sánchez lleva a sus últimas consecuencias la prosa relampagueante que estrenó en *En cuerpo de camisa* y que culminó en la *Guaracha del Macho Camacho*. Rosario Ferré ya había intuido que estos experimentos verbales en 1977 eran centrales a su arte: «... el lenguaje [...] se le rebela al propio autor y comienza a dictarnos su propia novela».[4] El lenguaje henchido de imágenes de una originalidad febril es, en efecto, el protagonista por excelencia de todas las obras de nuestro autor, pero sobre todo de su narrativa. Mercedes López-Baralt denomina «poesía encubierta»[5] pasajes delicadamente líricos como: «Hay nombres que saben a pretérito apenas enunciarse. Y otros que el alma transforma en lunares secretos, al margen de la ausencia y la distancia». San Juan, por su parte, es para el autor una ciudad «donde la luz diluvia», y de tal manera diluvia esta «portentosa luz del Caribe [que] merece la distinción de patrimonio de la humanidad».

Esta novedosa imaginería literaria de Sánchez suele estar traspasada por el humor antillano que en Cuba llaman choteo y en Puerto Rico relajo o guachafita. Nuestro peculiar humor caribeño insiste en ver el mundo sin peligros ni precipicios; ajeno a la ironía y al humor corrosivo, es una forma de liberación, pues quien tira a relajo las cosas serias queda protegido «de toda tensión interna», como apunta Jorge Portilla.[6]

---

[4] Reseña de *La guaracha del Macho Camacho*, *El Nuevo Día*, 15 de enero de 1977.

[5] *Cf.* «La poesía encubierta de Luis Rafael Sánchez», conferencia magistral (Fiesta de la Lengua dedicada a Luis Rafael Sánchez, 24 de abril de 2023).

[6] *La fenomenología del relajo* (México: Fondo de Cultura Económica, 1966, p. 87).

Jorge Mañach,[7] por su parte, admite que el *choteo* se rebela contra la autoridad del sentimiento y actúa como descongestionador espiritual. En su dimensión de burla crónica —gran subterfugio de los oprimidos— el *relajo* antillano nos ha servido de válvula de escape para resistir presiones políticas, económicas y vitales demasiado gravosas. El mexicano Cantinflas, con su derrame de palabras sin sentido y su expresividad de gran mimo, representa este peculiar humor a la defensiva, que también reconocemos en Cabrera Infante, Severo Sarduy y Gabriel García Márquez (una guerra civil en la que participa Mambrú no puede ser del todo trágica). «Industria nacional la guachafita» afirma por su parte Luis Rafael Sánchez en su *Guaracha del Macho Camacho*. En *El corazón frente al mar* insiste en su inveterado credo literario: «el contento y el relajo tienen la potestad de mandar al agobio al carajo durante cuatro días». Frases e imágenes centelleantes ilustran la teoría del relajo escamoteador de Sánchez y puntean constantemente su obra: las víctimas furiosas de un tapón de automóviles producen una inesperada «libra de carajos lanzada contra el embreado». El autor homenajea burlonamente en su *Guaracha* el tapón de «La Autopista del Sur» de Cortázar, que no duda en tirar a su vez a broma. En su prosa tiñe una y otra vez el erotismo del mismo humor festivo y equívoco: pontifica que los atributos físicos de la China Hereje de *La Guaracha* «se cotizan alto en la tupida oscuridad de las braguetas». Ya en «Refúgiame en tu piel» Sánchez nos ofrece una visión inesperadamente procaz del sexo masculino: «raro suplemento cilíndrico,

---

[7] *Indagación del choteo*, segunda ed. (Cuba: La Verónica, 1940).

emergente de la posta de carne». «Tiene la noche una raíz» (*En cuerpo de camisa*) ya anticipaba esa lubricidad resbalosa. El narrador pondera allí que «Cuco estrenó una sonrisa de demonio Junior»[8] mientras describe la expresión ambivalente del nene que entra a destiempo en un prostíbulo porque había oído que allí daban algo «divino». Y termina mecido tiernamente en un sillón por una prostituta compasiva.

Este humor escurridizo sirve a su vez al narrador para denunciar las pequeñeces estériles de la burguesía puertorriqueña. El senador Vicente Reinosa, usualmente afectado y altisonante, se debate «trágicamente» después de recibir un rechazo erótico de su mujer:

> Molesto, despreciado, voy a la nevera, restallo la puerta de la nevera, bebo un vaso de leche, como un trozo de bizcocho Sara Lee, no. No voy a despertar a la sirvienta, no soy un canalla, soy un señor: me atrevo o no me atrevo: Hamlet con la calavera, yo con el trozo de bizcocho de Sara Lee, me atrevo o no…

Tan incisiva es esta guachafita burbujeante que tiñe de fiesta hasta el mismísimo arte literario de Luis Rafael Sánchez: «… Benny, lo han visto y lo han oído, es un personaje unidimensional». Los críticos literarios tampoco nos salvamos del «relajo» del autor: «O sea que si los viejos: técnica de disco rayado, ñapa para los críticos y reseñistas».

Más complejas resultan las escenas en las que toma a broma lo triste y lo hórrido. El autor se escuda —y nos escuda a

---

[8] «Tiene la noche una raíz», p. 25.

los lectores— contra el dolor, representado por el personaje más patético de la *Guaracha*, el niño hidrocéfalo. Al reírnos del Nene nos insensibilizamos ante su tragedia, pero no hacemos otra cosa que reírnos compasivamente de nosotros mismos. El autor tira a *relajo* el vómito de la patética criatura:

> El Nene mordía la cabeza del lagartijo hasta que el rabo descansaba la guardia, el mismo rabo que trampado en la garganta convidaba al vómito. La Madre y Doña Chon miraron el vómito: archipiélago de miserias, islas sanguinolentas, collares de vómito, vómito como caldo de sopa china, espesos cristales, sopa china de huevo, convención de todos los amarillos en el vómito, amarillos tatuados por jugos de china, amarillos soliviantados por la transparencia sucia de la baba, cristales espesos por granos de arroz: un vómito como Dios manda.

Este humor escamoteador parecería irresponsable, pero es muro de defensa de los desposeídos de otras armas para transformar la realidad. La «saga nacional de la guachafita puertorriqueña»[9] de Luis Rafael Sánchez nos coloca lejos de la negra seriedad de los esperpentos de Valle-Inclán, del ingenio amargo de Quevedo o de la broma articulada de Manzoni cuando nos convoca a protegernos de la amargura

---

[9] *Cf.* L. López-Baralt, «*La Guaracha del Macho Camacho*, saga nacional de la guachafita puertorriqueña» (*Revista Iberoamericana*, vols. 130-131, 1985, pp. 102 y 123), y «El humor caribeño de Luis Rafael Sánchez» (en *Carta de batalla por las letras hispánicas. De Juan Ruiz a Luis Rafael Sánchez*, México: Siglo XXI Editores, 2021, pp. 428-451).

a través de la risa. Haciendo gala de su carta de ciudadanía caribeña, nuestro autor esgrime el relajo patrio como una bandera identitaria gozosa llena de una saludable estima propia cultural.

Además de situar su obra en el amplio contexto latinoamericano, conviene destacar los vínculos de Luis Rafael Sánchez con su entorno caribeño. Sánchez se adhiere a una visión radicalmente pan-caribeña de la cultura de Puerto Rico que se remonta hasta el siglo xix con figuras como el prócer independentista puertorriqueño Ramón Emeterio Betances. La misma se prolonga a principios del siglo xx en Palés Matos y su poesía afroantillana y se renueva con el narrador y ensayista José Luis González en su obra *El país de cuatro pisos* (1980), donde insta a que los puertorriqueños aprendan no solo inglés, sino francés y el criollo haitiano para que, en una acción descolonizadora, se vinculen más con sus vecinos de las Antillas.

Hay un consistente diálogo pan-caribeño en los textos de Luis Rafael Sánchez con otros autores caribeños de su generación y de generaciones anteriores, así como de otras lenguas del Caribe. El mismo se manifiesta desde referencias en sus ensayos y crónicas a figuras antillanas tales como Aimé Césaire (Martinica) y Derek Walcott (St. Lucia), hasta intercambios más profundos, basados en intereses comunes en los juegos con el idioma, la cultura de masas, el humorismo y la música popular, con el cubano Guillermo Cabrera Infante (de la generación del *Boom*) y los dominicanos Marcio Veloz Maggiolo y Pedro Vergés. El antillanismo de Sánchez también se hace visible en dos obras clave: la obra teatral *La pasión según Antígona Pérez*, pieza canónica del teatro puertorriqueño cuya acción se sitúa en un apócrifo país caribeño modelado sobre la República Dominicana bajo la dictadura de Trujillo, y en su novela *La importancia de llamarse Daniel Santos*, basada en la vida del bolerista y guarachero puertorriqueño cuya carrera lo llevó por muchos países de la cuenca del Caribe (Colombia, Cuba, Panamá, Venezuela) así como del continente suramericano (Ecuador, Perú).

Ensayos y crónicas

Quizá sea justamente en sus crónicas periodísticas donde se encuentran algunas de las expresiones más explícitas y directas de la pasión caribeña de Luis Rafael Sánchez. En crónicas como «Las señas del Caribe», reflexionando sobre la narrativa del cubano Alejo Carpentier, la poesía del dominicano Pedro Mir y la del puertorriqueño Luis Palés Matos, Sánchez aventura una fórmula sintética y poética de la identidad caribeña: «el son, la prietura y la errancia definen el Caribe… ¡entrañable la una, unitaria la otra y la tercera amarga!».

De primera intención, poco parecería haber de «periodístico» en la obra de Luis Rafael Sánchez, cuyo estilo se caracteriza por la invención poética y por un lenguaje trabajado que, aunque arraigado en lo popular, se aleja de la transparencia y el «nivel medio» que habitualmente se le aconsejan a quien escribe para la prensa periódica. Además, ya es legendario el perfeccionismo de Sánchez, su cautela, su renuencia a publicar lo que no satisface su criterio de artista exigente consigo mismo. Sin embargo, desde mediados de los 1980 este gran narrador que publica sus novelas a intervalos de décadas, este gran dramaturgo que estrena sus piezas a intervalos que fluctúan entre uno y dos lustros, ha venido publicando en el rotativo puertorriqueño *El Nuevo Día* series de columnas en las cuales comenta sobre acontecimientos recientes de dominio público o sobre cualquier otro asunto que suscita su interés (anteriormente, en los años setenta y ochenta, había publicado algunos artículos en el desaparecido diario *El Mundo* y, como ya indicamos, en el semanario socialista *Claridad*). Más aún, y como ya hemos señalado, Sánchez ha venido recogiendo y publicando sus textos periodísticos en forma de libros: *La guagua aérea, No llores por nosotros, Puerto Rico, Devórame otra vez* y *Abecé indócil*.

A partir de los años 1960, al disfrutar de mayor libertad y autoridad, con una voz más fuerte en el periodismo y los medios masivos, y al ocupar un sitial mucho menos marginado en sus sociedades, los escritores latinoamericanos fueron sintiendo cada vez más intensamente el peso y las responsabilidades que conllevaba su prestigio. En Puerto Rico, Luis Rafael Sánchez tampoco estuvo ajeno a esas presiones. El éxito sin precedentes de *La guaracha del Macho Camacho* significó también para Sánchez la confrontación con los reclamos que las sociedades le suelen hacer a quienes logran representarlas certeramente: nuestro autor no sólo tuvo que lidiar con las trampas de la fama, sino además con la exigencia de que se convirtiese de disidente en dirigente, de crítico en consejero, y más aún, en vista de la perenne situación colonial de Puerto Rico, de que se tornase en una suerte de embajador sin cartera de un país sin embajadas.

30

Es evidente que aquellas múltiples exigencias dejaron una clara huella en su oficio de cronista. Uno de los hilos conductores que le brinda unidad a sus crónicas, pese a su patente diversidad temática, es el proceso mediante el cual en ellas Luis Rafael Sánchez se va autodefiniendo y autoexaminando en la función no siempre cómoda de liderazgo que le ha tocado cumplir dentro del panorama de las letras puertorriqueñas.

Ese proceso de autoexamen comienza a partir de la publicación de *La guagua aérea*. Como las demás obras de Sánchez, este es un texto cuidadosamente estructurado y no una mera colección de crónicas recogidas al azar. Sánchez recoge en ese libro veinticuatro crónicas y cinco entrevistas hechas a él, hilvanándolas mediante la metáfora del viaje. El viaje aquí no es sólo metáfora de la crónica como género, sino que es también metáfora para la trayectoria vital y profesional del ensayista: en estos textos vemos a un Luis Rafael Sánchez convertido ya en escritor consagrado, codeándose con los grandes autores hispanoamericanos de su tiempo, lidiando con su fama y con las responsabilidades que ella conlleva. Al literalizar la metáfora del viaje, Sánchez pone al desnudo en su libro la naturaleza de la crónica y del ensayo como procesos, pero también desbarata la impersonalidad u objetividad autoritaria que ha sido típica del ensayo moderno. En cambio, las crónicas de Sánchez, como las de los modernistas hispanoamericanos de hace más de un siglo, despojan al autor de su invisibilidad cuasi-divina para tornarlo visible y palpable en su humanidad. El título de *La guagua aérea* condensa la imagen de esta distinta situación del autor: si el adjetivo *aérea* connota los poderes aparentemente sobrenaturales de la literatura, el humilde sustantivo al que se aplica, *guagua*, locución caribeña por *autobús*, connota el carácter compartido y decididamente humano de la literatura en esta nueva etapa de su historia. Es a partir de esa perspectiva que Luis Rafael Sánchez transforma en sus crónicas la escritura de oficio solitario en oficio *solidario*.

Teatro

La humanización de la figura autorial en las crónicas de Luis Rafael Sánchez nos conduce de vuelta a sus orígenes como escritor y al género mediante el cual hizo su entrada en la literatura: el teatro. Género clave para la totalidad de su obra, el teatro en Sánchez aparece firmemente entrelazado con el cuerpo y su presencia, así como con una ineludible función social que Sánchez logra armonizar con su apertura a experimentos formales. Su producción teatral pasa por tres etapas, atravesadas estas a su vez por la dualidad entre el drama y la farsa: en la primera, el realismo poético y el existencialismo predominan en las piezas dramáticas *La espera* (1958), *Los ángeles se han fatigado* (1960) y *La hiel nuestra de cada día* (1962), mientras que la farsa y la evocación de la *commedia dell'arte* figuran abiertamente en *Farsa del amor compradito* (1960); en la segunda, la tragedia clásica y la intencionalidad política del «teatro épico» de Brecht configuran *La pasión según Antígona Pérez* y el teatro del absurdo establece la tónica de *Parábola del andarín* (estrenada en 1979; aún inédita); la tercera etapa estaría representada por

Quíntuples, en la cual la dualidad drama-farsa se sintetiza magistralmente a través del recurso del metateatro, el «teatro sobre el teatro». Esta última obra, la más celebrada por su palpitante actualidad y acaso la más próxima a los hallazgos literarios desacralizadores que han marcado la prosa narrativa de Sánchez, regresó a las tablas con gran éxito en 2022 con Joaquín Jarque y Jackeline Duprey como actores principales.

La obra letrada de Luis Rafael Sánchez —dramaturgo, novelista, cuentista y cronista sin par— ha sido, como dejamos dicho, embajada errante de una nación sin embajadas. Figura por antonomasia de nuestras letras, Sánchez ha ejercido una función aglutinadora para su país gracias a su prodigiosa letra viva. Imposible entender a Roma sin Virgilio, a Italia sin Dante, a España sin Cervantes, a Argentina sin Borges. Igualmente es imposible entender al Puerto Rico contemporáneo sin Luis Rafael Sánchez. Las culturas constituidas siempre descansan sobre los hombros de sus grandes artistas.

Precisamente en su antillanía pujante radica la formidable ruptura literaria que ha hecho célebre su obra. Nuestro escritor deja atrás la sátira unidimensional de las generaciones previas y esgrime su gozosa caribeñidad literaria, «blanda y chorreosa» como un verso de Luis Palés Matos, como carta de batalla contra las injusticias irredentas de su sociedad y de su siglo, que nunca duda en denunciar. Carlos Fuentes celebra el triunfo de su arte literario exaltándolo como «el príncipe de las letras puertorriqueñas»; el poeta Hugo Gutiérrez lo hermana con clásicos como Cervantes, Valle-Inclán, Galdós y Carpentier, mientras que Alfredo

Bryce Echenique lo considera «uno de los escritores más grandes de la actual literatura en lengua española». Juan Luis Cebrián, por su parte, se sirve de la *Guaracha del Macho Camacho* para sus denuncias políticas en *El País*,[10] asumiendo que los lectores españoles sabrán decodificar la alusión a la novela puertorriqueña. No cabe duda de que Luis Rafael Sánchez ha puesto a dialogar a Puerto Rico con el mundo letrado a nivel global.

Hay autores que pertenecen a la literatura, y otros, más prescindibles, a la historia de la literatura. Luis Rafael Sánchez es de los pocos que entra de lleno en los dos listados: el de aquellos cuya obra cambia el rumbo de la literatura al uso, como Garcilaso, Shakespeare, Cervantes, Balzac, Borges y García Márquez. El proyecto literario novedoso de sus textos, lleno de rupturas artísticas y de un novedoso regocijo antillano, implica un antes y un después en las letras puertorriqueñas. Sánchez las ha renovado profundamente al hacer la biografía letrada de su país y ha polinizado de manera decisiva las nuevas generaciones de escritores puertorriqueños y latinoamericanos.

Luis Rafael Sánchez ha logrado el prodigio de escribir textos tristes que se leen con alegría. No hay mejor manera de decirlo: nos ha enseñado a todos a leer «en puertorriqueño».

Luce López-Baralt
Aníbal González

---

[10] *Opinión*, 8 de diciembre de 2019.

Cuentos en cuerpo de camisa

QUE SABE A PARAÍSO
[1966]

Era lenta la danza, lenta la entrada al paraíso. Se había tendido boca arriba para gozar la desaparición de la luz, las manos bajo la nuca, sueltas del cuerpo las piernas. Pero la luz no se marchaba, seguía intacta en su vulgar cielo de vigas, solemne de lenta en la danza a que la obligaba el viento que subía de La Marina. La cabeza, fascinada por el despacioso movimiento, ejecutaba también un mínimo de vaivén, vaivén que achinaba los ojos y traía el querido mareo que anticipaba el desembarco del placer. Aunque esta vez, la milésima en una larga aritmética de jeringuillas, el mate divino se hacía esperar.

Una hora atrás, al ver a Pescaíto doblar la esquina de Luna y Cruz, sintió que libraba la tarde. Había echado la mañana trabajando la combinación pero la última redada tenía en chirola a media humanidad y los focos de siempre se veían desiertos, sin nadie animado a contestar la pregunta de unos ojos sin brillo en los que la yerba dulzona, la tecata sabrosa y la puya salvadora habían levantado su altar de tristeza. Al mediodía, la picazón correteaba por las venas, arrastraba el temblor. Tuvo que recostarse de la pared próxima y esperar de la calle una esperanza. La calle le trajo a Pescaíto, viejo panita que corroboró la esperanza con un titular de a ocho columnas —*la tengo man, la tengo*—. Ahora, tendido boca arriba en el cuarto de Delia, esperando la entrada al paraíso, recordaba el alarde de Pescaíto —*víveme, ricamente elevado, víveme, víveme*— y recordaba el impulso de su cuerpo lanzado hacia adelante en un desesperado intento por quitarle el pasaje que lo llevaría al paraíso. Las imágenes huían, rápidas, como páginas enloquecidas de un álbum neurótico: Pescaíto en su alarde —*víveme, víveme, víveme*—, su cuerpo lanzado hacia adelante, la picazón dibujando la necesidad de la puya, la risa de Pescaíto subiendo a la par que su fiebre, el chillido intermitente de su garganta, el puño levantado al oír el precio, el precio otra vez, el precio siempre, como si el recuerdo embotara las otras imágenes, hasta que el cuerpo dio la vuelta quedando la cabeza entre los brazos, los ojos de espaldas a la danza solemne, el recuerdo del precio hecho pedazos.

La mano de Delia le trajo el consuelo callado. Delia estaba allí ahora, como estaba siempre para él. Delia estaba siempre con la miel en los ojos, sometida a su voluntad como animalucho viejo, conformado su deseo con los ronquidos que seguían a la postración. Delia volvió el cuerpo flaco hacia ella para acunar apretadamente la cabeza. El abrazo tenía agradecimiento. El abrazo tenía piedad. La mirada se volvió otra vez a la danza de la luz, que no era ya solemne, luz que se abismaba desde su vulgar cielo de vigas en entrega desfachatada a las paredes, que se escurría por las paredes, que se convertía en multitud de islas resplandecientes, luz que transformó la antigua y solemne danza en incontenible frenesí. La sangre, hechizada, culebreaba en las venas, la picazón arrebataba la tranquilidad, los ojos boqueaban. Rápida la danza, rápida la entrada al paraíso.

Hora y media atrás, al ver a Pescaíto doblar la esquina de Luna y Cruz sintió que libraba la tarde. Pescaíto la tenía arriba, bastaba con mirar el contentamiento de sus ojos para saberlo. No hacía falta que sacudiera el esqueleto y dijera —*la tengo man, la tengo, víveme*—, ni era necesario el resoplido constante, seña entendida para comunicar el encampanamiento. Bastaba con mirarle los ojos. Pardos, espejos crecidos que guarecían los mil cuerpos que tiene el placer, atolondrados. La risa habitaba aquellos ojos resbalosos que desnudaban la más celada intimidad. Los ojos de Pescaíto fueron los que clamaron el precio increíble por la puya saciadora, los que exigieron a la garganta que aventurara la palabra, palabra que se quedó en el aire, equilibrando sobre la mirada que Pescaíto enviara, mirada que él sostuviera desde los suyos, incrédulos. La palabra era Delia.

Delia estaba en el paraíso. Y Chino, el que lo iniciara en el sabor, y Pescaíto y Manolín y Bienve y Nicolás Gutiérrez. Y estaban como la primera vez, como si no fuesen muchos los años pasados. Y estaban las camareras del avión que lo llevó a Nueva York cuando se fue al vacilón del Barrio, y estaba el avión con su cola recogida como pájaro pudoroso y estaba el mar, aunque quedado en la puerta para no interrumpir con su oleaje la feliz reunión de tanta gente. Y estaba el reloj que empeñara el año pasado y el transistor que Delia le regalara para su cumpleaños y los mocasines que Delia le trajera una tarde fea y gris, los mismos que en seguida vendió a Chu Cabuya. Y estaba Chu Cabuya con el tajo impresionante que le hospedaba media cara.

Y el decreto de la felicidad total se cumplía cabalmente, sin que por un momento palideciera, ni siquiera cuando Bienve empezó a besar los hombros de Delia, ni siquiera cuando Chino empezó a besar las manos de Delia, ni siquiera cuando Manolín empezó a besar los muslos de Delia, ni siquiera cuando Nicolás Gutiérrez empezó a besar las piernas de Delia, ni siquiera cuando Pescaíto empezó el derrumbamiento de Delia para efectuar la posesión absoluta. Era felicidad la orden, felicidad lo que emanaba de los cuerpos, felicidad la visita al paraíso.

Delia miraba la silueta, corrientazo sobre la oscuridad forzada de las cinco de la tarde. Pescaíto avanzaba a vestirse. Delia miraba la silueta desde el piso de su crucifixión, negados sus ojos a ver otra cosa que no fuera la silueta, imponiendo a sus ojos una voluntad recia, escrutadora de cada gesto, de cada mueca estrellándose contra la pared. La silueta era toda para ella, como había sido ella toda para el hombre que ahora le decía adiós.

Dos horas atrás, Pescaíto pronunció la palabra. La palabra era Delia. El puño no aterrizó en la cara de Pescaíto porque había agotado la reserva de fuerzas en la espera de la puya santa pero quedó levantado, como protesta muda, testigo del esfuerzo por romper la boca que ensuciara el nombre, puño que al alarde vicioso y tentador, *la tengo man, la tengo*, se fue transformando en mano amiga, mano que abrazó la espalda de Pescaíto en una aceptación de lo exigido, mano que inició el paso de los dos cuerpos en la tarde naciente y prometida. Delia dijo que sí, mordida de agruras, y sus oídos echaron rápido la llave para no percibir los tanteos de la jeringuilla ni el resoplido constante que anunciaba el encampanamiento. Ahora lo veía en el suelo, las manos bajo la nuca, sueltas del cuerpo las piernas, invitando con el vaivén de la cabeza al querido marco que anticipaba el desembarco del placer, ahora veía a Pescaíto amontonado en una esquina en la espera del pago de la deuda, ahora se veía a ella misma abrazándolo con agradecimiento y piedad, ahora se veía a ella misma sonriendo a la sonrisa de él, ahora lo sentía, lo sabía, lo quería viviendo el paraíso. Y al ver en el rostro de su hombre la inundación de la alegría, no pudo evitar un suspiro de hembra liberada. Porque él consagraba al letargo la intensidad de un loco amante, sin atadura con la realidad fea de Pescaíto y ella y el cuarto y el precio pagado por la puya, pleno de borrachera infinita. ¡Ella le regalaba ese mundo con solo gemir un deleite! Y el gemido era un idioma que naciera de pronto para iniciar nuevas conversaciones. Ella para Pescaíto, Pescaíto para él, él para su paraíso, en un triángulo irrompible con resumen de eternidad. ¡Dadivosa con su carne! ¡Dadivosa como la madre tierra!

Fue el grito de la mano como un puñal enorme que se apeara del viento. Pescaíto detuvo su prisa. El sol de la hora, sumado a la luz de la bombilla, partía el cuarto en dos colores, quedando la mujer apresada en la opacidad, como un celaje de penumbra, como un misterio que apareciera y desapareciera para encantar, igual que la puya, que la mota, que la yerba. Pescaíto veía a Delia inmersa en la tibieza de la media luz, veía a la mujer tendiendo los brazos en súplica de regresos y se dejó invitar. Pero Delia habló de alquilar otras horas, otras tardes, otras jornadas de entrecortado aliento, mediante la entrega, otras horas, otras tardes, del impulso que diera vuelo al hombre en el piso, savia de paraíso para ofrendar al dios de las venas, puya prudentísima, puya venerable, puya laudable, puya poderosa, puya honorable, puya de insigne devoción, puya que ampara y protege. Los ojos resbalosos que desnudaban la más celada intimidad, asintieron. Y con ellos, Pescaíto todo. Una ráfaga de sol se llevó al hombre por las calles.

Delia ya no estaba. Ni Chino, ni Pescaíto, ni Manolín, ni Bienve, ni Nicolás Gutiérrez. Un dolor fuerte quedaba en la cabeza junto al querido mareo que anunciaba la partida del placer. Sacó las manos de bajo la nuca para frotarse las sienes. La saliva se le hacía tiza, del estómago le enviaban una fatal biliosidad. La luz, intacta en su vulgar cielo de vigas, empañaba el aire pobre que subía de La Marina y el cuarto se hacía espeso, claridad y aire mezclados. Quiso apagar la luz porque aún era de día pero la noche venida supo contestarle. Se recostó de la pared próxima a esperar que el piso se detuviera. Desde allí vio a Delia. Delia estaba allí ahora, como estaba allí siempre. Delia atravesó el cuarto y fue a arrodillarse junto a él, sembradas las manos por el pecho, como una deidad que iniciara el sacrificio. No entendía el ceremonial. Ni entendía la invasión de la sonrisa por todo lo que fuera Delia; ojos, traje, pecho, cabeza, piernas de Delia. Ni entendía la ascensión de Delia por sobre su cuerpo, mientras rezaba transportada: ¡mañana estarás conmigo en el paraíso!

TIENE LA NOCHE UNA RAÍZ
[1966]

A Mariano Feliciano

A las siete el dindón. Las tres beatísimas, con unos cuantos pecados a cuestas, marcharon a la iglesia a rezongar el ave nocturnal. Iban de prisita, todavía el séptimo dindón agobiando, con la sana esperanza de acabar de prisita el rosario para regresar al beaterío y echar, ¡ya libres de pecados!, el ojo por las rendijas y saber quién alquilaba esa noche el colchón de la Gurdelia. ¡La Gurdelia Grifitos nombrada! ¡La vergüenza de los vergonzosos, el pecado del pueblo todo!

Gurdelia Grifitos, el escote y el ombligo de manos, al oír el séptimo dindón, se paró detrás del antepecho con su lindo abanico de nácar, tris-tras-tris-tras, y empezó a anunciar la mercancía. En el pueblo el negocio era breve. Uno que otro majadero cosechando los treinta, algún viejo verdérrimo o un tipitejo quinceañero debutante. Total, ocho o diez pesos por semana que, sacando los tres del cuarto, los dos de la fiambrera y los dos para polvos, meivelines y lipstis, se venían a quedar en la dichosa porquería que sepultaba en una alcancía hambrienta.

Gurdelia no era hermosa. Un murallita de dientes le combinaba con los ojos saltones y asustados que tenía, ¡menos mal!, en el sitio en que todos tenemos los ojos. Su nariguda nariz era suma de muchas narices que podían ser suyas o prestadas. Pero lo que redondeaba su encanto de negrita bullanguera era el buen par de metáforas —princesas cautivas de un sostén cuarenticinco— que encaramaba en el antepecho y que le hacían un suculento antecedente. Por eso, a las siete, las mujeres decentes y cotidianas, oscurecían sus balcones y solo quedaba, como anuncio luminoso, el foco de la Gurdelia.

Gurdelia se recostaba del antepecho y esperaba. No era a las siete ni a las ocho que venían sino más tarde. Por eso aquel toc único en su persiana la asombró. El gato de la vecina, pensó. El gato maullero encargado de asustarla. Desde su llegada había empezado la cuestión. Mariposas negras prendidas con un alfiler, cruces de fósforos sobre el antepecho, el miau en staccato, hechizos, maldiciones y fufús, desde la noche de tormenta en que llegó al pueblo. Pero ella era valiente. Ni la asustaba eso, ni las sartas de insultos en la madrugada, ni las piedras en el techo. Así que cuando el toc se hizo de nuevo agarró la escoba, se echó un coño a la boca y abrió la puerta de sopetón. Y al abrir:

—Soy yo, doñita, soy yo que vengo a entrar. Míreme la mano apretá. Es un medio peso afisiao. Míreme el puño, doñita. Le pago este ahora y después cada sábado le lavo el atrio al cura y medio y medio y medio hasta pagar los dos que dicen que vale.

La jeringonza terminó en la sala ante el asombro de la Grifitos, que no veía con buenos ojos que un muchachito se le metiera en la casa. No por ella, que no comía niños, sino por los vecinos. Un muchachito allí afilaba las piedras y alimentaba las lenguas. Luego, un muchachito bien chito, ni siquiera tirando a mocetón, un muchachito con gorra azul llamado…

—¿Cómo te llamas?

—Cuco.

Un muchachito llamado Cuco, que se quitó la gorra azul y se dejó al aire el cholo pelón.

—¿Qué hace aquí?

—Vine con este medio peso, doñita.

—Yo no vendo dulce.

—Yo no quiero dulce, doñita.

—Pues yo no tengo ná.

—Ay sí, doñita. Dicen los que han venío que… Cosa que yo no voy a decir pero dicen cosas tan devinas que yo he mancao este medio peso porque tengo gana del amor que dicen que usté vende.

—¿Quién dice?

Gurdelia puso cara de vecina y se llevó las manos a la cintura como cualquier señora honrada que pregunta lo que le gusta a su capricho.

—Yo oí que mi pai se lo decía a un compai, doñita. Que era devino. Que él venía de cuando en ves porque era devino, bien devino, tan devino que él pensaba golver.

—¿Y qué era lo devino?

—Yo no sé pero devino, doñita.

Gurdelia Grifitos, lengüetera, bembetera, solariega, güíchara registrada, lavá y tendía en tó el pueblo, bocona y puntillosa, como que no encontraba por dónde agarrar el muerto. Abría los ojos, los cerraba, se daba tris-tras en las metáforas pero solo lograba decir: ay Virgen, ay Virgen. Gurdelia Grifitos, loba vieja en los menesteres de vender amor, como que no encontraba por dónde desenredar el enredo, porque era la primera vez en su perra vida que se veía requerida por un… por un… ¡Dios Santo! Era desenvuelta, cosa que en su caso venía como anillo, argumentosa, pico de oro, en fin, ¡águila! Pero de pronto el muchachito Cuco la había callado. Precisamente por ser el muchachito Cuco. Precisamente por ser el muchachito. En todos sus afanados años se había enredado con viejos solteros, viejos casados, viejos viudos, solteros sin obligación o maridos cornudos o maridos corneando. Pero, un mocosillo, Santa Cachucha, que olía a trompo y chiringa. Un mocosillo que podía ser, claro que sí, su hijo. Esto último la mareó un poco. El vientre le dio un sacudón y las palabras le salieron.

—Usté e un niño. Eso son mala costumbre.

—Aquí viene tó el mundo. Mi pai dijo…

Ahora no le quedaban razones. Los dientes, a Gurdelia, se le salían en fila, luego, en un desplazamiento de retaguardia volvían a acomodarse, tal la rabia que tenía.

—Usté e un niño.

—Yo soy un hombre.

—¿Cuánto año tiene?

—Dié pa once.

—Mire nenine. Voy a llamar a su pai.

Pero Cuco puso la boca apucherada, como para llorar hasta mañana y entre puchero y gemido decía: que soy un hombre. Gurdelia, el tris-tras por las metáforas, harta ya de la histeria y la historia le dijo que estaba bien, que le daría del amor. Bien por dentro empezó a dibujar una idea.

—Venga acá… a mi falda.

Cuco estrenó una sonrisa de demonio júnior.

—Cierre lo ojito.

—Pai decía que en la cama, doñita.

—La cama viene despué.

Cuco, tembloroso, fue a acurrucarse por la cama de la Gurdelia. Esta se estaba quieta pero el vientre volvió a darle otro salto magnífico. Cuando Gudelia sintió la canción reventándole por la garganta, Cuco dijo: oiga, oiga. Pero el sillón que se mecía y la luz que era mediana y el vaivén del que no tiene vaca no bebe leche empezaron a remolcarlo hasta la zona rotunda del sueño. Gurdelia lo cambió a la cama y allí lo dejó un buen rato. Al despertar, como sin creerlo, como si se hubiese vuelto loco, Cuco preguntó, bajito:

—¿Ya, doñita?

Ella, como sin creerlo, como si se hubiese vuelto loca, le contestó, más bajito aún.

—Ya, Cuco.

Cuco salió corriendo diciendo: devino, dcvino. Gurdelia, al verlo ir, sintió el vaivén del que no tiene vaca no bebe leche levantándole una parcela de la barriga. Esa noche apagó temprano. Y un viejo borracho se cansó de tocar.

ALELUYA NEGRA
[1966]

Está la mulata tiznada con el trapero de colorín, sonreída de pies a cabeza, adobada con carmín y rouge, ¡los dientes blancos sentados en primera fila!

—Cuche, Güela.

El tum gatea por la arena y soba los oídos de la negrada.

—Condinao negro prieto que lleva el diablo por dentro.

La Abuela se rueda la mascaúra y ensucia el piso con el salivón apestoso.

—Condinao Carmelo. Ese lo hicieron encima e un bongó. ¡Y lo brincaron mucho!

El tum encarama por las barrigas redondas y surca el corazón.

¡Ay Bacumbé
de los tres pelos
Bacumbé!
¡Ay Bacumbé
que tengo celos
Bacumbé!

—Güela, déjeme dil.

—Mira agentá. Que eso son negro prieto que tienen el diablo por dentro. Tú no va.

—Bendito, Güela.

—Que le dije que no. ¡Tá presumía!

Salta el grito hondo por el pecho del timbalero y corren las hembras a chupar las uñas de los machos. ¡Caballeros que arrellanan la sentadera, locas que se maman la pupeta, vejigantes que se sorben los dedos, descaradas que enseñan los pezones!

—Güela, un chilin.

—Tá loca. Tu ere negrita de solar. Eso son negro de orilla que no se cepillan el trasero.

—Bendito, Güela, si es a ver.

La Güela Rufa aguza el pico, luego se rasca la cadera y rezonga por lo bajo.

—Todavía e que me convence la chusca. Bueno. Vaya y venga y no se detenga. Pero no se acerque mucho. Que eso negro llevan el diablo por dentro.

Sale corriendo la niña, soltando sudores que salpican la timba, escurriéndose por uvas playeras, los brazos extendidos, fugaz, gacela ahumada.

—Está pa dejarla sin espinas.

—Pa comela a cantitos.

—Pa dale el tumbaíto.

Está con la greña escondida, la greña pegada al coco, colorá, dura, grifa hasta en las cejas. Está viroteando las niñas, dando melao y suspiro, remeneando el nalgaje. Está tumbada en el suelo sacudiendo el azogue que el charol le ha puesto en el alma. ¡Y está tan fogosa que los cocos no se atreven caer! Está Caridad, asombrada, contemplando la dentuda mascarada que chispea alegría en su procesión rumbosa.

¡Ay Bacumbé
de los tres pelos
Bacumbé!
¡Ay Bacumbé
que tengo celos
Bacumbé!

Los pies se desgonzan en brincos, cabriolas y culivicentes. La noche orquesta compases y los timbaleros sangran por los dedos de tanto azotar.

¡Ay Bacumbé
qué tié la hembra
Bacumbé!

Salta Caridad por entre las pencas viejas y se muda por entre la luz de las estrellas, por el marco que le hacen dos palmas largas. Y la ve Carmelo el Retinto, el negro más resabioso del palmar. Siente un julepe por las verijas, un jamaqueo de ansias, jaibería, malamaña. La ve culidando en la arena y la sueña para latirla pecho con pecho, para sembrarle los dedazos en la pulpa que le adivina en los muslos.

—Oye negrita, déjame ponerte almíbar.

Caridad se persigna y dice: San Alejo, aléjalo, Santa Clara, acláralo.

Caridad echa a correr y el palmar se repulga de gritos y ayes.

—¡Está de a galón!

—¡Guaraguao, pa chupale hasta el meao!

—¡Pa dale su atol!

—¡Pa sacale la saliva puel cholo!

¡Es la aleluya zarrapastrosa de los prietos, es la voz jedionda de la orilla que desconoce las buenas costumbres de las negritas emperifollás, las negritas relimpias que no se revuelcan con nadie, las negras resbalosas que no le enseñan el ombligo ni al cura de confesión!

—¡Por la orilla está la piquinina!

Rompe el tum en repique y culebreo. Tum en los cocos. Tum en las pencas. Tum en las palmas. Tum en la arena. Tum en las bocas. Tum en las almas. Caridad se detiene, agitada.

Los negros prietos se limpian las ganas mientras se enchumban en el Río Grande buscando al dios nuevo: Bacumbé, dios de garabato y embeleco que lo mismo cura el empacho que jeringonza la oración, un dios chistoso que destila aguardiente, dios hermosamente negro, benditamente negro, maravillosamente negro. Los bembes se estiran hasta el agua para aplacar el cansancio.

¡Ay Bacumbé
de los tres pelos
Bacumbé!

Caridad espatarra los ojos y el hociquito redondo le comienza a temblar.

—Condinao negro que piropan a mí, que soy linda y bonita. Tan apestoso, que no se ponen crema en la sobaquera. Condinao negro que llevan el diablo por dentro.

El tum es alarido salvaje. Va a abrir la boca pero siente cinco dedos sobre sus labios. El grito es ahogado por la mano nudosa y ancha. Ahora siente el tum alejándose hasta hacerse una punzada.

—Déjeme, déjeme.

—Te voy a dar lo tuyo.

—Déjeme, espantajo, que tiene el diablo por dentro.

Se hallan por el suelo, las bocas revientan en sangre, las barrigas se friccionan, las manos se abren en pellejo y piel.

—Ya tú verá.

Caridad siente la flor despuntando y solloza compases de tum triste. Oye la voz de la Güela: eso negro tiene el diablo por dentro. Oye la respiración de Carmelo el Retinto pisoteándole la nuca.

—Taba bueno.

La lengüeta le barre las babas.

—Taba bueno.

—Cállese.

Y se levanta espantada por lo que piense la Abuela cuando sepa que ahora ella también es de la orilla, también con el diablo debajo de la piel.

—Vamos.

Corren las sombras hasta llegar al Bacumbé de los tres pelos.

Los más se saborean.

—Negro pechú.

—Se la comió.

—Negro bribón.

Caridad salta el bailoteo y enfila hasta la casucha de Colasa.

—Abre, Colasa, y prepárame un yerbajo o sácamelo con ganzúa o con retama o con cuchillo pero déjame la telera limpia.

La Colasa abre los discos y la santigua.

—Qué es.

—Carmelo el Retinto me dejó el diablo dentro.

Colasa se encierra en su cuarto de raíces. Caridad sigue oyendo la voz de la Güela.

—Bebe.

Como el fuego a la carne que desgarra. Un dolor hondísimo que le hizo la entraña de llaga viva. Por cada miembro sintió la hiel arrastrando agua y sangre. Tuvo que abrir las piernas, como si jugase a brincar la tablita. Y sintió el diablo bajarle.

Cuando salió de la casucha vio que la luna era llena. Caminó dos o tres solares. El tum pitaba a lo lejos su sortilegio. Güela estaba en la puerta.

—Condinao negro. ¿Verdad que tienen el diablo por dentro?

Caridad siguió hasta el camastro y se enterró en las sábanas.

Güela preguntó:

—¿Verdad que tienen el diablo por dentro?

El sonsonete resonó por las palmas. Caridad se volvió boca arriba. Por la rendija del techo se colaba una estrella. El Bacumbé revoloteó hacia la amanezca. Güela preguntó por tercera vez.

—¿Verdad que tienen el diablo por dentro?

Pero ya la mulata soñaba.

MEMORIA DE UN ECLIPSE
[1966]

A Luce López Baralt

Las letras despaciosas y antiguas suben por todo el recuer-do formando la amorosa firma. Va a sonreír, ya el labio des-gaja, cuando una voz trepa el aire.

—Elvirita, los ojos.

Rápido, la mirada se llena de gente. Más de una vez se repite a sí misma: no cerrar los ojos, no cerrarlos delante de la gente, quedarme aquí un momento, luego, despierta, seguir por la acera, por el fuego riguroso de unas once tropicales, mejor once y pico, once y pico siempre, no venga antes doña Elvirita, los sacos de la capital llegan sobre las diez cerradas, después la clasificación, el bulto del cartero, los apartados, las ventanillas, la entrega inmediata, el café que una empi-na, así que a las once y pico, largo el pico.

Las letras despaciosas y antiguas huían de la Fañosa que despachaba las cartas, con el cierto temor alimentado por veinte años, veinte hacían ya, desde aquel en que el perió-dico, junto al anuncio de la traición japonesa, galantemente dijera: «Caballero honorable desea corresponderse con dama exquisita que aún sueñe.»

—Elvirita, los ojos.

55

Mirar todo. La calle. La gente. La pared en el sitio de siempre. Atrio de la iglesia. Por la señal de la Santa Cruz. Y ella graciosamente recostada de la pared para disimular que espera. Al mirar el relojísimo de la iglesia, por la señal de la Santa Cruz, le viene un chorro de asombro. El muy loco marca el cuarto para las once, faltando entonces la media exacta, no venga antes doña Elvirita, los sacos de la capital llegan sobre las diez cerradas, después la clasificación, el bulto del cartero, los apartados, las ventanillas, la entrega inmediata, el café que una empina, así que a las once y pico, largo el pico. ¡Como si nada tuviera que hacer! Conservar, en las horas que tenga el día, las primicias de su cuerpo otoñado, colorante para el pelo canoso, carmín tenue que devuelva frescura a las mejillas, limón nuevo para borrar las huellas de una vejez, francamente prematura, el espejo no me retrata vieja, no, no me retrata vieja; sacudir el polvo que duerme en las cartas; las del cuarto de atrás, anteriores al asunto de Hiroshima; las que escondiera en el patio el día que los hombres hicieron la revolución nacionalista; luego, todas las que vinieron bajo la amenaza constante de la guerra tercera, hasta llegar a las últimas, la del lunes —soy sin ser siendo sin ti—; la del martes —también se duele el mar—; la del miércoles —en brisa y viento, ven—.

¡Y poco sería si fuera eso todo! Pero, y las que iban, las de ella, habladoras como río, decidoras de amor, la del lunes —morir en la vida, no en el sueño—; la del martes —eternidad yo te poseo—; la del miércoles —hazme un sitio para vivir colgado de tu alma—, cartas que se sacaba de la entraña, siempre a siempre, desde la vez en que los japoneses, amarillos, perversos, bombardearon a Pearl Harbour y el periódico, al lado de la noticia de la traición y el desastre, galantemente dijera:

«Caballero honorable desea corresponderse con dama exquisita que aún sueñe».

Al llamado, el mohíllo de su alma sacudió la modorra. Y el caballero honorable, escondido tras las letras despaciosas y antiguas, hiló pasión honda en su pobre corazón, aquel corazón cuya sístole se alteró con las comas y acentos de un ritmo que ella quería despacioso y antiguo, ritmo que supo decir me he remendado el alma con las palabras que escribieron tus labios.

—Elvirita, los ojos.

¡Manías! Llega a creer la gente que duerme de pie. Como si ella no supiera que se duerme sobre la cama después de leer las mil cartas que, diariamente, envía el Caballero de la Triste Figura. Lo demás es beber cenizas. El labio desgaja. Completa, ahora, la sonrisa.

Dijo así él. Beber cenizas. Hoy, esperando que el relojísimo de la iglesia, por la señal de la Santa Cruz, las once, a Dios gracias, marque la hora precisa, viene a recordar la carta aquella, el primer enojo, pequeñito dolor, miedo, qué más, algo de angustia, en que ella le pidiera que borrara el Triste triste de su nombre porque estando ella la tristeza no era.

—Adiós, Elvirita.

—Adiós, Primavera.

—¿Cuándo te casas?

—Matrimonio y mortaja del cielo bajan.

—Adiós, Elvirita.

57

—Adiós, Primavera.

Levanta un tanto la mano, vacío el gesto, mientras Primavera, vestida como siempre, de sonrisas, se pierde calle arriba. Quiere mover Elvirita la mano para cargarla de afecto, ¡adiós, Primavera!, grito que homenajea lo bello, lo que no merece estar en el menú del tiempo. Pero ya Primavera dobla la esquina, vestida como siempre, de sonrisas, y no oye, no puede oír a Elvirita, quedada en la orilla más honda de su mortal soltería. Al bajar la mano acuesta la vista en una calle que, rápidamente, edifica el recuerdo, calle de los años que se almacenan en postales, años de las películas del fulano Chaplin, de los charlestones que afinara la gramola de manigueta, de la guerra pomposamente llamada primera, de los huracanes santos —Felipe, Ciprián—, años viejos en los que el cuerpo maduró nuevas formas y el alma, peor enemigo, empezó la extraña búsqueda, bajo el domingo chiflado de luces patronales y muselinas y tafetanes y satenes que recién despertaban en las señoritas la loca apetencia del riguroso aparentar. Años de los partidos de reconocida valía, el hijo del Alcalde, el hijo del Médico, el hijo del Abogado, mozos patilludos que susurraban adioses frente al vaivén de unos ojitos que decían que sí y que no. Ojitos de Albertina Cuadrado diciendo que sí. Ojitos de Emilia Díaz Ginorio diciendo que sí. Ojitos de Primavera Fonseca diciendo que sí. ¡Pero nunca los ojos de Elvirita! Elvirita miraba el punto encendido en la lejanía. Elvirita no se quería pretendida de quien no viniera del misterio. Elvirita deseaba ir, carrera sin freno, a los brazos del alguien remoto, sin pasado, nacido para ella, nacido en un instante para ella, nacido de una completa, total, absoluta locura de amor. Y decía que no sobre la marcha nupcial convertida en rumba sabatina. Decía que no, frente a los castillos que, uno a uno, los mozos le dibujaban. Decía que no sin oír el corito guasón que las íntimas hacían pobre Elvirita, pobre Elvirita, pobre Elvirita, esperando, esperando.

La salmodia crecía año y año y más año, viéndola ir olorosa a treintena, trepados los ojos en lo alto, como si bajara de algún bergantín de Hernán Cortés, resquebrajada de alcanfores, curiosa de mares hipnóticos, envuelta en las postrimerías de la tal Isabel la Católica, sin importarle que las carnes se le escurrieran, soñando el ser emergente del milagro, ser que trajera leyendas de edades remotas, ser que supiera a infinito. Pobrecita Elvira, maullaba el cura que la oía confesar pecados incoloros: que si he olvidado el triduo, que si no hice la genuflexión cuando cruzaba el altar mayor, que si no fui generosa con la ofrenda. Pobrecita la Elvira, ladraba la corteja del Alcalde, con el quejido que le goteaba de su matriz cancerosa. Pobrecita la doña Elvira, escupía el Mongo apestoso al jurar, chiste y puñal, que si el empeño era grande él le hacía el favor. Pobrecita la cuarentona, chillaba la mujer del Sacristán cuando enseñaba la ficha bautismal que la ponía a nacer en el cinco.

Al pasarse la mano por la cara toca el medio siglo acurrucado. Vuelve a mirar la esquina que se tragara a Primavera y el suspiro le lleva los ojos al relojísimo de la iglesia, por la señal de la Santa Cruz, que estira el pico de las once. Bajo el fuego de esas once tropicales, peregrina.

Fiesta se le hace el calor. Calor que no importa. En fin, nada importa desde la perfidia japonesa. Importa el paso rápido para apresar en las manos el montón de caricias, ¡que otros llaman palabras! Suyas siempre. Tropieza con el sabrosón crispé, sabrosón crispé. Echa hacia atrás medio paso y de Ponce llega pulpa de quenepa. Sigue sin mirar el pan caliente suplicando diente. En llegando al correo, gofio en cucuruchos.

Once y pico siempre, repite la Fañosa mientras las letras despaciosas y antiguas huyen con el cierto temor alimentado por veinte años, veinte hacían ya, desde aquel en que el periódico, junto al anuncio de la traición iaponesa galantemente dijera:

«Caballero honorable desea corresponderse con dama exquisita que aún sueñe».

La Fañosa baraja las cartas como hechicera y al entregarlas ni siquiera dice algo. Pero Elvirita lo perdona todo. Menos que la Fañosa equivoque la correspondencia. Devuelve el sobre blanco con gesto desabrido y pide, airosa, que se corrija el error. La Fañosa, las letras despaciosas y antiguas huyendo, asegura que nada ha sido alterado. Entrega, como cada once y pico de cada mañana, la carta que, de la capital, sobre las diez cerradas, llega. Elvirita, al mirar el sobre nuevo, se aguanta de la ventanilla. Muda tanto el color que la Fañosa se asusta. Las manos se le hacen vivo aleteo al rasgar allí mismo el sobre del llamado Club de Corazones Solitarios, carta sin letras despaciosas y antiguas, carta corriente, ordinaria que se escribe para comunicarle, con gran pena, que el miembro llamado Caballero de la Triste Figura ha muerto. Rompe la palabra.

Rompe también la boca apretándola con la mano. Y sale en galope sin hacer caso del pan caliente suplicando diente, corriendo, la carta estirada en amarga bandera, cayendo a su paso un diluvio de pobrecita, el sol de unas once tropicales perforando el pellejo, arrastrando en la carrera un pecho que pesa la tonelada, hasta llegar al cementerio donde, por veinte años, ha enterrado sus ansias.

El cuchillo es la brújula. Para llegar al rincón del corazón que arrendara el Caballero de la Triste Figura. Cava por esa tierra. Lento. Hasta que un alivio conocido, el mismo de las once tropicales, desde la traición japonesa, la inunda. El techo salta. Cava más tierra suya. Tres ventanas abrazadas se marchan. Las manos de Elvirita, con la brújula, también escapan. Viaja la sangre, el amor. Levantan vuelo las cartas; las del cuarto de atrás, anteriores al asunto de Hiroshima; las que escondió en el patio el día que los hombres hicieron la revolución nacionalista; luego, todas las que vinieron bajo la amenaza constante de la guerra tercera, hasta llegar a las últimas: la del lunes —soy sin ser siendo sin ti—; la del martes —también se duele el mar—; la del miércoles —en brisa y viento, ven—. ¡La del miércoles! ¡En brisa y viento, ven! Abre el surco y allá, corazón, parece asomar, cuando la luz débilmente, se evapora. No queda nada. El corazón, pobre y pequeño, se ha ido. Y las letras despaciosas y antiguas. ¡Y la vida!

¡JUM!
[1966]

A Rafi Rodríguez Abeillez

El murmureo verdereaba por los galillos. Que el hijo de Trinidad se prensaba los fondillos hasta asfixiar el nalgatorio. Que era ave rarísima asentando vacación en mar y tierra. Que el dominguero se lo ponía aunque fuera lunes y martes. Y que el chaleco lo lucía de tréboles con vivo de encajillo. De las bocas comenzó a salir, en altibajos, el decir colorado, pimentoso, maldiciente.

—¡Jum!

En cada recodo, en cada alero, en las alacenas, en los portales, en los anafres, en los garitos.

—¡Jum!

Por las madrugadas, por los amaneceres, por las mañanas, por los mediodías, por las tardes, por los atardeceres, por las noches y las medianoches.

—¡Jum!

Los hombres, ya seguros del relajo, lo esperaban por el cocal para aporrearlo a voces.

—¡Patito!

—¡Pateto!

—¡Patuleco!

—¡Loca!

—¡Loqueta!

—¡Maricastro!

—¡Mariquita!

Las mujeres aflojaban la risita por entre la piorrea y repetían, quedito.

—¡Madamo!

—¡Mujercita!

Hasta el eco casquivano desnudó su voz por el río con un inmenso jjj uuu mmm. El hijo de Trinidad, cansado de la chacota, se encerró en su casucha a vivir a medias.

El sueño se alternaba de niña a niña hasta que el sol daba el campanazo. Entonces, otra vez las voces.

—¡Que se perfuma con Com tu mi!

—¡Que se pone carbón en las cejas!

—¡Que es mariquita fiestera!

—¡Que los negros son muy machos!

—¡Y no están con ñeñeñés!

La Ochoteco, que le daba la fiambrera, le mandó un papelito diciéndole que estaba enferma y que no cocinaba más. Perdolesia le trajo las camisas planchadas y se quejó de la reúma. No se llevó las sucias. Lulo el barbero le dijo que no le tocaba el pasurín. Y Eneas Cruz compró alambre dulce para marcar la colindancia.

El hijo de Trinidad se quedó largo rato con el coco en el limbo. Luego, escondió el rostro en el hombro derecho. Así, callandito, callandito, lloró. El hijo de Trinidad decidió irse del pueblo.

El murmureo florecía por los galillos. Que el hijo de Trinidad se marchaba porque despreciaba los negros. Que se iba a fiestar con los blancos porque era un pelafustán. Y que se había puesto flaaacooo para tener el talle de avispa. En cada esquina, los hombres se vestían la lengua con navajas.

—¡Que el hijo de Trinidad es negro reblanquiao!

—¡Que el hijo de Trinidad es negro acasinao!

—¡Que el hijo de Trinidad es negro almidonao!

Las mujeres, entre amén y amén, sacaban el minuto para susurrar.

—¡Mal ejemplo!

—¡Indecente!

—¡Puerco!

—¡Que es un cochino!

—¡Que es dos cochinos!

—¡Que es tres cochinos!

El hijo de Trinidad ni prendía el fogón para no molestar. De sol a luna bajo el mismo techo. De sol a luna como muerto en la tumba. De sol a luna como monja en el claustro. De sol a luna desgarrando cicatrices. Así, hasta el día pensado.

El murmureo daba cosecha abundante. Que se iba de noche para no decir adiós. Que se fugaba con un fulano cochambroso. Que escupía el recuerdo de los negros. Los hombres se apostaron alrededor de la casa.

—¡Rabisalsero!

—¡Quisquilloso!

—¡Fantoche!

—¡Mimoso!

Las muieres trajinaron con latas de café y cucharadas de insultos.

—¡Ponzoñoso!

—¡Remilgado!

—¡Blandengue!

—¡Melindroso!

—¡Añoñao!

El hijo de Trinidad esperó que fuera bien noche y salió con un lío en la mano: el traje de hilo, el petrolatum, el polvo Sueño de mayo, la esencia Come to me, la peinilla, la sortija. No bien hubo dado tres pasos se le vino encima una sombra y le asestó la palabra.

—¡Malamañoso!

Al levantar la vista vio dos sombras flacas que le impedían el paso.

—¡Mariquita!

—¡Fiestera!

Luego, a la izquierda dos: negrito presumío, y dos más a la derecha; negrito relamío. Se detuvo. El corazón, pum pum. Por la noche se escurrían las sombras. Por los recodos, por los aleros, por los portales. Más, más, más sombras hasta borrar toda luz, dejando la noche sin arrullo ni estrellas, horrible noche lampiña.

Lo empujaron. Los dedos de una mano. Supo el sabor de la tierra. La risa desgajó las quijadas de la comarca. El murmureo era dardo y lanza.

—¡Jondéate pal infierno!

—¡Que no vuelva!

—¡Ni vivo ni muerto!

Las mujeres hacían el coro chillón.

—¡Que no vuelva!

—¡Que no vuelva!

—¡Que no vuelva!

Pudo levantarse. Virojeó para cada lado. Las sombras se multiplicaron como huevas de lagartija. De una, dos y de dos, cien. Siguió.

—¡Ajotarle los perros!

La voz subió ronca y fue a explotar, justamente, en sus oídos. Lo esperaron. Satos sarnosos, satos tucos, satos cojos, satos con el guau en el hocico, en el lomo, en las patas. La jauría lo empujaba trecho abajo. Era una procesión. Él y los satos. Después, el pueblo. O mejor, el pueblo, después él, después los satos y al final, otra vez y siempre, el pueblo. Más sangre, más dolor, más risa, más voces, más sombras, más sombras negras de negros, más caras negras de negros, más lenguas negras de negros.

—¡Que no vuelva!

—¡Que no vuelva!

—¡Que no vuelva!

El hijo de Trinidad se retorcía como un garabato.

—¡Que no vuelva!

—¡Que no vuelva!

—¡Que no vuelva!

Extendidos los brazos como cruces.

—¡Que no vuelva!

—¡Que no vuelva!

—¡Que no vuelva!

La sangre calentando por la carne.

—¡Mariquita fiestera!

El dolor abierto en la noche sin ojos.

—¡El hijo de Trinidad
de la pasa estirá
es marica na más!

Llegó al río.

—¡Mariquita!

—¡Mariquita!

—¡Mariquita!

El agua era fría y la sangre era caliente.

—¡Cochino!

—¡Marrano!

—¡Cochino!

Los satos asquerosos se quedaron en la orilla. Las sombras también. Y las voces hirientes.

—Mariquitafiesteramariquitafiesteramariquitafiestera!

Las mujeres todas. Los hombres todos.

—¡Que no vuelva!

—¡Que no vuelva!

La sangre y el agua se gustaron. Menos voces, que, menos guau, no, menos sombras, vuelva. El agua era tibia, más tibia, más tibia. Las voces débiles, más débiles, más débiles. El agua hizo glu. Entonces, que no vuel-va, que no vuel-va, que no vuel-va, el hijo de Trinidad.

glu..

que

glu..

no glu…

vuelva

glu..

se

glu…

hundió.

ETC.
[1966]

Aquí va un cuento que no es cuento porque ocurrió ayer mismo en la esquina de la diecisiete. Digo mal, la diecisiete tiene cuatro esquinas. La diecisiete del Franklin debo decir. El Franklin que anuncia baratillo en día martes. Casualmente, era martes ayer. Lo casual no es que fuera martes. Lo casual es que hoy es miércoles. Y esta historia es, hoy miércoles, un día vieja. Y por ser un día vieja es demasiado nueva.

Ayer martes me estaba yo en la esquina del Franklin como todas las mañanas de los últimos meses. Digo mal. Todas las mañanas traduce de lunes a domingo cuando debía traducir de lunes a sábado. El domingo no me aparezco por la diecisiete. El domingo me redejo en la cama hasta que el mucho vagar me cansa. Después, soy a oír lo que se hace oír el culto bautista radial vigorizado con pandereta y el desloar bautista de la animalidad hombruna. Al sermón del que me pronostica una muerte oscura se añade el sermón de la que me pronostica una vida oscura. Porque mi mujer orea sus carajos en domingo sirviéndose de mí propio como tenderete. Mi mujer es lunática, prima de la farfulla, enemiga declarada del modal decoroso. Mi mujer no tiene empacho en motejarme

69

de cuentero, labioso, bayoyero y otras lindezas que mejor no repito. Con todo y la vejación, el domingo se lo regalo para que, a capricho, proponga y disponga. Quede claro pues que en la diecisiete solo estoy de lunes a sábado. Bien.

Ayer martes me estaba yo en la esquina de Franklin como todas las mañanas de los últimos meses. Bulto grande el de los últimos meses. Échelo a lápiz. Dieciocho de febrero más veinte de abril totalizan un hombre colgado por las bolas. La fábrica cerró el dieciocho. El diecinueve nos hicimos a la calle, doscientos que éramos. No tiene idea las barrigas que llenan doscientos semanales. Por lo que a mí toca le refiero la mía y la de mi mujer. También la de una tía de mi mujer. Calambrosa ella, antigua ella, con punto de malatía ella. También la de un primo de mi mujer. Atómico él, putañero él, mingo de lo ajeno él. No, ellos no viven con nosotros pero viven de nosotros. Sigo.

Ayer martes me estaba yo en la esquina de Franklin como todas las mañanas de los últimos meses, viendo con gusto lo que se dejaba ver que no era sino el ajoro con que la gente cruzaba la calle al permiso escaso de la luz roja o la prisa con que la misma gente se desparramaba por las aceras. Apunte usted este dato: las dos aceras que llevan por la Roberto H. Todd al Condado y al Alto del Cabro son las menos frecuentadas; en cambio, la que lleva por la Roberto H. Todd a la parada dieciocho abajo y la que lleva por la Ponce de León a la esquina de Telesforo están perennemente concurridas por comadres mercaderas, secretarias en el café break, señoras ociosas, amas de casa, estudiantes de la Labra y de la Central. Un verdadero enjambre. Vale ahora que avise de mi gusto por los tropeles, los revoliscos. Donde haya garulla me siento como pez en el agua. La diecisiete, los mítines, el Hiram Bithorn, los entierros, las procesiones, ¡cuánta gente!, el aeropuerto, el corralón de Río Piedras, los centros comerciales. Se hace usted a mi vicio si le informo que, entre tardes, me llego a donde no voy con tal de ir apachurrado en una guagua. La ruta de Loza, la ruta de Villa Palmeras, la ruta de Puerto Nuevo. ¡Si también el domingo fuera lunes! Me vacila el apretujamiento. Me endroga, caray. Me repito que el juicio final no será espantoso si es cierto que los pecadores vamos a estar pegaditos, pegaditos, los unos a los otros. Pero, todo tiene su cuestión. La de sustos que se padece, la de malos ratos que acarrea esta devoción por la humanidad. La de gente mal entrañada que se abraza a la puerca idea de que uno está empeñado en dar chino. Perdón por la ordinariez. La de gente mal vivida que se chupa, esconde, sume el trasero con tal de no dejarlo, diz que, a expensas de lo que llaman deslavado.

A propósito, la otra tarde un magnate, con pinta de gran cocoroco, me faltó de palabra, diz que, porque me le pegué, con premeditación y frescura, a una señora que era su mujer. Juro que el bribón mentía pero preferí apearme de la guagua antes que afinarle la vistilla con tres mojicones. Adelante.

Ayer martes me estaba yo en la esquina de Franklin como todas las mañanas de los últimos meses, mirando, distraídamente, lo que los ojos alcanzaban, que no era sino el zarabandeo de unas nalguitas en ánimo de baratillo, nalguitas floreadas que revoloteaban por entre los paseantes, alocadillas, suculentas, silvestres. Aclaro que mis ojos no procuraron encontrarse con las nalguitas. Soy decente de nación, decente al extremo de negarme a mirar las desnudeces de mi mujer si no es a través de una rendija. Repito pues, que mis ojos no turistaron por las floreadas sino que ellas se arracimaron frente a ellos. Se entenderá ahora mi apretón con esta bendita zona de la diecisiete. Uno se recuesta de la columna del Franklin y le dice a los ojos: «sin pestañear que el hembraje está salvaje». ¡Cuidado! No se me tuerza la intención. Se lo dice uno a los oios de uno. La boca ni se entera. Primero que nada, la pudicicia. Empato el hilo. Los ojos, mis ojos, apenas si podían tenerse en pie, conmovidos como estaban por las suculentas que ahora se encampanaban hacia las vidrieras de Sanrio y Tom Macán. Como si, repentinamente, descubrieran que las enaguas, los sostenes, las faldas de Franklin no eran otra cosa que leña. No bien las suculentas ganaron una distancia prudente me eché a seguirlas. Nadie reparaba en mi persecución. Digo mal. Persecución traduce acoso cuando debía traducir echar a andar por la Avenida Ponce de León con absoluta discreción. Discreción, esa cualidad la inventé yo, quiéralo que no. Y a esa, apareje esta otra: pudicicia. No soy vulgar. No me falto el respeto con una guasa de solar. No me rasco la parte en velado ofrecimiento. Me rasco, sí. Me rasco, glotonamente. Me masajo, a vuelta y vuelta, la vergüenza. Pero, desde el clandestinaje de mi bolsillo. Continúo.

Ayer martes me estaba yo en la esquina de Franklin como todas las mañanas de los últimos meses. Me estaba en lo que catalogo de furtiva vigilancia de nalgas andariegas. Yo ansiaba que, en algún lugarejo, se armara un remolino de gente, un bochinche de cuerpos, una docena de mujeres pasmadas ante cualquier chuchería de las que suelen pasmar a una docena de mujeres, qué sé yo, cacerolas adiestradas en el guiso, cortes de tela, blusas con rica pasamanería. En español del bueno, que se juntara el mujerío. Allí podría iniciarse, calladamente, una, digamos, comunicación pasiva, lo juro, pasiva, entre mi deseo y las silvestres que ahora, de golpe, se detenían frente a un vistoso escaparate. Yo arranqué a mirar el reloj del Banco de San Juan que, dicho sea de paso, está parado en las nueve. Vea el color de mi recato. Mirar un reloj parado con tal de que, ni por yerro, se me tachara de inverecundo. El reloj del Banco de San Juan tiene dos manecillas negras. El reloj del Banco de San Juan es redondísimo. Mientras el ojo derecho se abismaba en la idiotez del reloj, el izquierdo me enviaba por teletipo la información que su rabo recibía. Las suculentas estaban indecisas. Indecisas por menos de un instante pues, en seguida, se devolvían. Tengo dos ojos, uno izquierdo, uno derecho, que miroteaban con reverencia el reloj del Banco de San Juan. Mis ojos estaban en el reloj idiota pero ese aire que me caminaba a la espalda era el aire de dos nalguitas encantadoras. No, no tenía que verlas. Estaban en la vidriera de Franklin otra vez. Eléctrico, como si James Bond me hubiese entrenado, corrí a guarecerme en otro de los lados de la vidriera, aquel que por dar a una columna impertinente no se visita. Detrás de la columna me estacioné. Lo triste de la estrategia era que la autora de las nalguitas me quedaba de frente. Tipo corriente por el frente. Bajita, espantosamente común. Sin fingimientos, su único atractivo era el traserín. Una de las dependientas de Franklin, trasero de bombín dice mi fichero, sacó fuera de la tienda una batea con medias finas, según gritaba, a precios de quemazón, según gritaba. ¡Vi el cielo abierto! Si las suculentas se interesaban… podría. Si las suculentas y siete señoras se interesaban. ¡Mejor no se podía presentar la mañana! Entonces, cayó la risotada. Ahora verá.

Ayer martes me estaba yo en la esquina de Franklin como todas las mañanas de los últimos meses cuando una risotada cayó del santísimo infierno. Exactamente, del lado de la vidriera que formaba un ángulo de noventa grados con mi escondite. La risotada tenía mucho de pegajosidad, de contagio, era imposible que uno se sustrajera a su… sí… a su fascinación. La columna me impedía ver las dueñas de la risa pero las pensaba, gorda hasta cansar la una, tacaña de carnes la otra, rebosantes de vulgaridad ambas, sin interés traseril ambas. Como las cosas son como son, debo decir que, incluso yo, serio de nación, me sonreí al oír cómo festejaban lo que tenía que ser un chiste glorioso. Jadeaban. Las fatigaba la risa. Lanzaban aullidos de cansancio, un cansancio definitivamente agradable, deseado. De pronto, una de las dos, juro que fue la gorda, dijo: «oye este último». Y empezó un largo bisbiseo al que mis oídos se invitaron. «Al marido lo botaron de la fábrica por fresco. Él pregona que cerraron la fábrica. Pero de eso, nonines. Botado y punto. No, nada de robo ni desfalco. Chino sin ser del oriente. Dando chino a diestra y siniestra. ¡Listerine! Mucha labia, mucho rodeo pero siempre a la caza de un buen tú sabes». La risa salió como un derechazo. «Cada vez que vengo a la diecisiete me cuido el tú sabes porque esta es su área de actividad». Yo oía pasmado el milagro, reía con el milagro. «Pero, lo fenómeno es que el sinvergüenza tiene una mujer guapísima que se la pega con un elemento que ella hace pasar por su primo». Reían, como si ya nunca pudieran parar, reían sin el comedimiento que debe prevalecer cuando se está en la calle. Reían.

De la risa pasaron al temblor, del temblor al ahogo, del ahogo a la tos. Tosían. La tos se mojaba con las lágrimas. Las oí soplarse la nariz. Yo pensaba en el hombre suelto por la diecisiete mientras su mujer lo coronaba. Yo pensaba que hay hombres descuidados. Mire usted y que ponerse así así en evidencia. Dejarse saber así así la maña. El que tenga su debilidad téngala sin debilidad, sin carpa, sin micrófonos, sin panderetas. No, ese sería un pobre diablo, un infeliz sin oficio ni beneficio, un, un, un.

¡Qué rabia! ¡Qué ira! ¡Qué furia! Las suculentas no estaban. ¡Si hace un momento…! La dependienta de Franklin cerró su batea de medias finas a precio de quemazón. Las suculentas, las alocadillas, las silvestres, evaporadas entre el gentío que cruzaba la calle al escaso aviso de la luz roja. ¡Perdidas! Eché a caminar con dirección a la esquina de Telesforo. Miraba, distraídamente, las espaldas del hembraje. Y, de cuando en vez, los rostros de los hombres. Y en los rostros de los hombres el que pudiera ser protagonista de aquel cuento que no era cuento. A lo mejor, sin proponérmelo, sin buscarlo, descubría el elemento que deshonraba nuestro género. Mapepe, soruma, cabrón, William Pen, etc.

La importancia de ser novelista

LA GUARACHA DEL MACHO CAMACHO
[1976]

LE HACE BIEN el baño de sol —dijo La Madre: se afeitaba las piernas y disponía estrellitas de saliva por las cortaduras: gilette bota. Como un murciélago errático, hostigado por celajes crudos, volaba el callejón y volaba el patio y volaba el balcón y volaba la casa de punta a punta el ritornello de pregonada moralidad: *la vida es una cosa fenomenal.* La Madre aparejaba al ritornello de pregonada moralidad un remeneo estentóreo y vallaba los ojos para fabricar en el recoveco de la admiración suma, con tela y telón de su invención, el escenario donde triunfaba su artista favorita: la cresta de sus sueños la ocupaba, como una Circe exquisitada con ramilletes copiosos de ruedas de tomates, mazos de lechugas, berro y rajas de aguacate, el cuerpo policromo, polifacético, polifónico, poliforme, polipétalo, polivalente de la artista Iris Chacón.

LA MADRE QUERÍA cantar a lo Iris Chacón tonaditas de caramelo y chocolate. La Madre quería bailar a lo Iris Chacón y asentar fama continental de nalgatorio anárquico. La Madre quería transformarse en otra Iris Chacón y perderse y encontrarse en las curvas sísmicas que tienden su kilómetro

79

cero en la cintura. La Madre quería SER Iris Chacón y desmelenarse públicamente como una tigresa enfebrecida destas que los locutores llaman temperamentales: bizcas por el mirar penetrante, ofrecido y nunca dado el escote precipitado, la boca en un abrir medio. Una vez transformada en la artista Iris Chacón o hecha la artista Iris Chacón o recauchada como la artista Iris Chacón, proceder a mimar el deseo de los hombres por entre las greñas encandiladas, greñas vacacionantes de la cara y sus aledaños. Resignada a la canallada de no ser quien quería ser, dispuesta a aceptar del lobo un pelo, La Madre se juraba que un día cualquiera, tras estampar su firma, añadiría, tan tan como tan tan: alias Iris Chacón. La Madre: si se me metiera entre ceja y ceja sería la acabadora de la televisión: descarado flujo de conciencia.

LE APROVECHA EL baño de sol, agrega La Madre cuando Doña Chon, vecina nuestra que estás en el Caño de Martín Peña, le pregunta por qué deja El Nene abandonado en el terreno de sol: atrio de la Basílica de San Juan Bosco, parquecito de la calle Juan Pablo Duarte: la han visto en la movida indolora La Becerra y El Eñe. La Becerra y El Eñe que se metan donde tienen que meterse —dijo La Madre— ojos desbocados y boca ojival putrefacta por sapos y culebras. La Becerra que se ponga a estar pendiente a las andanzas de la hija realenga que tiene y que se deje de rebuscar en los drones de la basura, canto de trapera —dijo La Madre. El Eñe que se deje de estar pasándose darvon con aspirina, canto de pastillero —dijo La Madre. Abandonado ni abandonado, abandonado es darle gasolina a la lengua, abandonado ni abandonado —dijo La Madre: fuego, humento, tizones por la boca. La Madre se enjabonó la otra pierna, la gilette condenaba la pelusa artificial y exoneraba de toda culpa a los tocones: El Viejo se encampana cuando me sabotea las piernas barbudas —dijo La Madre: noticiera feliz del quiqui fetichista del Viejo. Doña Chon, espulgaba el lomo de su gato Mimoso, sentenció: todas esas fresquerías vienen anunciadas en los últimos capítulos de La Biblia. Doña Chon, espulgaba las patas de su gato Mimoso, gato consentido de Doña Chon, sentenció: del cometimiento de todas esas fresquerías pedirá cuentas el de arriba cuando baje. ¿Baños de sol? —dijo Doña Chon: sorpresa, incredulidad. Fiebre de la caliente le va a dar —dijo Doña Chon: médica. Tabardillo del malo le va a dar —dijo Doña Chon: sabia. En el lindo rotito del lindo culito le nacerá un nacidito —dijo Doña Chon papisa, nalgada cariñosa al gato Mimoso que brincó hasta la repisa tercera de la alacena. ¿Baños de sol? —volvió a preguntar Doña Chon. La primera vez que me lo tiro —dijo Doña Chon: cara garabateada por el escepticismo y otras doctrinas filosóficas antiguas y modernas.

NO ES PENDEJA Doña Chon y quiere que bien se entienda y que bien se extienda el saber y se corra la voz de que no es pendeja. Doña Chon explica la inferencia prójima de su pendejez por el hecho tundente de su tundente gordura. Primer plano apócrifo de Doña Chon en declaraciones tundentes para aquellos de ustedes que creen, a pie juntillas, que son una cosa el hambre y las ganas de comer: la gente anda creyendo que los gordos nos mamamos el deo. La gente anda creyendo que los gordos somos primos hermanos de William Pen. Dato adicional a tener en cuenta, con independencia de lo que Doña Chon, por pico propio, les ha dicho: Doña Chon es mucho más que entrada en carnes. Doña Chon es mucho más que gorda. El mucho más en tercetos le da espesor de angelote atascado en grasas, angelote rebelado contra toda abstinencia bucal. Confirmado: Doña Chon no es pendeja, los gordos no se maman el deo, los gordos no son primos hermanos de William Pen. Reconocido: Doña Chon es más buena que el pan: masa de trigo que, fermentado y cocido, ella gusta de comer.

EL SOL LE quema la monguera —dijo La Madre, dogmática como católico práctico, dogmática como marxista práctico. El sol le espanta la bobación —dijo La Madre, se atusaba el sobaco desafeitado porque al Viejo le gusta sobetearme el sobaco barbudo —dijo La Madre. El sol sirve para todo como la cebolla que hasta para la polla —dijo La Madre: concluyente, yendo hasta la puerta, dejando que la guaracha del Macho Camacho le hospedara la cintura, cimbreante y cimbreosa, guarachosa y triunfadora en cabarets imaginarios, cercada por un foco que precisaba las líneas imprecisas de su maquillaje colorín, guarachosa y triunfadora y envuelta en rachas de aplausos: *la vida es una cosa fenomenal*, entregando el micrófono al Maestro de Ceremonias, El Maestro de Ceremonias anunciando al público guarachizado con las guaracherías de la estrella del meneo que la estrella del meneo volverá a deleitarnos con el riesgo de sus curvas peligrosas en el Midnight Show así que sigan bebiendo y haciendo lo que yo haría y poniendo el ancla en carne firme y midiendo el aceite y esperando el Midnight Show y recordando que aquí y donde no es aquí la vida es una cosa fenomenal, fanfarria, Doña Chon quitándole el ombligo de lentejuelas, Doña Chon colgando en una percha el bikini de lentejuelas, Doña Chon dándole a beber un ponche de Malta Tuborg, cuándo rayos dejarán de aplaudir.

FUE UN SALAMIENTO que me hicieron a mí mas lo cogió El Nene —dijo La Madre, volviéndose, la puerta abandonada, la gilette en la mano. El Nene era lindo como un tocino —dijo La Madre. El Nene era lindo como una libra de iamón —dijo Doña Chon. La Madre y Doña Chon: jirimiqueras. El salamiento me lo hizo la corteja de uno de mis primos de La Cantera cuando se enteró de que yo moteleaba con uno de mis primos de La Cantera —dijo La Madre, dejó la gilette en una repisa de la alacena. Una vampira, una manganzona, una culisucia que regó que yo era una quitamachos —dijo La Madre. Ese perro me ha mordido veinte veces —dijo Doña Chon: hierática. Quitamachos yo que el chereo me sobra —dijo La Madre. Los pones que me ofrecen —dijo La Madre. Lo que pasa es que yo no soy ponera —dijo La Madre. Quitamachos, correntona, putón pesetero dijo que yo era —dijo La Madre. Y la vampira, la manganzona, la culisucia se fue derechito al centro espiritista de Toya Gerena y me hizo un salamiento con batata mameya y churra de cabro —dijo La Madre. Y el salamiento jorobó al Nene para siempre —dijo La Madre. La vampira, la manganzona, la culisucia se llama Geña Kresto porque antes de metérsele debajo a un hombre tiene que tomarse un tazón de Kresto —dijo La Madre. El tanto Kresto la ha dañado —dijo Doña Chon, plena de poderes vatisos. Verdaderamente barbárica es esa mujer —dijo Doña Chon, analítica. Esa mujer Geña Kresto tiene que pagarla bien pagá —dijo Doña Chon, justicia-lista. Lo que aquí se hace aquí se paga —dijo Doña Chon, taliónica. No es de extrañarse que a Geña Kresto le nazca una mata de arañas pelúas en el corazón —dijo Doña Chon, apologista de venganzas medeas. Nacarile del oriente —dijo La Madre, cara garabateada por el escepticismo y otras doctrinas filosóficas, antiguas y modernas. El primo mío que la trata vestida y desnuda dice que esa mujer está como coco —dijo La Madre, argumentosa. Hay cocos rancios —dijo Doña Chon, grandiosa y espeluznada, teosófica y ungida de verdades eternales, radiante en la manifestación de su sabiduría chónica. Suspirosas, su poquitín llorosas, La Madre y Doña Chon miraron:

EL NUBARRÓN DE moscas, euménides zumbonas que improvisaban un halo furioso sobre la gran cabeza. La Madre y Doña Chon miraron la cara babosa y el baberío y la dormidera boba con lagartijo muerto en la mano: El Nene mordía la cabeza del lagartijo hasta que el rabo descansaba la guardia, el mismo rabo que trampado en la garganta convidaba al vómito. La Madre y Doña Chon miraron el vómito: archipiélago de miserias, islas sanguinolentas, collares de vómito, vómito como caldo de sopa china, espesos cristales, sopa china de huevo, convención de todos los amarillos en el vómito, amarillos tatuados por jugos de china, amarillos soliviantados por la transparencia sucia de la baba, cristales espesos por granos de arroz: un vómito como Dios manda.

CUANDO EL PAI se fue de tomatero a Chicago —dijo La Madre, porque la cosa está mal pal de aquí —dijo Doña

Chon, El Nene se veía normal —dijo La Madre. Es que era normal de nación —dijo Doña Chon. Eso le vino a salir después del gateo —dijo La Madre. Eso le empezó con calenturones que le daban por la cabeza creciente —dijo La Madre. Gritos como si lo estuvieran matando y se revolcaba contra las paredes y todo se le volvía chichón y guabucho —dijo La Madre. Mismamente como gallina rematada en la casa —dijo Doña Chon. La Madre y Doña Chon: cucharadas repletas de bendito. Después se abrió como un palo al que el mucho fruto espatarra —dijo La Madre. Como si fuera el hijo de Chencha La Gambá que era un número de doble sentido que cantaba Myrta Silva —dijo La Madre. A mí no me gustan los números de doble sentido —dijo Doña Chon, el hocico respingado.

MYRTA SILVA CANTABA muchos números —dijo La Madre, números que traía montados de Cuba y Panamá donde dicen que esa mujer era la reina con su aquel para las maracas y las guarachas. Felipe Rodríguez cantaba muchos números —dijo Doña Chon. A mí me pusieron de nombre la China Hereje que era un número que cantaba Felipe Rodríguez y a Mother no le gustaba que me dijeran la China Hereje porque Mother decía que la China Hereje parecía nombre de mujer de la vida —dijo La Madre. Felipe Rodríguez se casó con Marta Romero antes de que Marta Romero se metiera a artista mejicana —dijo Doña Chon. Ruth Fernández cantaba muchos números —dijo La Madre. Ruth Fernández salía bien presentá como las artistas de afuera y nunca repetía un vestido de artista —dijo Doña Chon. Ruth Fernández fue artista negra pero decente —dijo Doña Chon.

Daniel Santos cantaba muchos números —dijo Doña Chon y Mother lloraba cuando cantaba un número que decía *vengo a decirle adiós a los muchachos porque pronto me voy para la guerra* —dijo La Madre. A mi hermano lo estortillaron en la guerra de Corea —dijo La Madre: pena apoyada en la ronquera. Mother se volvió una juanaboba y a los tres meses la encontraron muerta de ná —dijo La Madre. Murió de ganas de morirse —dijo Doña Chon.

EL DOMINGO PASADO no, el otro, llevé al Nene al Templo Espiritual Simplemente María —dijo La Madre. Simplemente María tiene facultades espirituales en premio al castigo de sus muchos bigotes que le salieron cuando tenía doce años y le vino la primera mensualidad —dijo La Madre. Simplemente María supo del premio de la espiritualidad porque empezó a botar linduras por la boca la noche que veía en la televisión la boda de Simplemente María la de verdad —dijo La Madre. Mucho muerto bueno trabaja para Simplemente María —dijo La Madre. Simplemente María adorna la mesa donde realiza la obra con fotografías de la difunta Eva Perón, del difunto Presidente Kennedy, del difunto prófugo Correa Cotto —dijo La Madre. Qué cosa —dijo La Madre. Lo que es gustarle a uno el vacilón —dijo La Madre. Cuando esa guaracha dice que la vida es una cosa fenomenal es que más me come el cerebro —dijo La Madre. El día que Iris Chacón baile y cante la guaracha del Macho Camacho será el día del despelote —dijo La Madre. Dios nos ampare ese día —dijo Doña Chon, lívida en la profecía del siniestro.

LA IMPORTANCIA DE LLAMARSE DANIEL SANTOS
[1985]

Nada ha quedado en mi vida,
Después de su cruel venganza,
Nada palpita en mi pecho,
Si no es la desilusión.

Primera estrofa del bolero que levanto en la amorosa Venezuela —otra Venecia según la conjetura del conquistador nostálgico—. En un descampado bullicioso del *Silencio*, en un parque venido a menos de Caracas, donde se enjambran la grosería y el sancochón, donde el siseo de los hombres a las mujeres circula, audaz si se sopla cerca de la melena, prometedor cuando se parapeta tras la dulce guiñada, rastrero cuando simula orgasmos ruidosos, un varón de nombre Maracucho —*de Santa Rosa De Agua vai pues*—, ubica una carpa no más romper el sol de los venados. Así demarca el Potosí que le instituyen cinco fonógrafos portátiles y una hemorragia de discos. Sin tomarse el riesgo peligroso de la originalidad *Discolandia* bautiza su caraqueño Potosí. Para ser íntegro hasta la última tira del rollo debería llamarlo *Discolandia De Segunda Mano*. No lo hace porque teme que la verdad empalague. O así yo lo deduzco. En cambio, semioculto y borroso, un cartelón anuncia: *Barata Permanente*. Lo que es un desaviso, una componenda lisonjera y útil. El manoseo y el miroteo de los discos no descansan desde que rompe el sol de los venados, la venta y el regateo menos —que Caracas es una impropuesta medina de Maiquetía a la Plaza Bolívar—. Tampoco descansa la vista de Maracucho —ojos del pestañeo quieto como los del múcaro, ojos negados al sosiego como los del zamuro—. Negocio de ojos vigilantes es el suyo. Negocio de: *Mire, no toque tanto a Mirla Castellanos si después no va a llevársela*. Negocio de: *Oiga Apuleya, dígale a ese carajito que no venda arepa a la entrada*. Negocio de- *Catire, auméntele el volumen a Tina Turner que las prietas son sabroso pescado cuando se ponen bravas*. Negocio es *Discolandia* de echar vainas y dicharachar. Pero, sin descuidarse, vale. Que *Discolandia* se instala en la yugular del monipodio, en *El Silencio* —collage de excentricidad y abatimiento—. La otra es *Chacaíto*, yugular de presunciones.

Oh la vida,
Qué cosas tiene la vida,
Ayer mismito mi vida parecía tan feliz.

Generalizar Caracas para sociologizar. Caracas utiliza dos considerandos poblacionales para postular como metrópolis típica y tópica. Uno se asienta en el barrio *El Silencio*. Farragoso, aceptablemente vulgarón, chucheril la mercancía y sintéticos los materiales de su hechura. Concurrido por una clase medio ahogada o ahogada por completo, *El Silencio* es la reconciliación de la precariedad y el mal gusto. Encanta, no obstante, la estética de jardín árabe que producen el amontonamiento y las capas de color. Encanta el operante desconjunto. El otro considerando se asienta en la zona este o barrio *Chacaíto*. De una elegancia alquilada que se lleva para extranjerizarse, con *boutiques* antecedidas por vidrieras espaciosas para la puesta en escena de una coreografía de lánguidos maniquíes, con un *chic* firmado por Yamamoto y Moschino, el barrio *Chacaíto* es el abalorio indispensable del falsificado desarrollo caraqueño-gueto de la clase arribista y mimética. *El Silencio* y *Chacaíto* son dos vestimentas para socializar de tallas únicas. *Chacaíto* y *El Silencio* son dos predios de antagónica conformidad. El resto de la ciudad, que se aposenta sobre el valle de cuya gratitud supieron, primeramente, los indios caracas, articula su pasantía en la remitencia a esos dos núcleos temperaturales. El venezolano que ama y que odia esa disyuntiva crucial, la despacha con un chiste, con una risa poblada de segundas y terceras intenciones. Y entregado al pachangueo, entregado a la acidez, afirma, entre amoroso y odiador: *Este país es una vaina muy seria.*

Hoy me sobran los pesares,
Mi fe es una fe mentida,
Tanto cambió en un segundo,
Que hoy todo en el mundo parece mentira.

Biografío, con la especulación que nace del mirar, a Maracucho: parte de la pareja contrariada en el bolero que levanto por Venezuela. Terminante e inapelable, Maracucho rechaza los discos que le sale a vender un patiquín de la Colonia Tovar como dejó saber al procurar por el *musiú*. Maracucho riposta, sonriéndose: *De Musiú nada*. Maracucho riposta, nacionalísimo: *De Maracaibo candente*. Y terminante e inapelable afirma: *Ópera ni regalada*. El patiquín discrepa, con carraspeos vibratorios, majaderón, diletante: *¡Son recitales de bel canto! ¡Son recitales con divas alemanas!* Maracucho palmea los hombros del patiquín de la Tovar y se muestra apelable en la eventualidad: *De ópera, cuando mucho, Plácido Domingo cantando zarzuelas*. Comercial, mascando el toma y daca de pulpero, Maracucho reconcilia: *De Daniel Santos compro los discos y los casets que aparezcan*. El patiquín se desorienta. El patiquín tropezonea con el carajito a quien Apuleya prohibió tender arepa a la entrada, con el rascaíto que baila una salsa de Eddie Palmieri, salva de rodar por el descampado los recitales de las divas alemanas. El patiquín se aleja. Maracucho desempolva más discos, enseña el manejo del fonógrafo a unas colegialas boncheras, observa los ladronzuelos que se las dan de carajos probos, le contesta a un gran chivato que comprará a juzgar por la pinta, le repite a Apuleya que le diga al carajito que no venda arepa a la entrada, apostilla al rascaíto que se vaya a bailar a otra pista. Entonces, pausándose en la sonrisa, con segunda y tercera intención, diserta: *Este país es una vaina muy seria*. Simpático de profesión es Maracucho. Bajo el labio inferior le crece una mosca que atilda. El mahón *Levi* lo ciñe con virilidades. Desabotona la camisa de manera que respire el *Sagrado Corazón* sepulto en la vellosidad selval. Sobria y sensatamente musculado, lejos de la deformación corpórea a que instiga Arnold Schwarzenegger, Maracucho es un cromo, un dije. O así se les antoja a las colegialas boncheras y las mujeres hechas y derechas que pululan por *Discolandia* a darle autorización, a marearlo con el glosario de deseos que alfabetizan sus miradas, a ficharlo como hombre hombre —cuando uno quiere redundar uno redunda sermonea en sus espectáculos el gran fantaseador y libretista Papá Morrison—. Maracucho es hombre hombre según ellas y hombre de acceso fácil según ellos. ¡Si conforta con bolívares a quien le viene con una canfínfora bien linda, con un embuste bien atado! Que se ve que lo entretiene oír el afán del compatriota que persiste en venderle una *Enciclopedia Del Cansancio Genital* para cuando la paloma se haragane. Pero, muchísimo más lo entretiene ver el afán del desdichado que se aplaca la contrariedad si disca que disca en *Discolandia*.

Estoy como un huerfanito,
¡Qué malo es ser infeliz!

Los talismanes de la canción. ¿Meramente *Discolandia* o farmacia que distribuye las medicinas para los encontrados afectos? ¿Meramente *Discolandia* u hospitalillo quita penas? ¿Meramente *Discolandia* o sala de vacunación contra las desesperaciones? Porque ese gentío que juzga los discos, que los manosea y los mirotea, sufrirá una enfermedad grave que se cura o se mejora con jarabe, cataplasma, antiflojitina, ungüento, emulsión, sobo, agua florida, calmante. Jarabes para el abandono necesita y busca el gentío que no sale de *Discolandia*. Cataplasmas para la contrariedad y el desamor necesita, busca; antiflojitinas para el despecho; ungüentos para los desdenes; emulsiones para el fortalecimiento del cariño debilucho; sobos para los disgustos.

Aguas floridas necesita para aliviar la maldición de los celos. Calmantes busca para perdonar la larga ausencia cuando busca el disco que libera cantos dulcificantes, pesarosos. El gentío que no sale de *Discolandia* necesita la música novísima. El gentío que llena *Discolandia* necesita la música que actualiza las madureces relativas. El gentío que se pasa el día en *Discolandia* necesita las melodías que se jactan de una vejez absoluta. O lo que es su hermanamiento: las travolterías que implora ese menor que se punkizó, las mamboserías que reclama la gallina que tuvo su siglo de oro en Barquisimeto cuando mambeaba el *Mambo Número Cinco* de Pérez Prado, los dramones tangueados y milongueados que solicita el émulo de Gardel que rememora al *Morocho Del Abasto* con letanía: *El Mártir Aéreo De Medellín, El Mártir Aéreo De Medellín*. La pasión muerta busca resucitar el gentío que invade *Discolandia*. La pasión herida busca sanar el gentío que invade *Discolandia*. La pasión ilesa busca conservar el gentío que invade *Discolandia*.La pasión herida busca *Discolandia*. La pasión ilesa busca conservar el gentío que invade *Discolandia*.

Cada noche un amor,
Distinto amanecer,
Diferente visión.

Biografío, con la especulación que nace del mirar, a Marisela: parte de la pareja contrariada en el bolero que levanto por Venezuela. Otra vez Marisela, como se llama la dama entrada en saludables carnes, viene a *Discolandia* a repasar los discos. Repasa, ajenando las respiraciones, como si andaregueara por Canaima y no estuviera donde está; como otra María Lionza que descifra con los ojos intelectuales: *I came to praise la Celestina, not to bury her.* Otra vez el color intransigente del vestido insinúa una fruta o una flor que violentaron. De un durazno abandonado en una escudilla saldrían los naranjados de ayer tarde. Del horror de un tulipán muerto en un búcaro se tomaría el bermellón para el satén que la vistió el lunes. La corrupción de las uvas playeras sería musa de los crepés violeta que lució la mañana del sábado. Otra vez Marisela está vestida y arreglada para que se la desee a quemarropa y sin hesitar. Contra el oro bruñido de su cabello el sol relumbra en vano, el cabello hacia los vértigos de la altura aunque unos hilos se solacen en la nuca y la envanezcan. La mirada a la nada, el fasto intransigente del vestido, el porte apartador de mujer que sobra en *El Silencio* y en *Discolandia*, aíslan a Marisela. Una remota isla es la eminencia de una roca entre las aguas, una cabal obstinación. Ni aunque se lo proponga le molesta el fastidio que desata su permanencia frente a una mesa de discos. Tampoco los apremios para que se retire del fonógrafo que monopoliza por una hora y cuidado. Menos la cantaleta de que compra con los ojos y de que presume más que una Primera Dama asilada en Miami. Ni le importa que la acusen de gran chivata que viene a comprar discos, de segunda mano, en limosina y con chofer uniformado. Para la sandez no está. Para el chisme ni soñarlo —el chisme disminuye y ella no es una disminuida—. Marisela está para consagrarse, con amadísimas cegueras, a un instante que se eterniza cuando se renueva, que se renueva cuando se reitera. Marisela está para escuchar, hasta el infinito turbulento, un bolero de contrariedad y desamor.

Cada noche un amor,
Pero, dentro de mí,
Solo tu amor quedó.

A little whisper of jealousy seguido de un carnaval de miradas. Si a ver vamos vemos que Apuleya cierra filas con los discolanderos habituales —alianza de silenciarios contra chacaitosos en la superficie, celotipia en el fondo—. Si a ver vamos vemos que Apuleya apremia a Marisela con animosidades —mohínes de impaciencia, incoherencias guturales—. Si a oír vamos oímos que Apuleya chancea a Marisela con indirectas y asquitos sicofantes y traslaciones de romanza con vocecita pendeja: *Marisela encantadora, Marisela por ti vivo y muero.* Si a oír vamos oímos que Apuleya bisbisea a nuestro oído, a la par que señala con los ojos matones a Marisela: *Es una descarada.* Si a ver vamos vemos que Maracucho percibe la intriga de Apuleya desde la entrada y la pone en su sitio de subalterna: *Apuleya, me provoca un tinto.* Para salvar cara, ganarse a los discolanderos, salir a comprar el cafetito tinto, después de unas bribonas afabilidades Apuleya enseña las amígdalas, los cricoides: *¡Oigan lo que les provoque!* Una diligencia vana. Porque la mayoría de los discolanderos oye sin tales autorizaciones. Las amígdalas, los cricoides son ardides, por partida doble, para juntárseme, en volandas, a bisbisear: *Abandonó el marido por el amante y ahora el amante la desprecia.* Me alejo de Apuleya y ella se aleja, tomo el disco que sea, parto hacia el fonógrafo por desocupar mientras cavilo que el chismoso es el *understudy* del verdugo. Maldigo en mis peores adentros porque llego tarde al fonógrafo. Marisela o la dama entrada en saludables carnes me gana por medio cuerpo de ventaja. La mudanza de fonógrafos me llama la atención. ¿Lo hizo con el propósito de extrañarse más? ¿Lo hizo para plantar bandera? Uno se alegra de tenerla enfrente. Uno se felicita por poder mirarla ininterrupida, persona de carne y hueso ahora, personaje o figuración lexical después, cuando se siente a escribirla y la borre y la reescriba. Uno se emborrachará con su indiferencia después. Ahora uno se emborracha con los amaneceres que hondonan sus pupilas. Uno saluda su bonitura en aumento si bien su bonitura es menor que su penuria. ¡Como Linda vagando por el planeta aparte que es *Times Square*! *Discolandia* es un tifón de melodías y letras. En el fonógrafo sito a la entrada, la que no abandona el carajito que vende arepa, Vicki Carr conduce su español anglicado: *Para darnos el más dulce de los besos, Recordar de qué color son los cerezos*. Chuck Mangione hace lo que hace como pocos en el fonógrafo segundo que comparten dos jipis de un maduro ya pasadón. Pago a quien cante un bambuco arrecho como lo canta La Negra Grande De Colombia. En el cuarto fonógrafo un baladista argentino, sultán de la contorsión, le exprime contorsiones a unas colegialas boncheras: *Cuando llegue mi amor, Le diré tantas cosas, O quizás simplemente, Le regale una rosa:* los enfados de Sandro, los perdones de Sandro, de todas maneras rosas esperan si espera Sandro. En el fonógrafo que utiliza Marisela, ¿quién no lo sabe?, ¿quién me lo niega?, Daniel Santos canta *Fichas Negras*.

Oye te digo en secreto
Que te amo de veras,
Que sigo de cerca tus pasos,
Aunque tú no quieras.

Llorar si hay que llorar, copiosamente o lágrima a lágrima. Marisela descansa la carátula del disco en los pechos y respira con libertades bajo palabra. Mínimos, maquinales, los pulgares guitarrean la carátula. Ahora Daniel Santos acusa: *Pero, en cambio tú, Me jugaste fichas sin valor.* Una lágrima, más dolorosa por sola que por lágrima, se le sale a Marisela, una lágrima que no cicatriza. La lágrima se contiene en la margen izquierda de la boca. *Era una chica plástica, De esas que van por ahí.* Rubén Blades sustituye la incursión hispánica de Vicki Carr. Felipe Pirela releva la genialidad ventosa de Chuck Mangione. Unos arañazos bateriles desfloran la *Quinta* de Beethoven y José José canta ahora donde antes cantó Sandro: *Anda y ve, Te está esperando, Anda y ve.* Y Daniel Santos voltea que te voltea en el sanctasanctórum de Marisela: *Hoy yo perdí, Como pierde aquel buen jugador, Que la suerte riversa marcó.* Una segunda lágrima baja. El catire que se punkizó, el catire que goza de la sátira de Rubén Blades a las chicas plásticas, le observa a Maracucho, policial: *Esa mujer está llorando.* El dicho sanciona la averiguación de los discolanderos. Maracucho, con una galantería de hombre hombre, no le extiende el pañuelo perfumado a Marisela ni le inquiere: ¿Qué le ocurre? Maracucho, respetuoso del sufrimiento por amor, aclara al catire que se punkizó, cortés y benevolente: *Todavía se puede llorar.* La sentencia se recibe con muecas de sorna discolandera y broma de llanto mostrenco por parte de una colegiala. Como si le urgiera desenfocar la atención que recae sobre Marisela, evitar que las dos lágrimas preocupen, Maracucho regaña a un carajito que vende cachapa de queso a la entrada de *Discolandia*, bebe el cafetito tinto que le trajo Apuleya, ríe la guasa de un guasón, consigue un disco de

96

Chabuca Granda que suplica un admirador ferviente de la peruana. Todo hecho accionando con las manos, accionando con el cuerpo, accionando con las intenciones. Marisela no se inmuta con la expectación discolandera, con la alharaca de Maracucho, con mis mirares que la escrutan para, después, apalabrarla. Protegida por la indiferencia, Marisela coloca la aguja en el bolero dogmático de Johnny Rodríguez. El bolero, que le queda bien y más a Daniel Santos, como una camisa entallada, puya y saja, saja y agrava: *Fichas negras como es el color, De tu perversidad*. La calma avanza.

> *Que siento tu vida,*
> *Por más que te alejes de mí,*
> *Que nada ni nadie,*
> *Hará que mi pecho se olvide de ti.*

Preguntario. ¿Por qué razón se ignoraron? ¿Por qué razón se desconocieron como los amantes secretos que se encuentran en público? ¿Por qué sospeché, a la soltada, que la aclaración benevolente y cortés de Maracucho acogía una piedad que no se dirigía al catire que se punkizó? ¿Sería la piedad una clave para torear la culpa? Pero, ¿cuál culpa toreaba Maracucho? ¿Por qué Marisela no agradeció, con una inclinación de cabeza o unas encogidas: *Gracias*, la compasión de Maracucho? ¿Fue la aclaración: *Todavía se puede llorar* un colofón redituado esta mañana?

Las observaciones se me hacen preguntas que se me hacen observaciones, una desapareciéndose en la siguiente. ¿Sorpresa de cajas chinas o magia de espejos aritméticos que si quieren suman y si quieren restan? (¡Cuánta lectura de

Hammett y Simenon interponiéndose! ¡Cuánta deuda con la Francoise Sagan dada a las narraciones de la contrariedad y el desamor! ¡Cuánta perversión de la inteligencia que textualiza cada gesto! ¡Cuánto morbo placentero en literaturizar las horas y los días!). En el bolero que canta Daniel Santos y que no deja de oír y padecer Marisela, se alude a una apuesta y una derrota. ¿Jugó, acaso, Marisela? ¿Cuáles fichas colocó en la mesa? ¿Quién le daba vueltas a la ruleta? ¿El cromo, el dije que es Maracucho para las colegialas boncheras y las mujeres hechas y derechas que pululan por *Discolandia* a marearlo con el glosario de deseos que alfabetizan sus miradas? ¿Es Maracucho el objeto de deseo de Marisela? ¿Por qué no canibalizar el bolero de contrariedad y desamor que se teje alrededor del bolero *Fichas Negras* cantado por el Inquieto Anacobero Daniel Santos?

Hoy yo perdí,
Como pierde aquel buen jugador,
Que la suerte riversa marcó,
Su destino fatal.

Apolo, Diana o Cupido altivo, Buscad bien el fin de aquesto que escribo. Ocurriría que Marisela, que se aproxima a los cuarenta años sin que el suceso se noticie en las saludables carnes —el pelo sin tintar, limpios los ojos de patas de gallo, un botón de rosa la boca, los pechos del tamaño de las manos abiertas en que caben—, se enamoró de Maracucho. Y Maracucho correspondió. Inventar es arbitrar y en la arbitrariedad me zampo: se enamoraron el día que Maracucho fue a *Chacaíto* a curiosear el comportamiento de los chivatos o el día que Marisela fue al *Silencio* a curiosear el comportamiento de los desclasados. Días después ella fue de él y él fue de ella como versificaría, sin tapujos, José Ángel Buesa. Los primeros días fueron como son los primeros días de todo amor: el imposible estar en sí, los desasosiegos por la pamplina ínfima, la bella bobería de mirarse y sonreírse, la bella bobería de sonreírse y mirarse, la franqueza del beso, la travesía feliz por todas las regiones de los cuerpos. Inventar es elucubrar y en la elucubración me regodeo: Marisela veneraba a Maracucho hasta morir y Maracucho se dejaba venerar —en el amor una mitad venera y la otra se deja venerar—. Veneratriz, Marisela le regalaba lo extravagante, lo superfluo. Veneratriz, Marisela regaló tanto a Maracucho que lo insultó en las lisonjas que él no estimó. Maracucho empezó a despedirse sin irse. Marisela empezó a amarlo con el miedo de perderlo. Entonces, se produjo la estrofa penúltima del bolero de la contrariedad y el desamor. La excusa del: *Después yo te llamo*. El terminante e inapelable: *Hoy sí que no puedo de ninguna manera*. Las displicencias del: *Si voy es tarde y por poco tiempo*. Entonces, se produjo la estrofa última del bolero de la contrariedad y el desamor. El amor de la caricia yerta y el beso que ya no besa. Hasta que Maracucho, honesto, le dijo a Marisela: *Se acabó*. Marisela hizo la pregunta que ni un arbitrario elucubrador puede responder: *¿Qué hago yo con esto ahora?* Claro que esto es la veneración, la locura amorosa, el amor en carne viva. Maracucho, benevolente y cortés, le aclaró: *Todavía se puede llorar*. Maracucho la miró de frente y la quiso de la manera que Marisela no quería que la quisiera, la quiso de la manera que permite decir: *Eso pasa*. Claro que *eso* es la veneración, la locura amorosa, el amor en carne viva.

Pero, jugué,
Mis cartas abiertas al amor,
La confianza que tuve tronchó,
Nuestra felicidad.

Más mirar a Marisela para especularla. Más mirar a Mara-
cucho para especularlo. Uno deja de inventar porque ha dobla-
do la esquina de la tortuosidad sin el garante de un prestigio
en estos tejes y manejes como el de Corín Tellado. Uno vuelve, con rapideces de maromero, a los mirares cautivos. Lector,
ahora Marisela retira del fonógrafo el disco en que Daniel
Santos canta *Fichas Negras*. Con majestuosidades que fasti-
dian a los discolanderos coloca el mismo en la carátula que
guitarreaban los pulgares y lo devuelve a la mesa. Marisela sale de la carpa y con ella salen la dramática intransigen-
cia de su vestido de oros viejos y el cuerpo sobrecolmado de
atractivos y penas. Con reverente premura Maracucho toma
el disco *Fichas Negras y Otros Éxitos De Daniel Santos* que
Marisela devolvió a la mesa y lo mira lo suficiente como para
tener que morderse el labio por dentro y erguir la mosca atil-
dada. ¿Adivinó la realidad mi invención? Después guarda el
disco que surca *Fichas Negras* bajo la registradora. ¿Más preguntas quiere oír el Lector? Lector, tenga. ¿Guardó el disco
bajo la registradora para no tener que venderlo? ¿Guardó el
disco para devolverlo a la mesa, mañana por la mañana, de
manera que Marisela reencuentre en el bolero *Fichas Negras*
el curso de las lágrimas? Lector, en un despliegue de energía aturdidora Maracucho imparte órdenes a Apuleya, a un
fulano que le añade acompañamientos de tacón a la *Quinta*
que grabaron los Bee Gees, al patiquín de la Colonia Tovar

100

que reaparece, al carajito que vende cachapa de queso a la entrada de *Discolandia*. Maracucho lee, en voz alta y jubilosa, los títulos de los discos que le sale a vender el patiquín de la Colonia Tovar. *Los Éxitos De José Alfredo Jiménez En La Voz De Daniel Santos Y El Mariachi Tenochtitlán De Heriberto Nieves* lee extasiado. *El Día Que Me Quieras, Tangos En Bolero Con Daniel Santos Y La Sonora Mexicana* lee extasiado. Lector, ¿me permite una acotación? Falta por llegar la tarde. Falta por llegar la noche. Hasta mañana no se sabrá si a Marisela le pasó el amor, le pasó el dolor. (Otro prisionero del amor reflexionó: *El dolor es un momento muy largo*). Maracucho cortés y benevolente, Apuleya que la malquista, los discolanderos que se entremeten en lo que no les importa, los Lectores y yo que nos entremetemos en lo que sí nos importa, tendremos que esperar hasta mañana. Si no vuelve es porque el bolero *Fichas Negras* cantado por Daniel Santos ya es una ficha más en el recuerdo. Si vuelve es porque el bolero *Fichas Negras* cantado por Daniel Santos todavía la desangra.

> *Pero, en cambio tú,*
> *Me jugaste fichas sin valor,*
> *Fichas negras como es el color,*
> *De tu perversidad.*

INDISCRECIONES DE UN PERRO GRINGO
[2007]

Tercera parte
LA HEREJÍA GENITAL

41

Buenas noches.

Son las ocho en punto.

Informo, con orgullo justificado, que meé como mean los hombres. Informo, con pesar justificado, que, después de mear y sacudir el *penis baculum*, como lo sacuden los hombres, sufrí otro micro infarto del miocardio.

¡Siéntense, contrólense, relájense!

A lo mejor no sufrí otro micro infarto. A lo mejor sufrí otra isquemia temporal, otro vahído. El nombre de la enfermedad no importa, importan los síntomas, parecidos a los que experimenté por la mañana, cuando me dirigía hacia acá. A lo mejor se trató de una recaída, sin consecuencias, como la que sufrí cuando me acusaron de no tener el güevo suficiente para darle batalla a Miss Saigón.

Relataré el mal rato, igual al sufrido por la tarde. Por recomendaciones de los Encargados de Mantenimiento y Apariencia callé. Ahora, al ritmo de la noche, los desoigo a ambos.

Todavía la madrugada arropaba mi amada Washington. Los automóviles apenas circulaban por las avenidas Constitución e Independencia. A tan temprana hora yo intentaba aquietar el rabo y deslizarme en el asiento trasero de una limosina. Me asistían el neurofisiólogo y el teórico del comportamiento perruno, disfrazados de sacerdotes. El endocrinólogo disfrazado de chofer observaba por el espejo retrovisor y susurraba, como si también anduviera disfrazado de sacerdote: *Milagro, milagro, milagro.*

El milagro no fue deslizarme en el asiento trasero de la limosina, fue enroscar el rabo, aquietarlo y mostrarme impasible ante la gente que, aprovechando la fresca de la hora, se ejercitaba a pie y en bicicleta.

De buenas a primeras el endocrinólogo me entregó unos papeles y anunció que le mandaban a emplazarme: o testimoniaba sobre la herejía genital o me hallarían incurso en desacato. En ese momento preciso tuve la sensación de que el cerebro electrónico se fragmentaba, que me desaparecía a ritmo pacífico, como si estuviera borracho.

Duró un segundo la desaparición. Los sacerdotes falsos nada notaron, tampoco el chofer. Pero, yo desperté a la conciencia de mi monstruosidad endeble: bastaría con desenchufar el escáner de los virus informáticos para revertir la humanización.

42

La escena se repitió por la tarde.

Cuando enjabonaba y lavaba la pata que sujetó y sacudió el *penis baculum* volvieron los malestares. Esta vez me asistieron los Encargados de Mantenimiento y Apariencia, ubicados en un plano secundario mientras yo meaba a lo hombre.

Fui a parar a una sala de cuidados intensivos donde me esperaba la sonrisa confiable de los sabios de Harvard. Uno me tomó la presión, otro extrajo muestras de sangre, otro conectó los equipos multifuncionales a las cuatro patas. Uno revisó el cerebro electrónico, otro reemplazó cuatro bobinas y otro me libró de una garrapata del tamaño de una haba. Sin embargo, ninguno corrigió la avería del cerebro electrónico que me fuerza a hablar enumerando. Una avería que comparo con un soplo en el corazón.

Quedé en estado de desengaño. Callado filosofé si será que nadie es perfecto, empezando por mí, a pesar de ser el primer animal en interceder por el honor de un presidente norteamericano. Callado filosofé si el perfeccionismo no será un reclamo neurótico que justifica la parálisis creadora y el miedo al fracaso. El cual, queda visto, no es mi caso.

Al final, los sabios de Harvard me recetaron ir a cenar con ganas y dieron de alta. Obedecí. La lengua barrió las albóndigas refritas en calcio y potasio y condimentadas con alanina y leucina. También el arroz sancochado con meollo de elefante. Y también los rastros de bizcocho de riboflavina quedados en el bezo, las cejas, el bigote.

Los Encargados de Mantenimiento y Apariencia se mostraron parcos en el comer. Las inspecciones a que me sometieron los sabios de Harvard los mantuvieron ajetreados y tensos. Supondría una catástrofe que el virus Chernobyl me reescribiera la memoria justo cuando llega el momento cumbre de esta jornada.

Encargado de la Apariencia, vuelva a encorbatarme. Lo mandan la formalidad y el patriotismo. Me hincha de orgullo lucir en el pecho velludo una corbata que acoge las cincuenta estrellas y las franjas tricolores. Durante las tres horas próximas un perro formal, caballeroso y a la antigua dirá qué hacían el cuadragésimo segundo presidente de la Nación Esencial del Universo y la bella señorita Lewinsky durante sus encuentros furtivos. Dirá *cómo* se ceremoniaba el amor fugaz, *dónde, cuándo*.

Ciudadanos Afectos a la Moral Sin Tacha. Científicos, Poetas y Filósofos. Mecanógrafo y Taquígrafo, Fotógrafo y Técnicos del Sonido, la Imagen y la Edición. Despabilen las orejas los veintiuno. Los convoca la historia con hache mayúscula. Agudicen la inteligencia y la sensibilidad. Perfeccione el encuadramiento de la cámara el Fotógrafo. Garabatee legible el Taquígrafo. Teclee con primor el Mecanógrafo. Los Técnicos de la Grabación aseguren la fiabilidad de los micrófonos y los tiros de las cámaras.

Buddy Clinton, perro creyente en la democracia y la voz plural de las urnas, la libre empresa y la propiedad privada, la manifestación del cariño por conducto del rabo y el meado como demarcador territorial, testificará cuanto sabe del amorío fugaz que juntó a su amo y a la bella señorita Lewinsky. Testificará a riesgo de incurrir en la indiscreción, dado que coloca el patriotismo por encima de cualquier otro asunto. Testificará sin asesoría legal.

Arranco.

43

Con la pata derecha levantada, con la testuz y el hocico en alto, con las orejas enhiestas, juro decir la verdad, toda la verdad y nada más que la verdad sobre el amorío fugaz habido entre mi amo, el cuadragésimo segundo presidente de los Estados Unidos de Norteamérica, el Honorable William Jefferson Blythe Clinton y la bella señorita Monica Lewinsky.

Siendo como soy un perro formal, caballeroso y a la antigua, no responderé a las cinco preguntas insidiosas que uno de ustedes adhirió al podio, de manera anónima. Hube de leerlas con el rabo del ojo, a la par que el Encargado de la Apariencia me hacía una y de la victoria con el nudo de la corbata. Por ser un perro que no tiene derecho a la modestia, las confundí con enhorabuenas y felicitaciones a mi inteligencia natural y mi inteligencia artificial. En mi caso, la una valida la otra: sé bien quién soy, al margen de los alambres y los electrodos.

Hay talentos que fluyen sin el menor esfuerzo y hay talentos a pujos y empujones. Si yo fuera un perro promedio, los sabios de Harvard no se habrían servido con la cuchara grande, como se han servido. En cuyo caso, ¿ocuparía el gato Socks el podio en esta sesión histórica? ¿Se encorbataría para deponer ante ustedes el falto de introvisión del gato Socks?

44

Me complacen las sonrisas juguetonas, los intercambios de miradas, las expresiones de confianza. Dado que ustedes parecen opinar sobre el gato Socks lo que yo, ¿me acompañarían a jugar un jueguecillo benigno? ¿Sí? Entonces, vuelvan a acatar las instrucciones del Primer Perro Buddy Clinton, como lo hicieron a la hora de recorrer el mapamundi que concibió el astrónomo y cartógrafo italiano Jean Domenique Cassini.

1. Tengan la bondad de cerrar los cuarenta y dos ojos.

2. Con los ojos cerrados imaginen al gato Socks acercándose al podio, llevando un Rolex en la pata izquierda delantera y sosteniendo un fajo de notas con la pata derecha.

3. Imagínenlo maullando la bienvenida.

4. Imagínenlo proclamándose el más modesto y más atropellado Primer Gato que en el mundo ha sido. Imagínenlo apostillando que ni a Misty Malarky Ying Yang, ni a Chan, ni a Tommy Kitten se los atropelló como a él.

5. Procedan a imaginarlo restregando la cabeza contra los bordes del podio, cosa de librarse de los transistores, los controles remotos, los electrodos, las pilas, los cablecillos, los discos compactos, la calculadora operante a una velocidad de quince *teralops*.

6. Imaginen al falto de convicción del pobre Socks describiendo cómo Esa Mujer evaluaba el órgano de animal macho de Ese Tipo. ¡Esa Mujer! ¡Ese Tipo! Los gatos nunca descollaron por la elocuencia verbal. Pero, referirse como Esa Mujer a una muchacha más lozana que la rosa al alba indica un manejo paupérrimo del idioma. Y referirse como Ese Tipo a un hombre con pinta de príncipe azul indica una incompetencia retórica vergonzosa.

7. Ahora abran los ojos. Manténganlos abiertos, sin parpadear. Ahora fijen la mirada en el podio desde el cual el Pri-

mer Perro Buddy Clinton los observa con el escrúpulo del búho y la paciencia del asno. No miren la corbata sobreponerse al enjambre de alambres, miren la estampa que compongo recostado del podio.

8. Respondan si al Primer Perro Buddy Clinton le sobra o no el talento que fluye sin esfuerzo, el talento congénito. Respondan si no es falsa la premisa de que todos los animales somos iguales.

Gracias por el asentimiento colectivo.

Gracias por acariciarme con la sonrisa.

No sé dónde finalizarán mis días. ¿En la Casa Blanca o en la perrera municipal? ¿Dictando cátedras magistrales? No sé si mis cenizas serán lanzadas al Potomac o reposarán junto a las de mi amo, como reposan las de Checkers Nixon junto al suyo. Mas, donde vaya irá la gratitud por las sonrisas con que ustedes me agasajan. No lloro porque llorar no es cosa de hombres. En cambio, negociarlo todo sí es cosa de hombres.

Un poeta grita que no entiende.

Enseguida lo va a entender. Porque voy a negociar un acuerdo con ustedes.

45

Leeré en voz alta, pero no contestaré, las cinco preguntas anónimas, adheridas al podio. Tómenlas como el introito al testimonio en ascuas.

1. ¿Se despeinaban el Bill y la Monica al pecar?

2. ¿Estresaba a la pareja la impureza de su relación?

3. ¿Se cumplimentaban con oraciones protocolarias como *Muchas gracias Señorita Lewinsky por desearme, Muchas gracias Señor Presidente por dejarse desear?*

4. ¿Sabe la Monica que, de cuando en cuando, su apellido se escribe con letra minúscula?: *La chica agasajó al chico con una lewinsky que lo dejó nuevo.*

5. ¿Sabe el Bill que en los países europeos se le sobrenombra *La bragueta biónica?*

Contrarresto las cinco preguntas insidiosas con cinco libres de especulación y mala fe. Tómenlas como mi primera deposición oficial sobre el amorío fugaz que algunos criminalizan como herejía genital.

1. ¿Hubo entre la bella señorita Lewinsky y el cuadragésimo segundo presidente de la Nación Esencial del Universo una específica relación sexual? Respondo con un campanudo *Sí.*

2. ¿Engañó el lobo canoso a la chica alborotada por la juventud con la falsa promesa de matrimonio? Respondo con un retumbante *No.*

3. ¿Fueron ambos tan bobalicones como para no sospechar que se levantarían en su contra los ciudadanos del sexo anestesiado por la frustración y la culpa? Respondo con un campanudo *Quién sabe.*

4. ¿Desconocían todo un Señor Presidente y toda una ninfa constante que algunas ilusiones, como algunos medicamentos, tienen prevista la fecha de expiración? Respondo con un esquivo *A lo mejor.*

5. ¿Pudo alguien impedir la llamada herejía genital? Respondo con un mortificado *Sí.*

46

Reparo en las miradas ferósticas de los Ciudadanos que investigan si mi amo cayó en la infracción genital al quedarse a solas con la bella señorita Monica Lewinsky. Reparo en la confusión de los Científicos, Poetas y Filósofos. Reparo en la parálisis manual que ataca al Mecanógrafo y al Taquígrafo, el Fotógrafo y los Técnicos de Grabación. Reparo en la rigidez cadavérica del Encargado del Mantenimiento. Reparo en que el espanto gatea por la cara del Encargado de la Apariencia.

Andarán conjeturando si pudieron impedirlo la exquisita Primera Dama Hillary, la adorable Primera Hija Chelsea, el Negociado Federal de Investigaciones, la Agencia Central de Inteligencia, los cinco gángsters perfumados.

No, la exquisita Primera Dama no podía impedirlo. Tampoco la adorable Primera Hija. Tampoco el Negociado Federal de Investigaciones, la Agencia Central de Inteligencia, los cinco gángsters perfumados. Menos aún pudo impedirlo el inútil de Socks.

¿Quién entonces?

¡Yo!

La primera vez que la bella señorita Lewinsky se escurrió en el Salón Oval pude denunciarla a fuerza de ladridos. Sin caer en las conductas extremosas del pit bull, el gran danés o el akita, pude crispar el rabo y las orejas y ponerla a huir. Pude disciplinarla con mordiscos correctivos y terapéuticos. Yo, Buddy Clinton, pude impedir el viacrucis que arrostra mi amo y la inscripción de su nombre en los anales de la lujuria. Yo debí profetizar que la bella señorita Lewinsky solo traería a mi amo conflictos, trastornos y desazones.

La culpa me quema la garganta. Suplico agua al Encargado del Mantenimiento. Gracias por el cacharro de agua. No hay bebida que complazca más.

47

Mientras calmaba la sed pensé que debo retractarme por un comentario injusto, hecho segundos atrás. Dije que la bella señorita Lewinsky solo traería a mi amo conflictos, trastornos y desazones.

Desde luego, el cielo no se tapa con un dedo. La conducta de la bella señorita Lewinsky desencadena opiniones inconciliables. Los hombres se preguntan cuáles de las catorce millones, doscientos ochenta y ocho mil cuatrocientas prácticas buco-genitales ella domina. Y las mujeres se preguntan a santo de qué ella ofrece tales extravagancias sexuales a los hombres, felizmente, casados.

Igual ocurre con el cuadragésimo segundo presidente de los Estados Unidos de Norteamérica, el Honorable William Jefferson Blythe Clinton. Las mujeres se preguntan cuáles armas galantes despliega para que nunca falte otra en su camino. Y los hombres se preguntan a santo de qué un hombre en edad de viagrarse corteja a una muchacha veinteañera.

Ambos símbolos son inaceptables. Por eso me retracto del comentario injusto. Más allá del conflicto y el trastorno y la desazón, más allá de las conjuraciones de los moralistas y las griterías de los analfabetos sensuales, la bella señorita Lewinsky obsequió a mi amo una novela esplendente de una sola palabra. Y él, hombre entre los hombres, no se pudo resistir al obsequio.

48

Al margen de edades y fatalidades, nadie negará que mi amo y la bella señorita Lewinsky tuvieron momentos de felicidad, amenguados por la zozobra. Además, la felicidad no estuvo sujeta a componendas y fingimientos por parte de mi amo. Sí reconozco que la telefoneaba a deshoras, que le regaló alguna cosilla insignificante. Sí reconozco que ella, como toda mujer enamorada, transformó la cosilla insignificante en prenda de un amor sin barreras.

Pero, una cosa es que la bella señorita Lewinsky confundiera la veleidad de un juego con la seriedad de una promesa e imaginara boda y luna de miel. Y otra que reciclara el órgano de animal macho de mi amo como página en blanco donde escribir una novela de una sola palabra: deseo.

¡Paren de gritar las veintiuna bocas!

Oyeron bien: vi a mi amo someter el órgano de animal macho a la evaluación ponderada de la señorita Lewinsky. Vi el placer transfigurarlo, regar su cuerpo fornido y espasmarlo, rendirlo, mudarlo al cielo. Y con todo y ser macho hasta el radicalismo, capaz de penetrar tres o cuatro perras sin reposar entre las penetraciones, me sobrecogió la hermosura que iluminaba el rostro del hombre más importante del Planeta mientras desembarcaba la *emissio seminis*.

Me ofenden las sonrisas burlonas, los intercambios de miradas, las expresiones irónicas. Para que el equívoco no sirva de metralla a mis enemigos incondicionales, sus dueños y los carteros, para que no se confunda el cariño a mi amo con sabrá Dios cuál depravación, hago las aclaraciones siguientes.

1. Jamás he participado en los ensamblamientos que prescinden de la cuca como materia prima. Jamás he experimentado el fornicio con otro perro, siquiera por matar el tiempo. Cuando olisqueo un culo de perro, empujado por fijaciones atávicas hoy desfasadas, nauseo en el acto.

2. Sin considerarme el Casanova de la raza cánida, he sabido llegar al Memorial de Iwo Jima con la velocidad de la luz, atraído por las feromonas de una perra en celo.

3. Cuantas ocasiones el órgano vomeronasal me notifica que una Topsy, una Tensi o una Tootsie requieren los socorros de un órgano de animal macho, brinco verjas, rompo cadenas, desafío palos y piedras. Pues disfruto el alivio gemebundo que dejan escapar las perras al verme llegar a socorrerlas.

Desde luego, uno sabe de hoy, pero no sabe de mañana. En la *Gran filogenia canina* se relatan casos de perros robustos, modelo del semental feroz, que un buen día desistieron de los ensamblamientos que requieren la cuca como materia prima y ensayaron el fornicio alterno. Y también se relatan casos de perros con una herramienta imperial entre las patas, capaces de despiezar un antílope en menos de un segundo, que fueron sorprendidos en posiciones, harto comprometedoras, con perros de otras jaurías.

49

Dicho lo dicho, bajo el salvoconducto de mi heterosexualidad sin mácula a la hora actual, retomo la apología de la bella señorita Lewinsky, traedora de la felicidad efímera que hermoseaba a mi amo.

Recuerdo su piel del color de la luz. Recuerdo cuando me regaló una sonrisa picarona. Recuerdo cuando, en respuesta a la sonrisa picarona, me propasé, coloqué el hocico sobre sus muslos y olí y olí y olí, hasta que el olor me empapó. Si la bella señorita Lewinsky causaba en un perro tal arrobo, ¿cómo puede extrañar que mi amo, el extremo opuesto del fanático moral y el analfabeto sensual, no se dejara arrastrar por la felicidad efímera que ella ponía a su alcance?

Pregunta un cuidadano quiénes son dichos fanáticos. Son quienes escamotean el derecho del cuerpo al deleite en el nombre de la más horrenda de las perversiones, la castidad. Son quienes se despreocupan de los acontecimientos en la cama propia y se preocupan de los acontecimientos en las camas ajenas. Pregunta su vecino de asiento quiénes son los analfabetos sensuales. Son quienes jamás supieron de las fiestas rumbosas que se organizan al sur del ombligo.

Lo repito para que no haya dudas.

Vi la felicidad invadir el cuerpo de mi amo, espasmarlo, llevarlo al cierre de los ojos cuando la *emissio semimis* desembarcaba. Vi la hermosura desbordar su rostro cuando la *emissio seminis* apareció, precedida por el calambrillo que hemos sentido los veintidós varones aquí presentes, cientos de ocasiones.

Permítanme una digresión oportuna.

50

En el principio fue el verbo según ustedes. Llevados por la palabra ustedes se adentran en los laberintos del amor y el desconsuelo, la poesía elevada y la prosa rastrera, la mentira y la verdad. Porque, ¡cuántas mentiras ustedes cometen en nombre de la verdad!

En el principio fue el olor según nosotros. Llevados por el olor, los perros nos percatamos de si un hueso fue desechado, merece roerse de inmediato o donarse a un museo por ser hueso de puerco verraco, de mastodonte, de diplodoco.

Los perros olemos las intenciones humanas. Por el olfato diferenciamos los paseos hacia la distracción y los paseos hacia el abandono. Cuando llegan el achaque y la descompostura orgánica algunos amos nos vendan los ojos y abandonan en los bosques remotos. Pasados unos días regresamos al hogar, asquerosos y revejecidos. ¡Nos vendaron los ojos, pero se olvidaron de vendarnos las fosas nasales!

Los perros nacemos sordos y ciegos y el olfato nos guía hacia el pezón materno. Cuando dejamos de ser neonatos y comenzamos a ser cadiellos o cachorrillos, desigualamos nuestro jadeo mamón y el jadeo mamón de los hermanos. Después, cuando dejamos de ser cadiellos o cachorrillos y comenzamos a ser cachorros, se nos revelan los olores primarios, secundarios, terciarios. Todo olor interesa a los perros.

De ahí que, con las cuatro patas extendidas, una oreja en reposo y otra alerta, un ojo cerrado y otro a medio abrir y el hocico y el rabo descansando sobre el piso alfombrado del Salón Oval, registrara el olor suscitado por las prácticas magistrales de la bella señorita Lewinsky. No mudé de posición para registrarlo. Como los cocodrilos, los lagartos y los guaraguaos, los perros somos capaces de fingir el dormimiento.

Fue, por tanto, sumido en la inmovilidad como descifré tres olores que, al mezclarse, componían un olor nuevo. A saliva. A sudor de hombre. A perfume de mujer.

A la par que se hermoseaba el rostro de mi amo me aturdió las fosas nasales el olor a derramamiento *incontinenti*. De ahí que no me sorprendiera su reaparición cuantas veces la bella señorita Lewinsky repetía las prácticas magistrales. El olor al derramamiento sin contener de la naturaleza masculina, definido como eyaculación por el diccionario, pasó a serme archiconocido.

¿Cuál de los dos gozaba más?

Vaya pregunta.

51

Los perros conocemos a nuestros familiares humanos, a perfección: la pareja matrimonial y los hijos, los primos y los sobrinos, los abuelos y los tíos, los vecinos y los amigos de visita. Pero solo reconocemos a una persona en calidad de amo. Mi amo venerando se llama William Jefferson Blythe Clinton, alias Bill.

Cuando se me instaló el cerebro electrónico, la imagen primera que cuajó fue la de mi amo sonriendo. A continuación se agolparon otras. La de mi amo llevando en las manos dos bolas de tenis. La de mi amo llevando en las manos una rama seca. La de mi amo rascándome la barriga. La de mi amo ofreciéndome un *snack*. ¿Entienden por qué no sé cuál disfrutaba más? De la pareja divirtiéndose en el despacho anexo al Salón Oval solo me importaba mi amo, solo contemplaba a mi amo, solo tenía un ojo siempre abierto para mi amo.

Con mucho gusto y fina voluntad complaceré al poeta que suplica más información sobre la bella señorita Lewinsky, después de rascar donde el picor me atormenta. El picor culebrea hasta las tetillas. Pero, no creo que sea un asunto de escáner, con perdón del Encargado de Mantenimiento.

Sigo.

Reparar en la felicidad de mi amo no me impedía apreciar la belleza de la señorita Lewinsky: hembra para llevar del brazo por la avenida Pennsylvania. La lozanía. Las ondas de la cabellera. La carne de la boca. La suavidad de los codos.

Hablo de hembras y la mente me la pueblan las sombras de Giulietta Degli Espiriti y Rareza, de las gemelas Tango y Vals, de la perra del embajador de Austria. Hablo de hembras y, como por resorte, asoman las sombras de Melocotón, de Baby Jane, de Molly Bloom, de Eva Luna. Hablo de hembras para llevar del brazo por la calle y se me atascan en la memoria las sombras iluminadas de Enchilada, de Popea, de Hiroshima Mon Amour, de Norma Desmond, de Titanic.

A ustedes les causa gracia el nombre de Titanic.

A mí me causa melancolía.

52

Tanto se adueñaba de mi órgano de animal macho la cuca dentata de Titanic que, en el lapso de una penetración, varios calambrillos anunciaban varias *emissio seminis*. Por ensartar a Titanic dejaría de filmar grandes películas. Buddy Clinton en *El Perro Invisible*. Buddy Clinton en *Buddy Clinton Contra Rocky Balboa*. Buddy Clinton en *El Perro Más Sexy del Mundo*.

No desespere el poeta que suplicó información adicional sobre la bella señorita Lewinsky. Seguiré complaciéndolo luego de disuadir la erección que me agobia por andar pensando en la Titanic.

Indecencias como la que están viendo no se repetirán, ¿tengo cara de gorila, de chimpancé, de orangután? Una vez se regule mi condición de perro humanoide y el estatus de estrella cinematográfica rija mi vida, usaré taparrabos, suspensorios, trajes de baño, pantaloncillos. Las erecciones se controlarán a como dé lugar, bien por el método de la infibulación, bien porque se me dessexualice con progesteronas sintéticas, bien porque se me matricule en cursillos para combatir las erecciones inconvenientes. Todos pagamos un precio por ver cumplidas nuestras ambiciones.

La garganta está a punto de reventar.

Pero, sigo en pie.

Aludí a la piel color de luz de la bella señorita Lewinsky, a su sonrisa picarona y cabellera en ondas. Ahora aludo a las carnes que la prensa flaco-supremacista desacredita. La bella señorita Lewinsky no era una musa aeróbica. Pero, no se la podría considerar gorda.

Recuerdo haberla visto, muchas ocasiones, en el Salón Oval. Bien maquillada. Bien vestida. Bien compuesta. Bien entaconada. Bien oliente. Los poros, los capilares, el nervio ciático, el plexo solar y el plexo sacro eran surtidores de olor inmejorable.

53

En el olor integral de la bella señorita Lewinsky se mezclaban el hechizo químico y el hechizo glandular, más el olor a mujer retadora de los límites. La primera vez que nos visitó tuvo la idea, poco graciosa, de darme unas palmaditas en la cabeza. Yo quedé patidifuso. Intimidado por su olor a hembra saludable y bien perfumada, le meneé el rabo con cierto titubeo. Después, cuando empezó a entrar y salir del Salón Oval, como Pedro por su casa, le meneaba el rabo y de qué manera.

El comentario de un científico me hace gracia.

Si les meneaba el rabo a los papas y los dalai lama, a los imanes y las testas coronadas, a los presidentes de república y las estrellas cinematográficas, gente que venía a medrar, ¿cómo no iba a meneárselo a quien llegaba a la Casa Blanca a dar?

Me fatigo a cada rato. Como si el cerebro electrónico se estuviera desoxigenando, para decirlo con una palabra fácil de entender. ¿Estarán fallando las válvulas electrodinámicas? Continúo.

Un olor adicional asocio con la bella señorita Lewinsky: me dio a probar pizza de queso derretido y salami.

54

Si siguen preguntando, la sesión no terminará en el curso de hoy. Y quiero volver a Casa Blanca esta noche y celebrar el ascenso a humanoide, junto a mi familia.

¿Cómo puedo saber las veces que el estallido de la naturaleza hermoseó el rostro de mi amo, como pretende que sepa uno de los ciudadanos afectos a la moral sin tacha? ¿Treinta y ocho, treinta y nueve, cuarenta? Mentiría si comprometiera un número, no me pongan contra la pared. Mi manejo de las matemáticas apenas roza la artimética, queda a años luz del álgebra y desconoce la existencia de la geometría y la trigonometría. Desde luego, a tonto no llego.

Sé contar el número de los aquí presentes y el de las galletitas con que se premian mis piruetas aéreas. Sé contar las albóndigas servidas en la escudilla y las preguntas anónimas adheridas al podio. Sé cuántas grandes lecciones me proporcionó, sin darse cuenta, la pareja divirtiéndose en el salón adyacente al Salón Oval: cuatro.

¡Cuánta curiosidad al unísono!

¿Estaré reunido con analfabetos sensuales?

Bien, los complazco y detallo las lecciones.

1. El sexo humano discurre entre la desesperación por culminar el placer y la desesperación por retrasarlo.

poderes y los títulos, los timbres sociales y las razas, la educación y la falta de ella.

2. Al instante de culminar el placer se abuelen los poderes y los títulos, los timbres sociales y las razas, la educación y la falta de ella.

3. La mueca y la sonrisa configuran un gesto nuevo cuando culmina el placer, sea mediante la eyaculación, sea mediante el orgasmo.

4. Todo acto humano es susceptible de simulacro menos la erección.

¿Más bisbiseo? Ni que fueran moscardones.

Me irrita la tendenciosidad de esa pregunta.

¿Cómo iba a contar las veces que una pareja de *homo sapiens* gozaba de sus partes íntimas cuando las feromonas undulaban por la Avenida Pennsylvania? ¿Cómo iba a atender las cucas a mi cargo si atendía las cucas a cargo de mi amo? Jamás lograré calcular si fueron treinta y ocho, treinta y nueve o cuarenta las veces que la bella señorita Lewinsky y mi amo disfrutaron el uno del otro.

Sí confirmo que el disfrute tuvo por escenario el despacho anexo al Salón Oval, donde yo holgazaneo. Bueno, además holgazaneo en otros salones. Cuando el calor sancocha a Washington, cuando Georgetown y Virginia y Maryland humean, salgo de la terraza del Salón Oval, acelero el trote y me zambullo en la fuente que mandó a construir el vigésimo presidente de la nación norteamericana, el Honorable Ulysses Grant. Si mi amo escucha la zambullida, se llega a la fuente con un par de bolas de tenis y armamos la fiesta.

Durante el verano deambulo por la Casa Blanca, como perro realengo. Suelto un pedo aquí, tiro otro pedo allá. Durante el verano escapo a la vigilancia de los mayordomos y recorro algunos de los ciento treinta y dos salones que integran la Casa Blanca. A veces, si estoy tristón o deprimido, me escapo hacia la geografía de la incertidumbre.

55

¿Ven por qué Daddie Dearest no sospechó de mis breves desapariciones mientras transcurría el experimento que hoy se pone a prueba? ¿Ven cómo el endocrinólogo, el neurofisiólogo y el teórico del comportamiento pudieron aprovechar mis escapaditas? ¿Ven cómo el tamaño descomunal de la Casa Blanca permite la comedia de equivocaciones que precedió a mi humanización?

Cuánta estudiantina turistea por la Casa Blanca durante el verano, cuánto jubilado y ciudadano extranjero, japoneses en la mayoría. Cuánto fogonazo sale de las cámaras fotográficas. Cuánta fragancia a lavanda y cabellera limpia. Cuánto hedor a ropa interior sucia y excremento seco.

Cuidado con acusarme de puerco.

No desprecio al mamífero paquidermo doméstico de la familia de los suidos, que mide unos siete decímetros de alto y aproximadamente un metro de largo, de cabeza grande y orejas caídas. Pero, me hieren las acusaciones de puerco cuando confieso el deleite ocasionado por las materias podridas. Entonces, ¿qué dirán del león?

Nada entusiasma más al corpulento mamífero que comer intestinos de gacela o jirafa, de ciervo o ñu, los animales que despieza con mayor frecuencia. El rey de la selva aparta los intestinos para saborearlos como postre, dejando que el sabor a mierda lo emborrache. Y no se trata de mierda curada de su hedor funesto por el paso de los días. Se trata de mierda acabada de almacenar en el intestino, de mierda fresca. Yo, animal de gustos menos exóticos que el león, me conformo con una ración triple de helado de vainilla como postre. Eso sí, almibarada con cucharadas de chocolate belga.

Retorno al tema de las escapaditas veraniegas.

56

Frecuento el Salón Rojo, el Salón Azul, el Salón Verde, aun cuando Daddie Dearest recalca, con el dedo índice de la mano zurda, que nada debo buscar por allá.

¡Como si un perro atendiera tan flacas razones!

Haciendo caso omiso al dedo me desplazo hasta el Salón Vermeil. En llegando, inhalo el olor a caoba añeja que despide la mesa en el centro del salón. Después que el olor a caoba me congestiona los pulmones, me siento a apreciar los retratos de las exquisitas primeras damas que decoran las paredes. Después inhalo los olores del óleo sobre la tela, los olores de la doradura por los marcos, los olores del polvillo que cristalizó el paso de los años.

¿Para qué traigo a colación esto? Para recordar que tengo una vida intransferible, que la sed de vagabundez me ciega, aun siendo Primer Perro. Para reafirmar las obligaciones propias de mi especie y rango.

1. Dejarme sobar la barriga.
2. Mantener a raya las pulgas y las garrapatas.
3. Deglutir snacks.
4. Revolcarme en alguna inmundicia.
5. Encarrilar los instintos básicos.
6. Combatir el *tedium vitae*.
7. Tolerar al gato Socks.

¡Una pregunta así da escalofríos!

La contesto en honor de las reglas democráticas.

No, el rostro de la bella señorita Lewinsky no lo avinagraba la culpa tras desembarcar la *emissio seminis* en su boca de grana. La culpa tampoco enturbiaba el rostro de mi amo. ¿Por cuál violación al decoro la culpa iba a avinagrar sus rostros? Ambos, mayores de edad, consentían al encuentro. Además, la puerta del Salón Oval permanecía cerrada.

Juro, por mi madre, que no comprendo la pregunta.

57

¿A qué se me iba a invitar?

Cuando entonces yo no parecía un enjambre de alambres. Cuando entonces yo era incapaz de descifrar las implicaciones políticas de aquella novela de una sola palabra. Mi presencia en el Salón Oval equivalía a la de una lámpara Tiffany sobre cualquier escritorio. Los amantes no sospechaban que, un buen día, los sabios de la Universidad de Harvard me humanizarían y arrancarían los secretos de sus amoríos fugaces.

Por favor, sean congruentes a la hora de sospechar.

Resulta inaudito acusar a mi amo y la bella señorita Lewinsky de exposiciones indecorosas frente al Primer Perro. No se produjeron aberraciones ni se produjo más ensamblamiento que el informado. No se me invitó a participar de las fiestas rumbosas al sur del ombligo. Sí, la bella señorita Lewinsky seguía siendo una flor de tentación después de hacer lo que hacía. Sí, mi amo se retocaba la cabellera después que la bella señorita Lewinsky le hacía lo que le hacía. Sí, mi amo se despedía de la bella señorita Lewinsky con un beso descomprometido.

Ustedes me malhumoran. Pero, con independencia de que la ley reconozca su derecho a malhumorarme, les aconsejo pensar dos veces antes de preguntar. La estupidez también se divulga en las preguntas que hacemos. De cualquier modo, en ánimo de disipar falsas premisas o interpretaciones viles, contesto. Pero, mirando con obstinación la pata izquierda donde se luce un Rolex.

¿Iba a permitir el presidente de la Nación Esencial del Universo que su órgano de animal macho lo agasajara quien no fuera una mujer despampanante? Si mi amo hubiera accedido a dar batalla a cuantas damas le miraban la bragueta se hubiera paralizado la rama ejecutiva.

He visto a no sé cuántas damas pugnar por escurrirse debajo de mi amo. He oído a no sé cuántas insinuarle la disponibilidad de sus pezones erectos. He oído a una hiperseñorona, presidenta del club más exquisitoide de la Nación Esencial del Universo, susurrar: Señor Presidente, pequemos en nefando.

Si yo fuese un perro interesado en el dinero, vendería a cualquier editorial los comentarios sediciosos de las damas, sobre la irregularidad del Primer Pene, como lo llamaban entre risitas. Una irregularidad que, dicho en defensa de mi amo, ninguna consideró obstáculo a la hora de batallar.

¡Eviten la tos reaccionaria!

58

Contéstense ustedes mismos si los Honorables Franklin Delano Roosevelt, Dwight David Eisenhower y John Fitzgerald Kennedy, respectivos trigésimo segundo, trigésimo cuarto y trigésimo quinto presidente de los Estados Unidos de Norteamérica, entrarían en carnalidad con quienes no fueran hembras despampanantes, encima de creativas a la hora de coitar. El poder y la seducción son el anverso y el reverso de una misma moneda, lo aprendí de la oración que reza Daddie Dearest apenas el día principiar: El sexo nuestro de cada día dánoslo hoy más audaz que ayer, flamígero de principio a fin, libre de tiquismiquis. Haznos amantes inventivos, para maravillar al cuerpo que yace junto a nosotros. Y danos poder, que es darnos seducción. Amén. El poder supera a la mandrágora y la yohimbina como referencia afrodisiaca. El poder político, el poder económico, el poder religioso son seducciones históricas: reyes, banqueros y papas encabezan las listas de los amantes más codiciados.

¡No se subleven!

¿Depongo para consumo de los pterodáctilos voladores y los dinosaurios, los iguanodontes y los dragones, los hipogrifos y los basiliscos? ¿Depongo para consumo de los unicornios, las esfinges y los tiranosaurios rex? ¿Todo un día completo y un buen pedazo de noche? Por lo menos, como se conoce a una persona: el más incompleto, cuesta arriba y elusivo de los conocimientos. ¿O debo aceptar que converso con veintiún enfermos de ingenuidad patética?

Minutos atrás recordé cuando me sentaba en el piso del salón Vermeil y se me soltaron los deseos de sentarme en un butacón de este recinto augusto. ¿Podría el Encargado de la Apariencia acercarme uno al podio y graduar los micrófonos a su altura? Minutos atrás hablé de sed de vagabundez y me dio sed de agua. ¿Podría el Encargado del Mantenimiento darme agua?

La corbata me estorba.

Encargado de la Apariencia, cuélguela del podio.

¿Qué sucede? Los Encargados de Mantenimiento y Apariencia no acuden a mi solicitud. ¿Dónde se han metido? Se supone que permanezcan a mi lado en todo momento.

Me duele el disco duro. Me duele el cerebro electrónico. Me duele la voz de marioneta metálica.

Llevo horas ejerciendo de humanoide. Repasé cuanto el hombre representa para el perro y el perro para el hombre. Distinguí a varios perros iconográficos. Enumeré las contribuciones de los perros al bienestar y progreso del planeta Tierra. Denuncié a los cinco agentes encubiertos que me atropellaron. Detallé qué hacían el cuadragésimo segundo presidente de la Nación Esencial del Universo, el Honorable William Jefferson Blythe Clinton y la bella señorita Lewinsky durante sus encuentros furtivos. Caí en la indiscreción para satisfacerlos a ustedes.

¡Por favor, no se desmadren! ¡Todos estamos impacientes, yo más que nadie! Impaciente por salir corriendo hacia las avenidas Constitución e Independencia y ladrar en señal de desafío.

59

Aún impaciente por correr y ladrar, mando se personen los Encargados de Mantenimiento y Apariencia.

Debo volver esta noche a Casa Blanca, el lugar más soledumbroso del mundo, según el vigésimo séptimo presidente de la nación norteamericana, el Honorable William Taft. Supongo que me acompañarán el neurofisiólogo, el teórico del comportamiento perruno y el endocrinólogo, libres ya de los disfraces de sacerdotes y chofer. Quiero celebrar el ascenso a humanoide junto al resto de la Primera Familia y hasta con el gato Socks: la gloria me autoriza a ser compasivo.

¡Volver a Casa Blanca!

Mi amo, la exquisita Primera Dama Hillary y la adorable Primera Hija Chelsea sufrirán sendos micro infartos del miocardio al verme y oírme. Una vez se recuperen y sepan del experimento revolucionario celebraremos en el Salón Vermeil. Supongo que invitarán a brindar, con el mejor champán francés, al neurofisiólogo y al teórico del comportamiento perruno, al endocrinólogo y a Daddie Dearest, a los Encargados de Mantenimiento y Apariencia.

¿Verdad que parece embuste?

¡Sujetar una flauta de champán con la pata derecha!

Tras el brindis suplicaré una audiencia privada con mi amo para hablarle de tú a tú. Primero le expresaré mi confianza absoluta en que su presidencia se reconocerá como eminente, una vez se disipe la controversia inocua sobre el amorío fugaz. Después le expresaré la molestia con algunos aspectos de la humanización, empezando por la avería en el cerebro electrónico, continuando con la voz de marioneta metálica y terminando con el caminar. Después le expresaré la voluntad de adelantar una agenda de trabajo que incluya los renglones siguientes:

1. Escoger un cabildero que gestione la inclusión de mi nombre, apellido y rango en el Libro de Récords Guiness.

2. Señalar la fecha de presentar mi nuevo yo a los medios de comunicación del universo.

3. Acordar cuántos de los ciento treinta y dos salones integrantes de la Casa Blanca dispondré para mi uso exclusivo.

4. Censurar las películas atentatorias a la dignidad canina y hacer pública mi negativa a participar en escenas de desnudos sin valor artístico.

5. Contratar los abogados que defenderán el cúmulo de mis intereses, así como los relacionistas y guardaespaldas, así como los entrenadores de voz y los asesores de modales y los consejeros de inversiones a corto y largo plazo, así como los salarios que devengarán los Encargados del Mantenimiento y la Apariencia: sin su auxilio yo sucumbiría.

Y hablando de los Encargados de Mantenimiento y Apariencia, ¿por qué abandonan sus deberes? Va siendo la hora de la aceitada, las reprogramaciones genéticas y el escaneo de los virus informáticos. Entiendo que se aparten a tomar un café. Pero, ¿cuánto tiempo toma tomarse un café? La noche apremia.

¡Horror!

Alguien desenchufó el escáner.

Para revertir la humanización basta con desenchufar el escáner de los virus informáticos: así de endebles somos los monstruos cibernéticos. Por eso sentía el cerebro eletrónico fragmentarse. Como si un cortocircuito impidiera el acceso de energía a los terminales de la memoria. Como si empezara a desaparecer a ritmo pacífico.

Como si estuviera borracho. Por eso me invade el anhelo de salir a correr por las avenidas Constitución e Independencia, llevando una boca seca en la rama.

¿Dije llevando una boca seca en la rama?

Agradezco que se levanten de sus asientos. Pero, mejor vayan a buscar a los Encargados de Mantenimiento y Apariencia. Si cesa la operación de cuanto me humaniza, adiós volver a la Casa Blanca en plan de salvador del honor familiar. Adiós, para siempre, a la filmación en Colombia de Buddy Clinton y el Tesoro del Pirata Morgan, a la filmación en Jordania de Buddy Clinton y la Lámpara Maravillosa. Adiós, también, a la filmación en el desierto de Arizona de Buddy Clinton Contraataca a Los Gatos Malvados.

¿Dónde trabajan los sabios que me ascendieron?

¿Dónde queda Harvard?

¿Quedará en Chappaqua?

¿Sabe alguno de ustedes el número telefónico de los sabios? Debo avisarles que me tienta levantar la pata y mear en el tronco de un árbol, donde acaba de mear un meón que no tiene el güevo suficiente para suplantarme. Creí que el experimento revolucionario curaría dichas tentaciones. Encima, tengo ganas de ladrar, de menear, batir y girar el rabo hasta que mi amo me regañe: Ya, ya, ya. Encima tengo ganas de penetrar a Popea, a Titanic, a Norma Desmond. Montarlas a las tres en sucesión, sin ambages y a lo bruto, sin descansar entre las penetraciones.

La corbata me maltrata el cogote. ¿Estarán dejando de operar los transistores, los controles remotos, los electrodos? Sospecho que se está destejiendo la red neuronal y resquebrajándose el experimento revolucionario. Sospecho que estoy a punto de volver a caminar en cuatro patas. Necesito urgencia con ayuda.

¿Dije urgencia con ayuda?

¿Verdad que debí decir ayuda con urgencia?

¡Albricias!

Por fin reaparecen los Encargados de Mantenimiento y Apariencia. Y reaparecen lívidos, como si se supieran en falta. Lo están: sin el auxilio de ustedes yo sería un perro más. ¡Gracias por reaparecer!

Reaparecidos los Encargados de Mantenimiento y Apariencia, el Fotógrafo podrá tomar la fotografía emblemática del siglo xx: el Primer Perro Buddy Clinton en su momento de esplendor, rodeado por los siete Ciudadanos Afectos a la Moral Sin Tacha, los seis Científicos, Poetas y Filósofos, los tres Técnicos de la Grabación, el Mecanógrafo y el Taquígrafo y los Encargados de Mantenimiento y Apariencia. Exijo al Fotógrafo que un enunciado del escritor francés André Breton orle la fotografía: Lo que hay de admirable en lo fantástico es que ya no hay nada fantástico, solo hay realidad.

Mientras el Fotógrafo calcula la distancia entre la lente y el objetivo y el grupo humano se configura a mi alrededor, exijo se investigue quién desenchufó el escáner de los virus informáticos. En lo que el Fotógrafo mide la luz exijo saber a quién van a meter en la jaula que los Encargados de Mantenimiento y Apariencia recién acaban de dejar a las puertas del salón augusto, con tan hipócrita indiferencia.

Un seguidor de Montaigne contempla el Caribe: ensayos y crónicas

LA GUAGUA AÉREA
[1994]

A Carmen Puigdollers, por su talento para la vida

Tras el grito de espanto se descuelgan, uno a uno, los silencios. La azafata empieza a retroceder. Angelical e inocente como un personaje de Horacio Quiroga, gélida blonda como fue la Kim Novak en sus días de blonda gélida, la azafata atormentaría la libidine del enamoradizo King Kong. Quien la agasajaría con vértigo o mareo en el *Empire State Building*.

Los rostros ansiosos de los viajeros comparten las más desorbitadas premoniciones. Los rostros se vuelven al encuentro con la mano que porta el revólver, el cuchillo, la bomba de hechura casera. Porque el grito de espanto ha de ser la irresistible delación de otro secuestrador de aviones o de un desquiciado que amenaza. Un *Padre Nuestro* pincha y revienta los silencios descolgados. La azafata continúa el retroceso. La azafata se ha mirado en el espanto y el espanto la ha marcado con la promesa del desmayo.

Pero, el secuestrador de aviones o el desquiciado amenazante no está a la vista. Contritos, mascullados, borbotean varios *Padre Nuestro* a niveles diversos de fe y oralidad. Rápido se hace la luz, sopetonazo violador de la retina, sopetonazo que alumbra los latidos cardiacos de los pasajeros. La guagua aérea se convierte en un mamut autopsiado por indiscretas fluorescencias.

El grito, las oraciones y la propagación del suspenso atraen al capitán o chofer de la guagua aérea y al ingeniero de abordo. El resto de la tripulación se alerta. Un barrunto de histeria prende y crece. La azafata está a media pulgada de la consunción por el horror. Pero, el secuestrador de aviones o el desquiciado amenazante no parece a la vista.

De pronto, una carcajada corrompe, pareadamente, el silencio y el *Padre Nuestro* que, en unos labios suplicantes, había llegado hasta la a del *Amén*. Pura en su ofensa, tan nítido el paréntesis por ella recortado que cabría pegada en una página, la carcajada contagia los cientos de viajeros de la guagua aérea que rutea todas las noches entre los aeropuertos de Puerto Rico y de Nueva York.

Carcajadas llamativas por el placer y la ferocidad que las transportan. El placer, no hay más que verlo, expresa una automática convergencia. La ferocidad, no hay más que mirarlo, trasluce inolvidables resentimientos.

El miedoso de oficio diría que el mucho bamboleo y el mucho jamaqueo, producidos por el desternillamiento general, hacen peligrar la guagua aérea esta noche. Y unos ángeles de vuelo bajo y tendencia fisgonera sacrificarían el oropel sagrado de los bucles por saber de qué demonios se ríe ese gentío mestizo que vuela, campechano, por sus lados. Solo la tripulación, uniformemente gringa esta noche, parece inmune a la risa, inmune a la plaga de la risa, inmune a las burlas que merece el pavor de la azafata rubia.

Las carcajadas amenazan desnivelar la presión que sirve a la guagua aérea. Las carcajadas amenazan alterar la velocidad que desarrolla la guagua aérea. Las carcajadas amenazan descarriar y accidentar la guagua aérea. Pues a vista de todos se perfila el espanto que motivó el pavor y causó el grito.

Por el pasillo alfombrado de la guagua aérea, con caminares de hampón tofete y buscabullas, jaquetona, indiferente a los escándalos y los miedos que su presencia convoca, se desplaza una saludable pareja de jueyes. Paradójicamente, la notable salud profetiza el inminente destino —mañana serán salmorejo en *Prospect* o relleno de alcapurrias en *South Bronx* o jueyes al carapacho en *Brooklyn* o asopao en el *Lower East Side*—. O acaso serán habitantes temporeros de una jueyera ubicada en las tinieblas de un *basement*; jueyera oculta a la inquisición del *Super* o del *Landlord*; jueyera escondida a las averiguaciones de la *Bosa* o del *Bos*.

Mas, esta noche, el uso de la guagua aérca como fortuita servidumbre de paso convierte los jueyes en sujeto de comentarios ágiles y vivaces novelerías; comentarios y novelerías que precipitan la intranquiliad que, ahora, reina. Y que la expresa el verbo agitado, los cuerpos que se agachan, los cuerpos que se incorporan, los cuerpos que se desmembran en los asientos carcelarios, los cuerpos que desparrama el barullo.

La intranquilidad azuza el discurso patriótico y el contrainterrogatorio anexionista, los chistes de color a escoger y su recepción ruidosa, las guiñadas de los lanzados mujeriegos y los coqueteos de las lanzadas hombreriegas. La intranquilidad azuza la confesión a que se entregan los pasajeros de la guagua aérea, pues la autobiografía seduce a los puertorriqueños tanto como el amistar repentista y sin cuidado. La intranquilidad la engorda el recuento de las humillaciones sufridas por los puertorriqueños en el *crosstown* y el *elevator*, el *fucking job* y la universidad liberal, la *junkería* del judío. Eso sí, humillaciones ripostadas con elocuencia, pundonor natural y carácter. La intranquilidad, en fin, tiende una raya, invisible pero sensible, entre el bando de los gringos y el bando de los puertorriqueños. Precisa la raya, con discutible opinión, la mulata que nutre el bebé con los caldos de una caldosa y radiante teta —*Mientras más rubias más pendejas*—.

Asombrado por el desafío del Tercer Mundo a la ciencia electrónica del Primero, molesto porque el instrumental de seguridad no detectó la materia infanda, el capitán o chofer de la guagua aérea reclama la identificación del dueño o la dueña de la pareja de jueyes. El capitán o chofer de la guagua aérea reclama la identificación escudándose con unos parodiables gestos hitlerianos. Las reclamaciones insistentes y el vigoroso gesticulario, además de las ofertas de potenciales albaceas de jueyes, las ataja el hombre cincuentón y fibroso, medio dormido y medio fastidiado, que avanza hasta las primeras filas de la guagua aérea y con llamativas habilidades manuales inmoviliza a la pareja fugitiva. A la vez la increpa, falsamente gruñón, disimuladamente complacido.

—*Los pongo a soñar de gratis con una inyección de Valium por el ojo de la contentura y con la puercá que me pagan.*

La euforia triunfa, se colectiviza. La risa descongestiona la razón de nubarrones y los bronquios de mucosidad. Alguien que revisaba los cadáveres despanzurrados que ilustran la actualidad puertorriqueña según el periódico *El Vocero* declara: *Me ahogué.* Alguien que elogiaba el show del Gallito

138

de Manatí en el teatro *Jefferson* declara: *Me meé.* Un avispado induce: *Está la noche de a galón.* Varios avispados responden: *A ese galón me apunto yo.* Otro avispado filosofa: *Procede el sopón de gallina.*

La guagua aérea efervesce. La guagua aérea oscila entre el tumulto y el peso de la quimera, entre el compromiso con el salir adelante y la cruz secular del *Ay bendito.* Una mujer muy dispuesta a devanear, bajo turbante floreado el secreto bien guardado de los rolos, informa que brinca mensualmente el charco y olvida el lado del charco en que vive. Una adolescente, desesperada porque a René le cambió la voz y hubo que darlo de baja de *Menudo,* oye con desinterés al adolescente desesperado porque va hacia Newark pero no sabe a qué rayos va. Una señora, de naturaleza gregaria y despachada, muestra la colcha tejida que cubrirá la cama *King Size* de su comadre Doña Luz que vive al lado de la *Marketa.* Bajo la colcha tejida un cuarteto atonal de caballeros bala la balada *En mi viejo San Juan.* Un caballero, de pose instruida y mesurada, le pregunta a la mulata de la teta caldosa y radiante si no se conocieron antes: *Tal vez en las fiestas que, en honor de la Virgen de la Monserrate, se celebran en la ciudad de Hormigueros.* La mulata de la teta caldosa y radiante replica que nunca ha estado en la ciudad de Hormigueros. El mismo caballero, de pose instruida y mesurada, le pregunta a la muchacha, aprisionada en un mameluco color calabaza, si no se conocieron antes: *Tal vez en las fiestas que, en honor de los Santos Ángeles Custodios, se celebran en la ciudad de Yabucoa.* La muchacha, aprisionada en un mameluco color calabaza, replica que nunca ha estado en la ciudad de Yabucoa. Y para aclarar cuentas le informa al caballero, de pose instruida y mesurada, que ella pulula por la discoteca *Bachelor* y por la discoteca *Bocaccio* y por la discoteca *Souvenirs*. Y para disuadirlo de cualquier movida donjuanista le espeta que lo de ella es el *Gay Power*. En la cocina de la guagua aérea un orfeón chillón majaderea a las azafatas y los sobrecargos con el estribillo: *Si no me dan de beber lloro*. Desentendiéndose de la algarabía un hombre narra el encarcelamiento de su hijo por negarse a declarar ante el *Gran Jurado Federal*. Y argumenta, serena la voz, que ser nacionalista en la isla acarrea un secreto prestigio pero que ser nacionalista en Nueva York acarrea una pública hostilidad.

Una resonante escolta de interjecciones encadena las anécdotas dramáticas y risibles, desgarradas y livianas, que formulan la resistencia a las afrentas, a los prejuicios a cara pelá, a los prejuicios disfrazados; anécdotas infinitas en las que los puertorriqueños ocupan el centro absoluto de la picardía, de la listeza, del atrevimiento, de la malicia, de la maña, del ingenio.

Anécdotas deleitosas por el inteligente montaje narrativo. Anécdotas de asuntos que enternecen. Anécdotas aliñadas con un palabrón usado al punto. Anécdotas telurizadas por el estilo arroz y habichuelas. Anécdotas protagonizadas por un jíbaro que no habla dócil. Anécdotas de puertorriqueños a quienes visitaron un día, juntamente, el desempleo, la hambre y las ganas de comer. Anécdotas desgraciadas de puertorriqueños, colonizados hasta el meollo, que se disculpan por el error de ser puertorriqueños. Anécdotas felices de puertorriqueños que se enfogonan y maldicen si se duda que son puertorriqueños. Anécdotas que chispean, como centellas, en el idioma español puertorriqueño. Idioma vasto y basto, vivificantemente corrupto. Como el idioma español argentino. Como el idioma español mexicano. Como el idioma español venezolano. Como el idioma español español. Anécdotas, por millar, de boricuas que viajan, a diario, entre el elíseo desacreditado que ha pasado a ser Nueva York y el edén inhabitable que se ha vuelto Puerto Rico.

Tanto monta el anecdotario que un psíquico predeciría, como un Walter Mercado sin templo universal ni capas de lentejuelas, como un Walter Mercado de segunda mano, que la guagua aérea no requiere gasolina esta noche pues las vibraciones positivas proveen el combustible. Y los ángeles de vuelo bajo y tendencia fisgonera sacrificarían el oropel sagrado de sus alas por saber de qué carajo bembetea el gentío mestizo que vuela, campechano y divertido, por sus lados.

Solo la tripulación, uniformemente gringa esta noche, parece inmune a la risa. Inmune y decidida a combatirla como a plaga. ¿La medicina? El reparto expedito de sándwiches de pavo desabrido, saquitos de maní, coca cola por un tubo y siete llaves, juegos de barajas y las súbitas mediaciones del capitán o chofer de la guagua aérea. Que intenta pacificar la bayoya puertorriqueña con unas bayoyitas gringas que ni arrancan ni desarrollan ni consiguen velocidad.

—*Ladies and gentlemen, this is the Captain speaking. Now that the dangerous kidnappers are back in their bags, now that is really sure that we are not going to be taken to an unexpected meeting with that poco simpático Señor Fidel Castro, I invite all of you to look thru the windows and catch a splash of the Milky Way. In a few minutes we will be showing, without charges tonight, a funny movie starring that funny man, Richard Pryor.*

La vecina de asiento me pregunta: *¿Qué dijo ese hombre?* No llego a contestar porque el vecino de la fila contigua, el que alardea de ganarse los billetes en Manhattan y gozárselos en Puerto Rico, el que aclara: *Yo soy amigo de todos pero compañero de nadie*, el que especifica: *Compañeros son los cojones que siempre acompañan a uno*, me toma la delantera con una letanía sarcástica.

—*El Capitan quiere matarnos la nota. El Capitán quiere matarnos la nota poniéndonos a ver una película del moreno que se achicharró por andar arrebatao. El Capitán quiere matarnos la nota para que soltemos los topos. El Capitán quiere quitarnos los topos para acabar el vacilón que le montamos los puertorriqueños a treinta y un mil pies sobre el nivel del mar.*

¿Ruedan los topos sobre el tapete mayestático de la imaginación cuando el vecino de la fila contigua susurra, en dialecto orgásmico, las suposiciones más perdularias del Capitán y la azafata rubia? Ruedan y de qué manera. Por perdularias y por infames, por escabrosas en grado sumo, si las alcanzara la cámara guerrearían por poseerlas el *Penthouse* y el *Playboy*. Gracias a Dios la vecina de asiento no las oye pues, como buena puertorriqueña, mantiene dos conversaciones simultáneas; una sobre la huelga de los locos con la señora de la fila delantera: *Dicen que amenazan con sanar*, y otra sobre la ruindad del Presidente Ronald Reagan con la vecina de la fila trasera: *Dicen que ese verdugo está acabando con El Salvador.*

La cordialidad fertiliza, ahora, la guagua aérea. La cordialidad se refleja en el halago entusiasta a las flores de papel traídas de regalo a una tía que se mudó a un *proyecto* de New Jersey, en el repartir ruidoso y el ruidoso compartir que une a quienes padecen juntos y aman lo mismo: una caja de pastelillos de guayaba hechos en *La bombonera,* un saco de polvorones, una docena de piononos, una sarta de pirulíes, unas rueditas de salchichón, una pipita de ron caña curado con pasas de Corinto de la que los varones beben sin remilgos.

Quede claro que la cordialidad dicharachera y ruidosa, confianzuda y que efervesce, se consagra en la cabina económica. Apenas, por tanto, se entera del rechazo que consigue entre los puertorriqueños guarecidos en la *First-class.* Quienes racionalizan, entre sorbo y sorbo de champaña californiana, para consumo del vecino yanqui de asiento: *They are my people but.*

Quienes resuellan, frente a alguna azafata de nariz razonable: *Wish they learn soon how to behave.* Quienes pronuncian un *statement* cuasi testamentario entre la lectura superficial de alguna revista ídem: *They will never make it because they are trash.*

La cordialidad se espuma, se chorrea por los cachetes de los pasajeros con las voluptuosidades del maví a punto de helarse, cuando el cincuentón fibroso declama unas sinceras posdatas exculpatorias.

—*Si no puedo vivir en Puerto Rico, porque allí no hay vida buena para mí, me lo traigo conmigo poco a poco. En este viaje traigo cuatro jueves de Vacía Talega. En el anterior un gallo castado. En el próximo traeré cuanto disco grabó el artista Cortijo.*

La enumeración lo colma, saborea el recuerdo de otros traslados, de otros remedios para el mal de la distancia, de otros rescates de pertenencias entrañables. Que, cuando los ve el corazón miope y el juicio deformado, parecen chapucería costumbrista, mediocre color local, folklore liviano. Hasta síndrome del lelolai.

Pero que, cuando se los trata con justicia, avienen a pulcras expresiones de un temperamento que, día a día, establece la diferencia y asegura la permanencia.

Temperamento cimentado en las militancias del carino. Que se va un puertorriqueño a Nueva York y lo despiden cuatro. Que regresan dos puertorriqueños de Nueva York y los reciben ocho.

Temperamento que persigue la forma en los caudales del humor. Que el puertorriqueño ama la risa sobre todas las cosas, y cuando quiere reír rie, ensordecedoramente. Temperamento que encuentra el estilo en la lágrima. Que el puertorriqueño ama el llanto sobre todas las cosas. Y cuando quiere llorar llora, cinemexicanamente.

Risa y llanto, por cierto, indiscernibles esta noche en la guagua aérea. Porque reputándose de ser la tángana, de hablar por los codos incluidos, el cincuentón fibroso duplica los paliques, triplica los parrafitos, multiplica los apartes. En unos se cultiva la risa. En otros se cultiva la lágrima.

Palique con un tal Cayo Díaz de Cayey que viene a abrazar los dos nietos que no ve desde septiembre. Aparte con una tal Soledad Romero que se dispara hacia Puerto Rico cuando se le enmohecen los cables del alma. Parrafito con un tal Isidoro Juncos que brincó el charco a vender unas tierritas porque el hijo se le metió en *trobol* y no quiere que la cárcel se lo dañe. Palique con una tal Laura Serrano que no puede faltar al destino figurado en Nueva York aunque el invierno la agrave. Aparte con una tal Gloria Fragoso que viene a Nueva York a impedir que se muera Vitín, el hijo moribundo. Parrafito con un tal Yacoco Calderón quien se muda al

Barrio, una vez al año, *pa jartarse de ganar chavos*. Parrafito con un tal Diógenes Ballester que repite: *En Nueva York yo estoy prestao*. Palique con un tal Roberto Márquez quien saluda con un fogoso: *Puertorriqueño y palante*.

A treinta y un mil pies sobre el nivel del mar los puertorriqueños comparten las desempolvadas ilusiones. A treinta y un mil pies sobre el nivel del mar los puertorriqueños replantean la adversidad y el sosiego del país que se quedó en pueblo grandote o del pueblo que se metió a chin de país. A treinta y un mil pies sobre el nivel del mar los puertorriqueños encandilan la cháchara que recae en el *¿De dónde es usted?* A treinta y un mil pies sobre el nivel del mar los puertorriqueños vuelven al registro provinciano: *Si usted es de Aguadilla conocerá a Tata Barradas*. A treinta y un mil pies sobre el nivel del mar los puertorriqueños se enamoran de las fragancias pueblerinas: *los Acarón son de Cabo Rojo, los Abeillez son de Mayagüez, los Chapel son de Anasco, los Canino son de Dorado, los Barreras son de Morovis, los Veray son de Yauco, los Seijo son de Arecibo*.

¡Cuántos universos atraviesan los puertorriqueños cuando atraviesan la caverna celestial!

Puertorriqueños que suben a la guagua aérea si llevan en el fondo del bolsillo el pasaje abierto que asegura la vuelta inmediata porque la Vieja entró en agonía o el Viejo se murió de repente; el pasaje abierto que soluciona la hambruna de regresar a la isla que idolatran los fuegos de la memoria, la *flor cautiva* a la que canta la danza, *la isla de la palmera y la guajana* a la que recita el poema; el pasaje abierto que resuelve la urgencia de desandar monte y playa, de despilfarrar el tiempo en el vueltón por la plaza, de recuperar las amistades en un conversao de tres días, de castigarse las tripas con una jumeta de las que empiezan y no acaban, de reencontrar lo inalterado.

¡Cuántas promesas transporta la guagua aérea al elevarse sobre el charco azul a que los puertorriqueños reducen el Atlántico!

Puertorriqueños que se asfixian en Puerto Rico y respiran en Nueva York. Puertorriqueños que en Puerto Rico no dan pie con bola y en Nueva York botan la bola y promedian el bateo en cuatrocientos. Puertorriqueños a quienes desasosiega el tongoneo insular y los sosiega la cosmopolitana lucha a brazo partido. Puertorriqueños a los que duele y preocupa vivir fuera de la patria. Puertorriqueños que querrían estar allá pero que tienen que estar acá. Y se esclavizan a las explicaciones innecesarias.

—*Chico, en la isla solo funciona el beber y el vacilar.*

—*Chico, en Puerto Rico todo es una complicación.*

—*Chico, Puerto Rico se dispersa en la apoteosis verbal.*

—*Chico, ya yo eché mi suerte acá.*

—*Chico, que me entierren dondequiera pero allá.*

Puertorriqueños del corazón estrujado por las interrogaciones que suscitan los adverbios *allá* y *acá*. Puertorriqueños que, de tanto ir y venir, informalizan el viaje en la guagua aérea y lo reducen a una trillita sencillona sobre el móvil océano. Que lo que importa es llegar, pronto, a Nueva York. Que lo que importa es regresar, pronto, a Puerto Rico. Que lo que importa es volver, pronto, a Nueva York. Que lo que importa es regresar, pronto, a Puerto Rico. Llegadas y regresos que concelebra el aplauso emotivo prosiguiente al aterrizaje de la guagua aérea en la tierra prometida.

Mas, ¿cúal es la tierra prometida? ¿Aquella del *ardiente suelo*? ¿Esta de la *fría estación*?

La vecina de asiento me pregunta: *¿Qué dijo ese hombre?* Esta vez sí logro contestarle que el capitán nos manda abrochar los cinturones de seguridad porque vamos a aterrizar. Entonces, taladrándome con la mirada, viéndome por primera vez, pregunta: *¿De dónde es usted?* Le contesto: *De Puerto Rico.* Ella comenta, sospechosamente espiritista: *Eso se le ve en la cara.*

Mi risa la insatisface por lo que vuelve a preguntar: *Pero, ¿de qué pueblo?* Le respondo: *De Humacao.* La complazco pues comenta con un aquel de remembranza: *Yo estuve en Humacao una vez.*

Ahora el abismo prieto lo malogran las claridades a lo lejos. Ahora la noche la corrompe una que otra lucecilla de balandra. Ahora los oídos se ataponan. Ahora un bebé ejercita los pulmones con ganas verdaderas. Ahora mi vecina de asiento me mira con la fuerza que obliga a reciprocar la mirada.

La vecina de asiento me mira como si regañara mi repliegue súbito en el abismo, la noche, los pulmones del bebé. La vecina de asiento me recrimina, con la mirada, el olvidar que en la guagua aérea se impone el diálogo corrido y sin tapujos. La vecina de asiento me mira para cobrar la pregunta que le debo. Como no soy hombre de deudas le pago a continuación: *¿De dónde es usted?* Unos ojos rientes y una fuga de bonitos sonrojos le administran el rostro cuando me contesta: *De Puerto Rico.* Lo que me obliga a decirle, razonablemente espiritista: *Eso lo ve hasta un ciego.* Como me insatisface la malicia inocente que le abunda el mirar,

mirar de tal pureza que les hace cosquillas a mis ojos, añado, copiándole el patrón interrogador: *Pero, ¿de qué pueblo de Puerto Rico?* Con una naturalidad que asusta, equivalente la sonrisa a la más triunfal de las marchas, la vecina de asiento me contesta: *De Nueva York.*

Yo también sonrío aunque despacio. La sonrisa, poco a poco, se me hace risa en las teleras del alma. A los dominios donde ejerce la memoria, a la convocatoria de la sonrisa y la risa, se presentan mis tías enterradas en no sé cuál cementerio del Bronx y la azafata rubia con trasunto de Kim Novak, los primos de Filadelfia que reclamo como primos aunque no los conozco y el ruidoso compartir que une a quienes padecen juntos y aman lo mismo, el viaje a punto de terminar y los otros viajes que retejieron el destino de unos tres millones de hijos de Mamá Borinquen.

Yo también sonrío, de muela a muela, porque la vecina me ha contestado: *De Nueva York.* Parece, claro está, un manoseado lugar común o un traspié geográfico. Parece, sin lugar a dudas, una broma. Parece una hábil apropiación. Parece la dulce venganza del invadido que invadió al invasor.

Lugar común, traspié geográfico, broma, hábil apropiación, dulce venganza: la respuesta de mi vecina de asiento supone eso y mucho más.

Es la historia que no se aprovecha en los libros de Historia. Es el envés de la retórica que se le escapa a la política. Es el dato que ignora la estadística. Es el decir que confirma la utilidad de la poesía. Es la recompensa a la zozobra de los miles de compatriotas que vieron la isla desaparecer, para siempre, desde la borda del vapor *Coamo* y la borda del vapor *Marine Tiger.* Es la reivindicación de los miles de

compatriotas que subieron, alelados y pioneros, a las catorce horas de aflictivo encierro en las antiguas y tembluzcas
máquinas de volar de la *Pan American World Airways*. Es la
reclamación legítima de un espacio, furiosamente, conquis-
tado. ¡El espacio de una nación flotante entre dos puertos de
contrabandear esperanzas!

LAS SEÑAS DEL CARIBE
[1994]

El Caribe suena, suena, escribe el cubano Alejo Carpentier. Y la afirmativa fluye con la cadencia del verso. Pero, no se trata de un verso. Se trata de la explicación prosada del tejido cultural que unos nombran Caribe y otros mar de las Antillas. La explicación triunfa por bella y por exacta.

La naturaleza caribeña tine más sones placenteros que la guitarra. El impostergable mar traslada el son por las islas —tornadizo son marino que adormece o que asusta, que seda o que desvela—. Y las brisas aurorales halagan la piel tanto como el zureo de las aves los oídos. No, no debe sorprender la impresión de paraíso sin serpiente que suscitan las Antillas.

A los sones de la naturaleza se añaden los sones humanos que regulan las noches y los días del Caribe. El son prolonga los amores, fanatiza las huelgas, orla las soledades de la muerte. ¿Se han visto enamorados sin canción? ¿Convence el piquete obrero que descarta el recurso del bongó y la pandereta? ¿Atenta la paz de los sepulcros la música, de linaje vital, que suena durante algunos entierros?

En otra esquina o solar del mundo tal vez. En las islas del Caribe no.

Particulariza al hombre y la mujer caribes el apego esclavizado al son. Cuanta oficina gubernamental se respeta ostenta un radio o varios que transmiten música bailable. La gestión de renovar la licencia de conductor, por ejemplo, la musicaliza una bachata en boca del estupendo Juan Luis Guerra o una balada en boca de la apoteósica Lucecita Benitez. Un retazo de son escapa de la radio escondida en botiquín en más de una sala de emergencia. El descenso del suero intravenoso, por ejemplo, lo musicaliza un guaguancó en boca de la eterna Celia Cruz o un bolerazo en boca del regio Danny Rivera. Si en el Caribe no se escucha el son se dificulta la vida. Si en el Caribe no se hace el son se estropea la muerte.

Como hijos del sol nomina la publicidad de escaso numen al hombre y la mujer caribes. Lo apropiado sería nominarlos hijos del son. Repitamos que el apego al son los identifica, el apego al son en toda manifestación posible. Incluso el son que deletrean ciertas carnes.

Un célebre merengue narra el efecto pernicioso de los sones carnales: *Tú tienes un caminao, Que me tiene trastornao.* Una célebre guaracha describe otro caminar que parece ondular entre la sensualidad y la procacidad: *Ofelia la trigueñita, Va por la calle, Y camina así, Camina así, Caminando así.* Hasta la imaginación chata o de menor despliegue visualiza ambos caminares tras oír el soneo de esta guaracha y aquel merengue.

Pero, vayamos a un son carnal que tine nombre y apellido.

Archiva la memoria de quien oye cantar a la puertorriqueña Lucy Fabery la magnética extrañeza de la voz. Y a continuación los difusos espasmos de su cuerpo; espasmos que roban la serenidad a quien los mira. Oyendo el son gustoso de Lucy Fabery, viéndola elevar el movimiento corporal a concerto filarmónico, se reconoce la verdad en que incurre el cubano Alejo Carpentier cuando escribe *El Caribe suena, suena*.

En cambio, el puertorriqueño Luis Palés Matos ve en la mulatez y la negritud el común denominador de las islas asentadas en el mar que unos nombran Caribe y otros mar de Colón.

La calle antillana, encendida por cocolos de negras caras, se repite como el escenario donde transcurre la poesía palesiana de mayor repercusión.

El verbo sonoro, la estrofa que reclama la voz bien impostada y la implicación del donaire gestual, convierten la poesía negroide de Palés en un festín para declamadores. Natural resulta, entonces, que la declamación la popularice y que se citen y reciten, desvinculados del poema a que pertenecen, varios versos incisivos y pegajosos como homenaje a la inventiva del autor.

Pero la repercusión trasciende la mera sonoridad, la impostación y el donaire. La poesia negroide de Palés no se entretiene en la demagogia necia o la retórica débil. Si se detiene en la enumeración justipreciada de las aportaciones negras a la cultura antillana. Admira cómo el bardo puertorriqueno transforma, en cuidadosa reflexión, la plural vivencia negra. Admira cómo enmarca la plural vivencia negra con la onomatopeya rítmica, el soneo de las maracas y las sabrosas percusiones de los cueros. Que el Caribe suena, suena porque el Caribe es negro, es negro.

El idioma y la historia varían de Jamaica a Haití, de Aruba al Caribe hispánico. Pero la prietura permanece como la señal que hermana los piélagos antillanos. La imponencia de la negritud autoriza el protagonismo racial del Caribe que le confiere Luis Palés Matos.

El buen ojo del pueblo también lo reconoce. El refrán *el que no tiene dinga tiene mandinga* chacotea el ataque de blancura de las irrisorias aristocracias antillanas. A propósito, Fortunato Vizcarrondo, cuya poesía aguarda por el estudio imaginativo que pondere su deslumbre y originalidad, concibe unos versos desafiantes:

> *Ayer me dijiste negro*
> *y hoy te voy a contestar,*
> *mi Abuela sale a la sala.*
> *¿Y la tuya dónde está?*

Es decir, que ni la negación de los abuelos ni la ocultación de los cabellos grifos bajo el turbante compinche como se denuncia en *Vejigantes*, el drama esencial de Francisco Arriví, consiguen desmentir que la mulatez y la negrura sustantivan el destino antillano.

Otro rumbo prosigue el dominicano Pedro Mir al buscar el signo comunal de la antillanía. En uno de sus poemas capitales, *Contracanto a Walt Whitman*, Mir radica una breve nota autobiográfica que complace citar.

> *Yo,*
> *Un hijo del Caribe,*
> *Precisamente antillano,*
> *Producto primitivo de una ingenua*
> *criatura borinqueña*

y un obrero cubano.
Nacido justamente y pobremente,
en suelo quisqueyano.

La mudanza continua de vivienda y la entremezcla étnica consignan el elemento aglutinador del Caribe según lo poetiza Pedro Mir, la señal imborrable de un pueblo grande repartido por un archipiélago pobre. Los versos de Pedro Mir, tan enjundiosos pese al laconismo calculado, sintetizan un intachable retrato con palabras del caribeño cruzado. Anima estos versos del Maestro dominicano una llaneza estremecedora y estremecida; la misma llaneza con que los tres países del Caribe hispánico han sabido vincularse. La opresión política, la dictadura de turno, los azotes de la miseria, la avaricia creciente de las clases privilegiadas, hacen que Puerto Rico hoy, la República Dominicana ayer, Cuba antier, se alternen como la capital de la entremezcla en el Caribe hispánico.

A la entremezcla conducen las fatigas de la peregrinación y las avenencias del exilio. Porque, como peregrinos y exiliados, sobreviven muchos antillanos a lo largo de los siglos. Desde los ilustres hasta los deslustrados. Desde los que viajan en la guagua aérea hasta los que se arriesgan a que el tiburón los destripe. Desde los que legitima el pasaporte hasta los que llevan por carnet una hambre vieja. Desde los que la Gran Sociedad acoge y protege hasta los que la Gran Sociedad estigmatiza y rechaza.

Además, la peregrinación y el exilio engendran unos gentilicios que portan dos lealtades comprometedoras. A veces conciliadores, a veces problemáticos, los nuevos gentilicios remiten a unas peripecias dignas de oírse. Peripecias de los puertorriqueño-cubanos y los puertorriqueño-dominicanos. Peripecias de los dominicano-puertorriqueños y los dominicano-cubanos. Peripecias de los cubano-puertorriqueños y los cubano-dominicanos.

El son, la prietura y la errancia definen el Caribe según opinan tres de sus escritores imprescindibles, Alejo Carpentier, Luis Palés Matos, Pedro Mir.

La palabra útil y artística cristaliza en las definiciones de tan ilustres creadores. Que la literatura considerada imprescindible instaura un pacto entre la palabra que propicia la utilidad y la palabra que se satisface en el arte.

Pero, no solamente lo definen, caracterizan y señalan. El son, la prietura y la errancia se postulan como la bandera del Caribe entero. Una arropadora, histórica, facultada bandera de tres franjas. ¡Entrañable la una, unitaria la otra y la tercera amarga!

RUMBA DE SALÓN
[1994]

Quien vio actuar a aquel sinverguenza ocasional, Mandrake Morrison, apodado Mandrake el Mago, recordará la afirmación que gustaba repetir, entre carcajadas y guiños: *El cuento no es el cuento, el cuento es quien lo cuenta.* Rapsodial parecia la afirmación, metrificados por la intuición los dos cortos versos. Utilizaba la afirmación el amable bribón como puente verbal para pasar del cuento recién hecho al cuento próximo a hacer. ¿Cuentista? No, cuentero. Mandrake Morrison vivía de contar cuentos a cuantos se juntaran a oírlo; contarlos, engarzarlos con un magisterio cuyo mérito principal consistía en la invisibilidad del esfuerzo.

La invisibilidad del esfuerzo se tiene por esforzada tarea en cualquier arte. La *naturalidad* interpretativa de Al Pacino y Vanessa Redgrave, de Robert de Niro o Joanne Woodward, la produce un voluntarioso artificio: semanas y semanas de investigar la motivación del personaje, semanas y semanas de acechar el matiz que valida la emoción, semanas y semanas en la configuración de la persona que refugia el personaje. La *naturalidad* que derrochan Julio Bocca y Alexandra Ferri, cuando interpretan los ballets blancos de su amplio repertorio, oculta una infinidad de calentamientos del cuerpo, de tenaces repasos, de ensayos detallistas. La naturalidad contradice el arte que es, por esencia, fingimiento.

La invisibilidad del esfuerzo, regla de oro del contar, no la cita Horacio Quiroga en el celebrado *Decálogo* ni la aluden Juan Bosch y Julio Cortázar en las páginas notables que dedican al arte de contar, notablemente. Tampoco la cita o alude, pues no tuvo ocasión de teorizar, la madre de todos los cuentistas, Scherezada. Sin embargo, en los cuentos escritos de ellos como en los cuentos orales de ella, la regla de oro se guarda, religiosamente.

Urdir un cuento, tejerlo con maestría, atarlo de forma que las puntadas desaparezcan y el esfuerzo se invisibilice, nadie lo hace mejor que Scherezada. Acaso porque en juego están el continente y el contenido del más entresijado de los cuentos, el cuento de la propia vida.

Esclava *full-time* de un pobladísimo harén o gineceo, con obligaciones de odalisca y responsabilidades de esposa requeteputa en la cama y archibeata fuera de ella, Scherezada se ve en la obligación de añadir otra diligencia a las muchísimas *propias de su sexo*: contar cuentos que sorprendan, embelesen y amansen al Sultán. Quien, despechado por la infidelidad de otra esclava, amenaza decapitar la población completa de su harén o gineceo, eunucos incluidos.

Detrás del espejismo copioso de *Aladino y la lámpara maravillosa*, detrás de la gitanería de *Alí Babá y los cuarenta ladrones*, detrás de los buceos de Simbad por el imperio de las aguas, detrás de tanta invención magicista y sobrenatural, vibra una desesperada apuesta por la vida en boca de mujer.

Si Pandora —otra esposa— abre la caja de los males, Scherezada abre la caja de los bienes. Aferrada a la imaginación como salvoconducto para transitar unas mil noches, en libertal bajo palabra durante mil amaneceres, Scherezada cuenta los cuentos como si los urdiera sobre la marcha, como si no los hubiera diseñado y corregido durante el perdón discurrente entre cada amanecer y cada anochecer; los cuenta con la soltura que, siglos después, Italo Calvino rebautiza como *agilidad* y cataloga como cualidad indispensable del narrar.

Caja de los bienes sí, pues a procurar el bienestar del temido oyente se destinan las narraciones de Scherezada. Primorosas falúas son las narraciones, bajeles para una guerra hecha con palabras que navegan con buen soplo y buen ritmo, capitaneadas por los hilos de la maravilla: caballos en volandas, filtros de amor, hallazgos de tesoros, policromos embustes.

Navegaciones que concurren con el dicho de Oscar Wilde: *el arte es el resultado matemático del deseo de belleza.* Navegaciones entre los proporcionados suspensos de la trama. Navegaciones que facturan, como equipaje único, el ímpetu de vivir.

Ímpetu, furiosa apuesta por la vida, profecía del verso con que Sor Juana, otra esposa, perfecciona su mejor soneto: *Si te labra prisión mi fantasía.* Sí, una prisión fantástica le labra, noche tras noche, la esclava Scherezada a su potencial verdugo. Una prisión edificada por la fábula irreal y la palabra abrillantada. Una prisión ante la que se desdobla en cuentera, en ventrílocua, en mima, en cuanta máscara improvisa la mujer para conseguir la aprobación del hombre. La máscara de dar el grado y agradar. La máscara de complacer. La máscara de satisfacerse en complacer.

Desesperadamente, arrojadamente, Scherezada erotiza el placer, lo tonifica con las chulerías del deseo —colores que a la tentación orientan, pieles de una ardentía sonsacadora, olores que abren los apetitos venéreos, sonidos emitidos para seducir, mil saboreamientos—. Artesanamente, femeninamente, Scherezada monumentaliza el placer. Andamiajes de sus noches son el placer de fantasear, el placer de agasajar, el placer de existir, el placer de contar cuentos: andamiajes, estrategias, armas de sus batallas contra Tánatos. Trébol de cuatro hojas: las ejercitaciones del placer indultan a la esclava. Trébol milagroso: el contar placentero eterniza a la relatora.

Sin embargo, el reconocimiento de Scherezada como la madre de los cuentistas, la celebridad que en el orbe literario disfruta, no han precipitado una corriente que la tome como modelo o referencia, como punto de partida para un nuevo arte de contar. Tanto así que la literatura que afina en el gozo y la delicia, la literatura que contenta el ánimo, la literatura placentera, escasea a lo largo de los siglos. Fuera de esa intensa, aunque fragmentaria, explosión sensorial que se llama *El satiricón*, fuera de los éxtasis amatorios del *Decamerón* y el aventurar de Don Quijote y Sancho, fuera de las carnavalizaciones de *Gargantúa y Pantagruel* y de las socarronerías de los *Cuentos de Canterbury*, poca práctica continuada tiene la narrativa que se sustantiva en el placer, que a este estima como alta consecuencia.

Por otro lado, la academia, el cenáculo politicoso que censura cuanto destiende y flexibiliza, el crítico ideático y turbio, el crítico matriculado en la escuela de Don Quintín el

Amargao, rechazan el placer como el efecto que la literatura debe provocar. Para desgracia de ella misma a la literatura se le requiere didactismo, mensaje redentor, inmersión en los decorados de la realidad. Y lo que colma la copa, el divorcio de las conductas destructivas y las edificantes, las retorcidas y las probas. ¡Como si la humana condición pudiera departamentalizarse así de tosca, maniquea, infantilmente! ¡Como si no hubiera revolución del presente y reto del futuro, adelantamiento intelectual y fortuna espiritual en el teatro de los placeres!

Sin embargo, aquella misma academia, aquel mismo cenáculo politicoso, aquel mismo crítico ideático y turbio, aquel mismo discípulo amado de Don Quintín el Amargao, no le solicita a la literatura que transporte a un estado de feliz, interrogativo, creador asombro. O que se lance a despachurrar cuanto dogma sujeta, controla, estupidiza. Tampoco que investigue los portentos de la realidad con una ludicidad aclaratoria, una ludicidad cervantina. Menos aún exige que la literatura le regale placeres al lector porque el placer se suele vincular con la superficialidad de miras y el desquiciamiento ético, con la debilitación del intelecto y la puerilización del raciocinio, con la indiferencia ante los condenados de la tierra, con la gracia que entontece, con la escritura sin alma.

Algo parecido ocurre con el humor. Si el artista descarta el tono trémulo e inflamatorio, a la vez que se inclina a las devastaciones del humor, se le recibe con desconfianza, cuestiona el alcance, pone en cuarentena. O lo regaña el dedo regañón de Perico El Profundo o lo hiela la sonrisa desagradable de Jenny Ridiculé, temibles estafermos con presencia activa en todas las repúblicas de las letras.

(Genio a duras penas édito, dedicado a hacer el mal sin mirar a cual, cultivador de una escritura cuyos sujeto y predicado jamás coinciden en el mismo párrafo, Perico el Profundo amenaza escribir una Teoría de la Seriedad contra las falacias que, a propósito del humor, escribieran el Bergson, el Diplo, el Freud, el Tres Patines. Como vive en contra, Perico el Profundo amenaza escribir, también, contra la *ebriedad del pesimismo finisecular*, contra *la prospectiva homosexualización de las juventudes a través de las músicas decadentistas*, contra *los sidaicos*. El increíble *ridiculum vitae* de *Jenny Ridiculé* abulta pues la sabihondísima redama haber leído los libros que aún no se han publicado. Eminencia del disparate, hermana perdida de Cantinflas, comprometida con el Sacrificio en Primera Clase cuando estalle la Revolución Mundial, los artículos de Jenny Ridiculé profieren una conceptualización que mete miedo: *La pauperización del ideolecto, intrayectado como uniglosia donde el signo bisémico y el elemento metalógico se devoran uno al otro, aunque intertextualiza y descontruye un mito que la sociedad industrial ordena como modelo para los subdesarrollos y las afasias, aunque coordina las entropías y las retrocensura, desacierta su extrapolación en este conjunto poetiforme que hiper fracasa por circunciso el sentido, minussignico el formato y nochescente la oscura colisión de ambos*).

En cambio, al artista se le tiene en altísima estima si se amorcilla con solemnidades huecas y lo ensopan las lágrimas, si lo revienta contra el suelo la *angst* y lo atormentan los complejos, si la rumia por el deterioro corporal lo induce a andar con el espejito a cuestas. Lo que implica que sufrir se considera más propio que gozar, que hacer llorar prestigia más que hacer pensar.

Digo hacer pensar porque el humor espolea el intelecto mientras que el llanto lo aturde. El humor invita al análisis mientras que el llanto lo inhibe entre mucosidades. Además, hay observación penetrante del mundo y su escenología en el humor bueno, hay peligro en su conquista. Tómense, como ejemplo, los desamparos que se hacinan en el rostro de Buster Keaton o los desafíos a la ecuanimidad que articula el cuerpo desarticulado de Jerry Lewis. Tómense, como muestras, las ternezas que destilan los monstruos obesos de Fernando Botero y las perspicacias que chorrean por los monigotes de Mingote. Tómense los pudores insinuantes de la humanoide *Miss Piggy*, los pescozones a las falsas virtudes que propina Molière, los rejoneos de ese otro humanoide confianzudo, de *Alf*.

Con perdón de los mafalderos excluyo a su petisa favorita de mi seleccionado del humor que especula. Fea y precoz como Jean Paul Sartre, máquina de pensar como Jean Paul Sartre, aventajada en la fulminación del opositor como Jean Paul Sartre, ubicada en la gerencia de las Verdades Absolutas como Jean Paul Sartre. Los parecidos podrían atestar el sinfín. Mafalda, igual que el maestrazo franchute, necesita un suero de crisis ideológica y una emulsión de duda restituyente. El suero y la emulsión la llevarían a calar los ascos de la *Izquierda* con la vislumbre saludable con que cala las chusmerías de la *Derecha*. Izquierdizante o derechoide, la canalla no responde a ideas, responde a intereses. Con las indignidades de la canalla, apellídese capitalista o marxista, puede hornear un bizcochazo el humor que muerde y golpea, el humor que mina todos los púlpitos y sermones engañosos, el humor que no se casa con nadie, el humor que aguarda por Mafalda.

Si desconoce la vida como una carrera a lomo de tigre, a riesgo de caer y morir descuartizado, el humor no merece la atención. Si transige con la escatología y desatiende la moral el humor se queda en los pañales de la gracia. Si ignora la naturaleza humana como un dúo entre el desafío y el susurro, entre la fortaleza y la vulnerabilidad, el humor se reduce a bobería, a superficialidad, a pendejada.

El humor se parece a la puerta que se mantiene entreabierta, convidante. El llanto, a diferencia, se parece a la puerta que abre de golpe y de golpe cierra. El llanto enerva mientras que el humor aviva. El llanto propende a ocultar la cabeza en el hombro ajeno mientras que el humor libra de toda ingerencia emotiva El llanto exterioriza las debilidades que empujan a las claudicaciones mientras que el humor interioriza la reciedumbre que eventualiza las sublevaciones.

Samuel Beckett, en cuyo teatro el humor arrastra un lastre de melancolía y proyecta una mueca de conmiseración, tras definir la risa como un sucedáneo del aullido, procede a desglosarla en tres ejemplos representativos: la risa amarga que ríe de lo que no es bueno, la risa de dientes afuera que ríe de lo que no es verdadero, la risa sin alegría que se ríe de lo desdichado. A la producción de alguna de esas risas se consagra el humor cuando se lo practica con la seriedad que el buenazo de Dios manda. Para entendernos de una vez y por todas, una seriedad más acorde con la herejía que con el entretenimiento.

NUEVAS CANCIONES FESTIVAS
PARA SER LLORADAS
[1994]

A José Ferrer Canales, por su decencia

2

Cuantas veces llego a un país extranjero me asombra la rapidez con que el inspector de aduanas tacha la declaración de mi nacionalidad puertorriqueña y sobreimpone las siglas *U.S.A.* Para el inspector de aduanas el hecho no tiene la menor importancia como repite Arturo de Córdova, película tras película. Cumple él un trámite burocrático de manera inopinada y casual. Para mí, en cambio, sí la tiene. Por eso, tercamente, cuantas veces llego a un país extranjero y formulo el permiso de entrar, declaro *Puertorriqueña* en el apartado de la nacionalidad a sabiendas de que el inspector de aduanas avanzará a negarlo mediante una tachadura sobre la cual impondrá las siglas U.S.A.

No hay universo como aquel que sangra poemó Pablo Neruda con una sobrecogedora racionalidad. Y desde el cautiverio en Reading, donde pagaba con cárcel la frecuentación del amor que no se atrevía decir su nombre, Oscar Wilde concluyó, rencoroso y a punto de alucinar: *El dolor es un instante infinito.*

Durante un instante infinito el dolor me ofusca, mi cerebro anfitriona la indignación, siento que sangra mi universo. Durante un momento, muy largo, no me libero de los resentimientos ni dejo de mirar hacia atrás con ira ni hacia adelante con desvelo, tensión.

Aclaro que el dolor y el resentimiento no son emociones de mi exclusivo derroche. Miles de puertorriqueños las padecen. Aunque, a fuerza de costumbre, sonríen helada y sombríamente. La sonrisa apenas si dura pues el inspector de aduanas llama a la persona próxima en la fila. Y el puertorriqueño —cualquiera de los miles aludidos— se dirige a buscar las maletas con el azoro quemándolo, alterado con el tramo histórico en que transcurre su única vida, sacudido por la muda destemplanza.

O a la total inversa. Es decir, repleto de soberbia camina el puertorriqueño a buscar las maletas, con tranco agigantado, flotante entre mares de optimismo, satisfecho con el ascenso a norteamericano. Sobre todo, agradecido por el huracán de favores que le otorga una multiestrellada Providencia con cielo sucursal en Washington. Pues en el apartado donde informar la nacionalidad escribió, con letra atronadora y fluorescente, *U.S.A.*

Miles de puertorriqueños disneylandizan esa mutilación. Miles se precipitan a corregir al inspector de aduanas si pregunta: *¿Puertorriqueño?*, cuando reconoce al renegado en la persona que esgrime el pasaporte norteamericano cual si fuera el azote de Dios. Con quisquillosidad porcentual cacarean: *Americanos ciento por ciento.* Con trino fundamentalista entonan: *Americanos hasta la muerte*. Con aires tomados en préstamo al caballero Nostradamus profetizan: *Americanos tras la resurrección*.

El gentilicio reduce lo americano a lo norteamericano. La reducción contiene, además del lapsus geográfico, un juicio despectivo sobre la América innombrada, la América descalza, la América en español. Y a los soñadores de pueblos que alentarían otra americanidad —Simón Bolívar, José Martí, Eugenio María de Hostos— se los traga la selva del olvido. Y los esplendores de la América innombrada, la América descalza, la América en español, los tritura una poderosa máquina de yanquizar.

Sépase que los miles de puertorriqueños que disneylandizan la mutilación no son los únicos expuestos a la violencia que, continuamente, desata la pregunta sobre su vivir y ser. También los miles de puertorriqueños que sonríen, helada y sombríamente, cuando observan la reescritura de su nacionalidad se enardecen ante las preguntas que se suceden como fuego artillero.

Pero, ¿acaso los puertorriqueños no son norteamericanos? Pero, ¿no son una misma cosa el puertorriqueño y el norteamericano? Pero, ¿no es cierto que los puertorriqueños son de los norteamericanos? Pero, ¿se mandan ustedes o los mandan los gringos? Pero, ¿como se habilita una nacionalidad a la que le falta la sanción de la ciudadanía?

Por otro lado, aunque la urbanidad se abandone y la zafiedad se patrocine, al inspector de aduanas hay que mandarlo a los Jardines Colgantes del Carajo si comenta, lleno de gracia como el Ave María: *¡Usted es puertorriqueño! ¡Yo vi West Side Story con Natalie Wood!*

2

Frente a tanto desgarro y tanto equívoco, tanto tirar y halar infinitos, tanta desvirtuación pronta a cumplir un largo siglo, tanta inimaginable coartada, se debe afirmar, a boca llena, que la proeza mayor que realiza un puertorriqueño consiste en ser puertorriqueño y quererse y afirmarse como tal.

Puertorriqueño a quien no lo enamora la apostilla: *Puerto Rico es mi patria pero Estados Unidos de Norteamérica es mi nación*. Puertorriqueño a quien no lo seduce la zarzuela del madrepatrismo. Puertorriqueño aspirante a que su país, Puerto Rico, sostenga una relación fraterna con los Estados Unidos de Norteamérica, con España, con Iberoamérica, con cuanta antilla se nombra, con el mundo restante. Puertorriqueño que reconoce el legado de Abuela África a la mitad de la población: el pelo grifo, la nalga erguida, la nariz aplastada, su poco de bemba colorá. Puertorriqueño del hablar dulce y cadencioso, el hablar expresivo del antiguo amor entre las negras mandingas y los peninsulares retóricos.

Más aún, puertorriqueño colmado por los fastos del idioma español que él subvierte con giros originales; idioma español en que el puertorriqueño escribe, canta, llora, reza; idioma español que le escolta las emociones y le atarea el intelecto, le permite el vuelco equitativo en el relajo y el recogimiento, lo autoriza a reclamarse como natural del Caribe hispánico.

En conclusión, puertorriqueño a quien le basta y le sobra existir como puertorriqueño. Puertorriqueño sin más. Puertorriqueño y punto.

3

Aunque cuando se dice *Puertorriqueño y punto* miles de puertorriqueños reaccionan con morisquetas y arqueos de cejas. Reversamente, dichos puertorriqueños reaccionan con monerías zalameras cuando se mienta al *americano*. Por lo uno y por lo otro el país puertorriqueño se divide en mitades irreconciliables. Una la integran los puertorriqueños y punto. Otra la integran los puertorriqueños y coma. Con las disparidades del punto y de la coma se puede trazar un esbozo caracterológico.

Una mitad reduce la nacionalidad puertorriqueña a mero expediente que valida o invalida el Congreso norteamericano. La otra mitad apuesta por la sanidad de la gestión propia. Una estremece los postulados de la genética con la declaración de un norteamericanismo presente ya en los gametos. La otra defiende un sentir y un pensar puertorriqueños. Una se justifica en la historia que no pasa en balde. La otra se justifica en los baldíos de la historia. Una blasona que la bandera a ondear en Puerto Rico debe ser *la americana*. La otra ataja que la bandera a ondear en Puerto Rico debe ser la puertorriqueña. Una parafrasea la afirmación del Presidente Eisenhower: *Si es bueno para los Estados Unidos de Norteamérica es buenísimo para Puerto Rico.* La otra respalda una trayectoria independiente o autonómica, saludable y equilibrada, opuesta a la deformación ideocrática propulsada por los locos que acechan desde la extrema derecha y los locos que acechan desde la extrema izquierda. Los perturbados nietos de Adolfo Hitler. Los perturbados nietos de José Stalin.

Ni mimética ni epigonal, la trayectoria se basa en la experiencia puertorriqueña y se robustece con las prendas que el pais arrancó a aquel imperio que lo contuvo y a este imperio que lo contiene, después de derramar mucha lágrima, después de sufrir mucha pravedad y mucha expoliación.

¿Cuáles son tales prendas?

Por un lado el acatamiento gustoso de la organización democrática y el mercado que compite, el crecimiento individual, la tolerancia a la disensión, el derecho constitucional al libre agrupamiento de cualquier minoría política, racial, religiosa y sexual. Por el otro lado, la singularidad étnica cuatrisecular y el idioma histórico del puertorriqueño aunque el inglés le sirva como idioma circunstancial; el idioma español que, caribeñizado y peleándole a las interferencias de la lengua inglesa, acarrea las inconformidades y los alivios, las alegrías y las tristezas de Puerto Rico.

4

Pocas literaturas reflexionan sobre la nacionalidad, con tantas vehemencia y entrega, como la puertorriqueña. Pocas se dedican, tan arrojadamente, a la interrogación desmandada y fiscal del país que la autoriza. Pocas intentan dilucidar, con tantos entusiasmo y drama, los agobios y los fragores cotidianos. Pocas se exponen, tan peligrosamente, a los maleficios de la insularidad mental. Por ello los asuntos que la literatura puertorriqueña trabaja, los personajes que da a luz, los temas que privilegia, se subordinan a los atamientos y las incongruencias que la isla experimenta como colonia norteamericana.

¡Divina colonia esta que se llama Puerto Rico!; Divina colonia esta donde se venera a Nuestra Señora del Despilfarro! El presentismo y la materialidad cuentan, aquí, con más fieles que el crucificado Jesucristo. El presentismo y la materialidad tienen como precepto la acumulación enfermiza de trapos y de zapatos —la maldición por redimir de Imelda—. ¿Puede extrañar, entonces, que la literatura puertorriqueña combata los atamientos e incongruencias coloniales? La de siempre, la que repercute en el arte novelístico de Manuel Zeno Gandía y las ficciones cautivantes de René Marqués, los versos incendiarios de Juan Antonio Corretjer y la poesía enorme de Julia de Burgos, las fabulaciones estupendas de Emilio Belaval. Y la que, ahora mismo, se destila en el acto creador de las figuras maduras y magisteriales, Abelardo Díaz Alfaro, Emilio Díaz Valcárcel, José Luis González, Enrique Laguerre, Francisco Matos Paoli, Pedro Juan Soto.

¡Divina colonia esta que se llama Puerto Rico!; Divina colonia esta que tiene por alcahueta a Nuestra Señora de los Cupones! La educación para la dependencia comienza en el *kindergarten*. La educación para la dependencia produce un patriotismo de dieta, un patriotismo *sweet and low*. ¿Puede extrañar, entonces, que la literatura puertorriqueña sirva, tras engrosar los bienes de la fantasía, de embajadora de una nación que no tiene embajadas mientras rescata la historia marginal y periférica que la historia oficial suprime o mal interpreta?

¡Divina colonia esta que se llama Puerto Rico!; Divina colonia esta que tiene por intercesora a Nuestra Señora del Ay Bendito! La compasión al mediocre se ejercita, aquí, con mayor devoción que el respeto al competente. Los proyectos del zángano se examinan, aquí, con superior interés al que ameritan las realizaciones del eficaz. La divina colonia que se llama Puerto Rico alterna como cementerio de principios, lapachero político y santuario del oportunismo. ¿Puede extrañar, entonces, que la violencia tematice la literatura puertorriqueña más actual? La tematice, la matice, la obsesione.

5

Un *tour* procede, ahora, por los titulares de esa violencia que intimida el cuerpo puertorriqueño y agravia su espíritu, *tour* a iniciarse después de efectuar dos advertencias. La primera: despréndase de cualquier prenda pues el ladronazo cunde. La segunda: evite tropezar con los cadáveres.

A continuación se ofrece una lista abreviada de los titulares.

El asesinato político del Cerro Maravilla y la sostenida ocultación del mismo por el gobierno de derechismo petulante que encabezó Carlos Romero Barceló. El fuego criminal del hotel Dupont. Los asesinatos cometidos por la cúpula policial prevaricadora al mando del siniestro Alejo Maldonado. La zafra de robos a los bancos. La guerra a tiro limpio entre los pejes chicos que trafican con crack, marihuana, cocaína. El *car-jacking* que comete el narcómano desesperado o el infeliz a quien el desempleo irregula. Los insultos excrementicios que se lanzan desde los automóviles. La extendida negativa a hacer fila o esperar el turno. El aturdimiento de los sentidos por los merengues que reducen el sexo a porquería: *Abusadora, Filete, Chu pa arriba Chu pa bajo, Pónmelo ahí que te lo voy a partir, Mami ¿qué será lo que quiere el Negro?*

6

Del asesinato político a los asesinatos pagados por la *Coca Nostra*. De la puntillosa labor piromaniaca que arruina el hotel Dupont al rechazo del orden convivencial manifiesto en el basurero que parecen nuestras calles. Del ejército de niños maltratados al martillazo con que el marido ultima a su muier en la confianza de que saldrá absuelto. De la ocupación de los residenciales y los caseríos por la Policía Insular y la Guardia Nacional al tratamiento con guantes de seda a los coqueros y los tecatos de la *high class*. De los rateros analfabetos a los ladrones honorables: senadores, banqueros, alcaldes, *the best of the crop*.

¡Cuánto aciago desbarajuste! ¡Cuánto charlatán a cargo! Cuánta tragedia padeciéndose en suelo tan escaso! Aunque la tragedia se diluya en las formas menospreciables de la garata y el bochinche. Pues a la sociedad puertorriqueña contemporánea le sobran insulsez y mojiganga y le faltan gravedad y ponderación, le sobran disgusto y miedo y le faltan buen gusto y serenidad.

Lo apuntado lleva a preguntar si puede, realmente, extrañar que la literatura puertorriqueña actual mude dichas tragedia y garata, dichos bochinche y desbarajuste, a los predios del humor desencajado. Pues solo las fabricaciones del humor indomable castigan tanto desorden, corrupción e injuria. Pues solo con la carcajada hervorosa se ridiculizan y deshonran la desfachatez y la impostura.

Por desencajado, ese humor se aparta del absurdista que epitomizan la *Alicia* de Lewis Carroll, el *Ubú* de Alfred Jarry y *La cantante calva* de Ionesco. Por callejero, ese humor se aleja de las angustias que detallan los guiones de Woody Allen y las novelas de Philip Roth: *Yo soy yo y mi jodía culpa*. Por amenazante, ese humor se diferencia del irónico que arropa las obras de Salman Rushdie y Augusto Monterroso. Por anarquista, ese humor desagrada, irrita y ofende. Desencajado, callejero, amenazante, anarquista humor; humor made in Borinquen, que se lumpeniza y acochina para contraatacar.

Y antidogmático. Hasta el extremo de mentarle la madre a la derecha mamarrachista, la derecha que advierte: *Al cielo iremos quienes somos amigos personales de Dios*. Y antipompático. Hasta el extremo de mearse en las grandilocuencias de la izquierda irrisoria, la izquierda que augura: *El día que la mierda valga plata los pobres nacerán sin culo*. Y propuesto a romper con los respetos antes que los respetos lo apoquen, ablanden, domestiquen.

7

Puerto Rico burundanga, exclama Luis Palés Matos como verso recurrente del poema *Canción festiva para ser llorada*. No se trata de un verso amable con huella preciosista de Rubén. Tampoco un verso que halaga a quienes suspiran porque la literatura se florezca de nenúfares y sobrevague como la hipsipila que dejó la crisálida. Tampoco enmienda la opereta de los *helenos* y los *arios* borincanos que se agrecan la nariz con el palillo de sujetar ropa lavada y se estiran la pasión con la peinilla caliente y se privan del sol porque percude; *helenos* y *arios* que refutan la africanía como mitad del fundamento racial puertorriqueño.

Pero, en el humor zafio que contiene el verso *Puerto Rico burundanga*, en el humor de fonda y fiambrera con que el poeta nomina el plato que aporta la nación puertorriqueña a una alegórica minuta antillana, parecería que encuentran unos cuantos escritores de la actualidad la sugerencia para *leer* la nación con otros ojos y analizarla con otros criterios. Por ende, para hacer una literatura correspondiente con estos tiempos convulsos, estos tiempos burundangos; literatura decidida a entonar unas nuevas canciones festivas para ser lloradas.

Herramientas de aquella lectura y aquel análisis serán los actos y los gestos a que la palabra *burundanga* inclina, los matices de revolcamiento e impureza que la palabra *burundanga* contiene, las vibraciones de mulatosidad y cuarteronería que la palabra *burundanga* emite, los matices de caos irresuelto que la palabra *burundanga* tolera.

Herramientas de esa edificación literaria serán, por tanto, la procacidad, la desorbitación y la guachafita.

Afín con el hallazgo dichos escritores cuestionan la dimensión política de la literatura engolada. Afín con el hallazgo dichos escritores rechazan la muerte, al numantino modo, como la contestación a la encerrona de siglos y el acoso debilitador padecidos por el país puertorriqueño; muerte, al numantino modo, que transcurre entre las alas elevatrices del fuego y discurre hacia la necrofilia en los trabajos canónicos de René Marqués.

Las nuevas canciones festivas para ser lloradas combaten la propuesta de la muerte inmoladora con la propuesta de la vida a como dé lugar. Esto es, entre la perfección de la muerte y la vida defectuosa, eligen la segunda. Transgresoras, las nuevas canciones festivas para ser lloradas ponen en circulación los temas y los asuntos, las actitudes y los vocablos que La Cultura de Adorno y la Inteligencia Oficial tuvieron siempre por intratables, por vulgares, por soeces. Imaginativamente, las nuevas canciones festivas para ser lloradas esperpentizan el agringamiento, reciclan el feísmo e insertan el elemento cocolo en el tapiz de la ficción.

8

El país puertorriqueño, pese a la encerrona de siglos y el acoso debilitador, conserva el pellejo duro. Huesos imposibles de roer parecen su temperamento efusivo y su jocundidad inconfundible, parecen azabaches bruñidos recetados por Changó.

El país puertorriqueño, pese a las trampas, los culipandeos y los cruces direccionales, se singulariza por el desenfado y la risotada. Su carácter colectivo pregona una alegría que lo afirma y singulariza. Si por ahí anda el país por ahí anda ladrándole, rastreándolo, su literatura provocadora y arriesgada. Aunque la provocación y el riesgo hieran la sensibilidad bobalicona de Los Carcamales Finos y alarmen la moral farisea de La Polilla Ilustre.

Un macrotexto elaborado con *molto fuoco* y *tempo maestoso* integra las nuevas canciones. Parecen, a veces, caricias. Parecen, a veces, bofetadas. Las nuevas canciones defienden el *vivir sin vergüenza de vivir feliz* exaltado por el sonero Héctor Lavoe. Las nuevas canciones denuncian la vida cuando se comporta como Bruja Cabrona, como Bruja Mala.

Cantan las nuevas canciones festivas para ser lloradas los poemas del amor selval que firma Ángela María Dávila y las décimas de suntuosa ortografía rota que compone José Ramón Meléndez. Las cantan los amores truculentos que abonan la poesía de José Luis Vega y el negrismo que asume la de Mayra Santos. Las canta el tronío que retumba por los poemas de Pedro Pietri y la riqueza del teatro pobre de Pedro Santaliz. Las abachatan la prosa, liberada hasta el descaro, que ensaya Ana Lydia Vega y los monólogos narcotiles que despeja Juan Antonio Ramos. Desfilan por las fábulas patricias con Ponce al fondo que elabora Rosario Ferré, las crónicas regocijadas en la sombriedad de Edgardo Rodríguez Juliá y el barroco arrabalero que instituye Carlos Varo. Se solapan tras las sonrisas dudosas que modulan los relatos de Magaly García Ramis, las tensiones familiares que encadena la cuentística de Edgardo Sanabria Santaliz y las memorias lenguaraces de José Luis Colón Santiago. Las deletrean la urticante narrativa de Carlos López Dzur, los versos con malignidad chispeante que propone Juan Manuel Rivera y los sainetes con viso de esperpento que escribe Carlos Ferrari. Las certifican los periplos fantasmagoriales que realizan los textos de Tomás López Ramírez y el descoco que ronca por la escritura maldita de Manuel Ramos Otero. Las sensualizan las novelas erecccionales de Mayra Montero.

¿Podré negar que mi *Guaracha* y mi bolero de Daniel participan del rastreo de la nación que sobrevive junto a la risa florecida de amargura?

Sí, de escudera de la tristeza y aya del llanto se emplea la risa en la nación puertorriqueña. Risa que no pacta. Risa que viaja de la levedad al peso, de la turbiedad a la limpidez. Risa que se lumpeniza y se acochina para contraatacar. Risa que la vida le toma en holgado préstamo a la literatura: con el mismo color rosado escandaloso que maquilla a la protagonista del cuento *Milagros, Calle Mercurio* de Carmen Lugo Filippi, un fulano escribe en un transitado puente de San Juan: *Ahora las putas al poder, Que ya sus hijos están en él.*

¡Cuántos disfemismos restalla el pueblo puertorriqueño contra la ordenación política arruinada! ¡Con cuánta bofetada, sin mano, castiga el empaque que carece de sustancia! ¡Cuánta diana de risa iracunda se oye en la Isla del Encanto!

Nadie dude que esa forma de ser, mal entendida o superficializada por la opinión repentista o el trato improvisado, revierte a un pasaporte alterno que lo discrimina la legalidad pero lo legaliza la justicia poética. Nadie dude que la fiesta que arde por las nuevas canciones festivas para ser lloradas remite a una auténtica sedición intelectual. Nadie dude que la facilidad con que el puertorriqueño junta la tristeza y su medicina revela un carácter diferenciado e inasimilable; un carácter que no cede ante la más poderosa máquina de yanquizar.

También por lo uno y por lo otro, tercamente, cuantas veces llego a un país extranjero y formulo el permiso de entrar, declaro *Puertorriqueña* en el apartado de la nacionalidad a sabiendas de que el inspector de aduanas avanzará a negarlo mediante una tachadura sobre la cual impondrá las siglas *U.S.A.*

LA GENTE DE COLOR
[1997]

La directora de la corporación *Miss Puerto Rico* y jefa de una agencia de modelaje, Ana Santisteban, ha incomodado a algunos círculos sociales de esta Nueva Ínsula Barataria por permitir la participación de unas muchachas negras en el certamen que adjudica dicho título. El título de *Miss Puerto Rico* se ostenta durante un año y se tiene por cofre donde se guarda un cuento de hadas escrito por la realidad. La feliz ganadora recibe varios premios en metálico, se la obsequia con ropa y calzado de marca, la peinan y la hermosean hasta semejar un préstamo del cielo a la tierra, a cambio de comparecer a cientos de actividades cívicas y benéficas, tanto en el país como en el extranjero, en *representación* de la mujer puertorriqueña.

Con una redacción que se le aproxima, la anterior noticia se publica en el periódico *The San Juan Star* del pasado veintisiete de junio. Sospecho que se excluyen de la noticia, porque se integran al campo de la mera especulación, los beneficios marginales a que puede aspirar *Miss Puerto Rico*, tras entregar la corona a su eventual sucesora y observar las indicaciones que siguen.

a. Atenerse a una dieta frugal.

b. Matricularse en el gimnasio.

c. Combatir el sarro.

d. Ocultarse de los rayos ultravioleta.

e. Apurar doce vasos de agua diarios.

f. Ingerir frutas frescas y hortalizas.

g. Dormir ocho horas nocturnas.

h. Comportarse como una dama boba.

Otros beneficios marginales podrían ser el inicio de una carrera de modelaje, la animación de un espacio televisivo y el matrimonio con un peje destartalado por los años pero en posesión de un afrodisiaco infalible, un arsenal de dólares, marcos y yenes.

La noticia de marras aparece en la sección que dicho periódico reserva para las clases que tienen la frivolidad por dogma, de modo que se puede inferir la composición de los círculos descompuestos o incomodados. Son los círculos que sueñan con mantener a los puertorriqueños negros *en su sitio*, los círculos que están, *sinceramente*, preocupados por *la composición de la raza*, los círculos a los que enoja la presencia conspicua de la Tía África en la vida comunal puertorriqueña, los círculos que sustentan la pervertida idea de que la piel blanca conlleva un inevitable prestigio, una innata gracia, un *aquel especial*.

¿Dije raza?

¿Merece llamarse raza el patético espejismo blancoide que entretiene a la élite puertorriqueña? ¿Habrá que atosigarle una grabación del poema de Fortunato Vizcarrondo, ¿Y tu agüela dónde está?, en la interpretación de Juan Boria o Julio Axel Landrón? —dos maestros granados de la declamación negroide—. ¿Beneficiará al puertorriqueño carapálida el ojeo de un álbum fotográfico con las caras lindas de nuestra gente negra? —una lindura apartada del concepto hegemónico de belleza impuesto por los blancos—. ¿Habrá que invitar a los puertorriqueños, emparentados con Aquiles, a hacer turismo por las sinuosas narices y las pronunciadas bembas del Puerto Rico *percudido*?

Hablar de una raza blanca puertorriqueña implica sustituir la historia por la invención e incurrir en la más quimérica de las adscripciones retóricas. La de endilgarle una blanquitud a un pueblo de esencia mestiza a la que se le agrega una pizca de tainidad. ¡De los derroches de la imaginación me cuide Dios que de los derroches de la realidad me cuido yo!

Prohibido por la Constitución, inaceptable como práctica según los reglamentos de las corporaciones públicas y privadas, descartado por cuanta organización se inscribe y se legitima, el prejuicio racial se filtra, en los recintos educados y democráticos de la sociedad puertorriqueña, a través de los curiosos rechazos y las súbitas exclusiones que tienen por sujeto a los puertorriqueños negros. Unas exclusiones y unos rechazos, elaborados con un calado tan diestro que les permite a los hechores gritar *foul* si se los acusa de cultivar el prejuicio racial.

Mister Lynch is Not One of Us

Las cosas donde van y un sitio para cada cosa, en Puerto Rico no se linchan negros. Tampoco se los segrega en la cocina

181

del autobús, se les niega el acceso a las universidades o se les impide mostrar sus habilidades en los teatros o los museos. El prejuicio racial de la riña callejera y la quema sistemática de las iglesias a donde concurren los negros, el prejuicio de los letreros que advierten *No dogs or negroes allowed*, no encuentra eco en Puerto Rico donde todo se razona con la expresión oblicua y la opinión sesgada. Un Meredith Baxter hubiera podido matricularse en cualquier universidad puertorriqueña sin que un solo matriculado blanco lo tomara como una provocación. Una Marian Anderson hubiera podido cantar en los teatros Tapia o Riviera o en el paraninfo de la Escuela Superior Central sin que grupo alguno de damas blancas consiguiera impedirlo. Una Rosa Parks hubiera podido sentarse en cualquier asiento de cualquier autobús de la Autoridad Metropolitana de Autobuses sin que el chofer lo tomara como la insolencia de una negra que intentaba salirse de *su sitio*.

Vale, por tanto, comprometer el prejuicio racial *home made* con sus propios enconos y retorcimientos, con sus propias hipocresías y duplicidades, diferente al prejuicio racial norteamericano, que se expresa mediante las agresiones que atentan a la dignidad humana: escupir al negro, atajar al negro, apedrear al negro, acuchillar al negro, asesinar al negro, bestializar al negro.

La diferencia entre el prejuicio racial norteamericano y el prejuicio racial puertorriqueño explicaría, parentéticamente, el sueño anexionista que cultiva un apreciable número de puertorriqueños negros. Irónicamente —a veces la Historia responde a nuestros emplazamientos con una ironía desenfadada—, en el eventual estado cincuentiuno, los puertorriqueños negros engrosarían la minoría negra de la nación norteamericana por lo que configurarían una minoría dentro de otra minoría.

Atención, tema divisorio a la vista

El tema del prejuicio racial puertorriqueño no ha acumulado una bibliografía concordante con su actualidad y su palpitación —recuérdese que el elemento poblacional afro del país desborda el porciento que le asignan las estadísticas oficiales—. Solo dos libros, suscrito por la vivencia el uno, suscrito por la ciencia el otro, que en su aparición generan el entusiasmo y la controversia, resumen el acervo hermenéutico del tema, *Narciso descubre su trasero*, de Isabelo Zenón Cruz, publicado en el 1971, y *El prejuicio racial en Puerto Rico* de Tomás Blanco, publicado en el 1937. Tampoco asoma el tema, frontal y recurrente, en el imaginario literario, aunque las pocas aportaciones son, en rigor, valiosísimas. Destaco la poesía de Fortunato Vizcarrondo —poeta cultivador de una ironía agresora—, que fue contestatario antes que el término abanderara una moda, la intensa trilogía teatral *Máscara puertorriqueña* de Francisco Arriví, los muy bien contados *Cinco cuentos negros* de Carmelo Rodríguez Torres y los lúcidos poemas y cuentos que Mayra Santos junta, respectivamente, en *Anamú y manigua* y *Pez de vidrio*.

Sí asoma y recurre el tema del prejuicio racial puertorriqueño en los adefesios antiliterarios que, a gusto, difunde la televisión en la forma de sainetes o pasos de comedia. Al agravio se suma la ofensa —los sainetes o los pasos de comedia los interpretan, la mayoría de las veces, actores blancos caripintados de negro—. Lo que algunos achacan a una crisis del ingenio cómico habría que achacarlo a una crisis dramática de la decencia:

a. *A ese tipo lo dejaron en el horno más de la cuenta.*
b. *Llegó a Puerto Rico vía Africa Airlines.*

Podría contraargumentarse que la falta de estudios y de obras literarias, sobre el prejuicio racial en Puerto Rico, demuestra la inexistencia de este o su existencia menor e insustancial. Sin embargo, la mirada echa de menos a los puertorriqueños negros en los altos puestos gubernamentales, en los altos mandos de la Guardia Nacional, en las juntas directivas de los clubes donde se malea el civismo, en los departamentos con misiones de vidriera para consumo del público extranjero como la Secretaría de Estado. Ni siquiera en el Tribunal Supremo de Justicia hay jueces negros. La más alta magistratura judicial se abre a la diversidad ideológica de la sociedad puertorriqueña pero se cierra a la diversidad racial de la misma. Curiosamente, las agencias o las secretarías pueblerinas por antonomasia, como la de Asuntos de la Vivienda y el Fondo del Seguro del Estado, tienen como personal a un considerable número de puertorriqueños negros. ¿Se trata de un traqueteo mañoso con las quintas y las ternas o se trata de una inexplicable casualidad?

Tampoco en las sillas de alto espaldar de la banca se sienta negro alguno. Cajeros prietos y cajeras prietas los hay a montón. Tampoco hay galanes dramáticos en la industria de la televisión, aunque las zonas erógenas de miles de puertorriqueñas las administran miles de hombres, cuyas pieles recorren la infinita gama del color prieto y la infinita gama del sabor prieto. *Once you go black you never go back*, dice el refrán como celebración de la proficiencia sexual y la calidad amatoria del hombre negro y de la mujer negra.

La falta de estudios y de obras literarias, sobre el prejuicio racial en Puerto Rico, la explica la renuencia a la confrontación de un tema tenido por espinoso, por divisorio y por fratricida. Justifica la renuencia el argumento de que admitir la existencia del prejuicio racial puertorriqueño supone capitalizarlo. Como si la desatención tuviera la virtud mágica de hacer desaparecer el prejuicio. ¡El avestruz influye!

Entre pancartas te veas

Seamos honestos a riesgo de ser impertinentes. El prejuicio racial puertorriqueño tiene una salud de hierro pues sobrevive, desafiante e irracional, a las campañas de higienización espiritual y se manifiesta en todos los estratos sociales y todas las ideologías políticas. Tanta salud es portadora de un virus dialéctico que contagia, por igual, a los liberales cautelosos y los conservadores transigentes. En la forma sintomática de una tosecilla, el virus sube y baja por las gargantas.

a. Tosecillas de los liberales cautelosos
Tos 1. *Los hijos son los que sufren.*
Tos 2. *Ella tiene la nariz poco católica.*
Tos 3. *Ella no es negra, ella es india.*
Tos 4. *Más negro que el culo del caldero.*

b. Tosecillas de los conservadores transigentes

Tos 5. *Ella se estira la pasión.*

Tos 6. *Tarde o temprano el negro la caga.*

Tos 7. *Él oscurece la raza.*

Tos 8. *Como un jodido mime en la leche.*

Aparte de las tribulaciones hogareñas porque el novio tiene el pelo kinky y la novia no debe *tirar pal monte*, aparte de la disuasión a oscurecer la raza, aparte de la sincera advertencia por el posterior sufrimiento de los hijos, con otros colores se viste el prejuicio racial puertorriqueño. De color pastel y aclaradores el prejuicio que cabalga en la resistencia a pronunciar la palabra negro: *Al negro no hay que anegrarlo, Al negro no hay que ponerlo a sufrir recordándole que es negro.* De color blanco inmaculado es el prejuicio que cabalga en el enunciado *Negro pero decente.* Aunque la oculten los melindres de la piedad, aunque la anestesie la consideración, una convicción repta por el hondón de tanta alma buena vestida con los colores aclaradores del prejuicio racial puertorriqueño: la inferioridad esencial del negro. El humor agrio sobra en la Nueva Ínsula Barataria, un agror funesto y turbador.

Al negro no se le anegra

A causa de la oblicuidad que sustenta la psique puertorriqueña, el prejuicio racial, hecho en casa, evita pronunciar la palabra *Negro* en su dimensión etnográfica. Para sustituirla acude a una sarta de enchapes eufemísticos, portadores de sufijos diminutivos y aumentativos, que les dan una nota de irónica relevancia: QUEMADITA, BIEN QUEMADITA, TRIGUEÑO QUEMADO, TRIGUEÑO PASADO, TRIGUEÑOTE, TRIGUEÑOTA, INDIO, AINDIADO, CAOBA, AZABACHE, SEPIA, MORENA, MORENA OSCURA, MORENOTA.

No se trata de matices lexicales afectivos, sugeridos por el muy heterogéneo basamento mestizo del país —la escala cromática de lo negro desconoce el agotamiento en la calle antillana—. Tampoco se trata de una modulación que registra el cuadrante de la gentileza y la simpatía; una gentileza y una simpatía que, cuando se extreman, parecen gestos de condescendencia. Se trata, lisa y llanamente, de otra práctica de la negrofobia en el nombre del ingenio.

De entre los términos disponibles para salvar a los amigos y a los vecinos de los complejos inferiorizantes se destaca uno, *gente de color*. Este lo activa un sistema de oposiciones implícitas. La gente de color se define cuando se la opone a la gente sin color, o a la gente de piel blanca. El término, una traducción literal de *colored people*, indigna menos que las medidas tomadas para expresarlo: la voz baja, el rostro cariacontecido, el tonillo secretero, la beatería de la compunción.

El prejuicio racial boricua no se restringe a los blancos. Los negros, oprimidos por los modelos blancos de belleza y seducción, se apuntan en el blanqueamiento mediante el uso de postizos de pelo liso y peinillas calientes, gorritos de medias nailon y otras tácticas que se dispusieron a anticuar el Poder Negro, la fuerza avasalladora del continente africano y el grito jubiloso de Cassius Clay: *Black is beautiful*. Pero, además de apuntarse en el blanqueamiento, interiorizan el prejuicio. Un compositor excelso, cuya obra resume uno de los capítulos impostergables del cancionero hispanoamericano, Rafael Hernández, cuando le canta a la nación puertorriqueña destaca *La noble hidalguía de la Madre Patria* y *El fiero cantío del indio bravío* como los valores consustanciales de aquella. Mas, se calla la aportación negra a dicha excepcionalidad, ya sean los rasgos del carácter colectivo, ya sea el temple moral, ya sea el sentido profundo del ritmo, ya sea la honda sensualidad que no se agota en la salvajina y el sexo. Y Rafael Hernández era negro. ¿Se trató de una consciente distanciación? ¿Creyó prudente mantener a los negros *en su sitio*? —el sitio del negro lo asigna el blanco pero lo transa el negro—.

¿O prefirió corresponder al aplauso sostenido que le tributaron los blancos respetando sus prejuicios?

Trying to Please the Gringo

Incomoda a los círculos amordazados por los sueños de perfiles griegos y de narices como dardos, de bocas de fino lineamiento y pieles albas como velos de novia, que unas muchachas negras compitan por el título, un tanto divertido, de *Miss Puerto Rico*.

Incomoda que alguna quemadita, trigueñota o morenota, se alce con el título y pasee por el mundo la más verdadera de las sospechas: en Puerto Rico el que no tiene dinga, tiene mandinga, tiene watusi, tiene hotentote, tiene carabalí. En cambio, satisface a los circulosos, llena sus pechos de orgullos rancios, que una muchacha rubia de ojos azules pasee por el mundo la mentira de que el pellejo nacional puertorriqueño es blanco que te quiero blanco.

No nos prestemos al engaño. El falso paradigma racial cumple otras aspiraciones, nada secretas, como lo son tranquilizar al Padre Nuestro Que Está En Washington y asegurarle que la etnicidad puertorriqueña contiene un porcentaje mayoritario de genes blancos. Poco a poco lo implícito se vuelve explícito. La preponderancia del pellejo blanco valida, también, el derecho de Puerto Rico a anexarse a los Estados Unidos de Norteamérica.

La experiencia colonial posibilita, día a día, todas las caricaturas. Hasta la caricatura de reclamar un pasado vikingo. Hasta la caricatura a que lleva el reclamo *Que se sepa todo de nosotros menos la verdad*. Hasta la caricatura que suscitan algunos círculos sociales de esta Ínsula Barataria a propósito de la participación de unas muchachas negras en el certamen que adjudica el título *Miss Puerto Rico*. Cuánto clisé histérico. Cuánta fobia histórica. Cuánto descaro sin editar. Cuántas misis de espaldas a las masas.

EL CORAZÓN DEL MISTERIO
[1997]

No conozco otro clamor, más desgarrado, a propósito del acto de escribir, que el que esclarece la tumba del dramaturgo noruego Enrique Ibsen: *Martillo, condúceme al corazón del misterio*. Epitafio, ars poética, advertencia o hasta correctivo para quienes se confían a los chubascos ocasionales de la inspiración, dicho clamor confirma la preciosa dificultad del escribir. Y confirma la obligación del borrar furioso e insatisfecho, el borrar que practica la economía. Si se puede decir bien en media página decirlo en una es decirlo mal.

Dije preciosa dificultad como de paso, lo dije fácilmente. Pude haber dicho la arrogante, la fatigosa, la amarga dificultad de escribir, de ordenar el lugar sin límites de la imaginación a puro esfuerzo de palabra. Inapresable como el agua entre las manos, dudosa cuando se la desea certera, fugitiva como la culebra en la maleza, así se comporta la palabra.

Una extraordinaria temeridad viene a ser, entonces, la dedicación a un hacer que se proclama, suficiente y libre, como la literatura con un material, insuficiente y restringido, como la palabra. Una palabra cuyo manejo deberá superar la soltura y la destreza y lograr la brillantez y la sugerencia plural. No obstante, la temeridad de escribir lleva a maldecir las palabras, a cuestionar su limitación, a protestar por la inseguridad que causan. Estas por dúplices, aquellas por promiscuas.

Intelijencia, dame el nombre exacto de las cosas, suplica Juan Ramón Jiménez en un alarde de impotencia y honestidad. Y en su ensayo perspicuo sobre el poder negro el trinitario Naipaul argumenta cómo las palabras pueden equivocar los acontecimientos, desproporcionarlos, propiciar su sobrestimación. Pablo Neruda homenajea el diccionario en una «Oda elemental» nada elemental. La misma exalta la belleza secreta de la alfabetización y celebra que, entre una y otra palabra, se atacuñe una de poco uso, la que suena y sabe a fruta apetitosa, por ejemplo. Y un escritor excepcional, el de mayor presencia y voluntad contestataria de la literatura francesa del siglo XX, titula *Las palabras* la primera entrega de su autobiografía; la primera y la única. Más que el asentimiento a la vocación que lo esclaviza, más que el merodeo por una infancia letrada hasta el desvarío, más que la aceptación de la fealdad como el hecho supremo de su cuerpo, el asunto que centra el libro es el trato con las palabras. Un trato que tiene por desafío, por una caza de suprema altanería, por un ejercicio de discreción y discrimen.

He aquí la cuestión

Pero, ¿se facilita la tarea de conocer las palabras, instrumentarlas? Tras conocerlas, ¿se puede crear con ellas un mundo solvente, un mundo legítimo, formalizar una sólida construcción verbal como llama Mario Vargas Llosa a la obra literaria? ¿Bastará memorizar el diccionario desde *aarónico* hasta *zuzón* y pasear por las transcripciones de etimologías árabes, hebreas y otras lenguas del Oriente para escribir con brillantez, virtuosismo y sugerencia plural? Una impertinencia lleva a la otra: ¿cuántas palabras se guarecen en una palabra?

Bernarda Alba exige *silencio* durante su primera intervención en el famoso drama lorquiano; una exigencia asistida por los modos imperiales que la unidimensionan —los gestos manuales de la implacable dominatriz, los ojos vueltos al cielo tenido como coto privado—. *Silencio* exige, también, durante su intervención final. Entre esos dos reclamos fulminantes transcurre la acción: una trabada coreografía de silencios contrapuestos a lo escueto de las palabras. Que se susurran porque las habita la desconfianza —el susurro le es infiel al silencio y a la palabra por igual—. Sin embargo, cada emisión de la palabra *silencio*, por parte de Bernarda Alba, conlleva una emoción distinta, un nuevo acto semántico. La exhibición y el alarde de un poder absoluto durante la primera intervención. El llamado a la simulación y la complicidad durante la segunda intervención. De manera que la palabra *silencio* deja de ser una a pesar de la apariencia.

En *Home*, la notable pieza teatral del inglés David Storey, un personaje repite cincuenta y cuatro veces la palabra *yes*, como reacción a la cháchara con que lo avasalla el interlocutor. La repetición propone cincuenta y cuatro contenidos diversos para *yes*, cincuenta y cuatro diferentes palabras impedidas de una forma y un destino propios, cincuenta y cuatro palabras canibalizadas por una intimidante palabra de tres letras.

Escribir, entonces, significa algo más que jurarle lealtad al lápiz, la navajita que lo afila, el sacapuntas, la computadora, la grabadora —hay quien oraliza los textos como si fuera un ensalmador, hay quien graba las palabras—. Escribir significa mucho más que combatir el vértigo que produce la página en blanco, la *flawless blank page* que encomia el poeta Pedro Pietri en un *flawless untitled poem*; significa mucho más que invadir la página en blanco y poblarla, más que insatisfacerse y borrar.

Escribir significa apropiarse de cuanta palabra respira. La garantizada de eterna y la que entra y sale del idioma como huéspeda fortuita. Escribir virtualiza la invocación del nombre exacto e inexacto de las cosas. Escribir supone, además, encontrar las palabras donde no se las buscó; en el veneno que disimula una caricia, en la hermosura afeada por la estupidez, en la fidelidad rota, en los jugueteos de una erección. Escribir significa confrontar las palabras, oírles la furia y el sonido, desenmascararlas y enmascararlas. Por encima de todo, escribir significa ver las palabras, entreverlas, entrevistarlas.

El gran poeta tiene la palabra

En un poema formidable de ese poeta, a toda hora formidable, que se llama Luis Palés Matos, hay un verso que ejemplariza el ver supremo, el ver continuado, el ver que traspasa la realidad. ¿Debo escribir que hablo del ver poético? Dice Luis Palés Matos, con una diáfana pesadumbre, «Roto de sed el pájaro». El verso pertenece a un poema, reposadamente autobiográfico, que explora la aridez del sur y la taciturnidad que aureola al hombre de allí: *Topografía*. Palés Matos no se contenta con el ver que opera como clic fotográfico y a través del cual el pájaro roto de sed traduce, estrictamente, una figuración de dolor y precariedad. Poeta de poetas, Palés Matos ve las palabras como un desprendimiento de anudadas significaciones: la desolación paisajística, el calor que tulle el ánimo, el instinto acorralado por una naturaleza hostil, las vidas vividas en los traspatios de la posibilidad, el cansancio en el alma. Y la sugestión de dichas anudadas significaciones las consecuencia el visto, el mirado y el remirado pájaro roto de sed que atraviesa el salitral blanquecino, un dilatado recinto donde acaece su carencia.

También la palabra escuchada se ajusta y se poda hasta que se asienta en la grafía. También oír las palabras, seleccionarlas por el peso y la tributación auditiva, ubicarlas en el tramo de la oración donde lucen mejor, remite a la labor del martilleo. Escribir significa suscitar la carencia de las palabras. Las palabras que *comen el cerebro* con las tonalidades de la dulzura y las palabras estarcidas por el *hablar estrujao*. Las palabras reputadas de bonitas como *náyade* y las palabras reputadas de feas como *sobaco*. Escribir, pues, invita a depositar, en una cuenta personalísima de ahorro, las miles de palabras que se escuchan a diario; invita a distinguirles la socarronería, el doble sentido, los triples matices, las calideces y las sandeces que las escoltan, las sinceridades y las hipocresías. Por extensión, escribir invita hasta a *soñar con un poema que solo exista en la voz de quien lo dice* como lo sueña el poeta Jaime Gil de Biedma.

El maestro brasileño Guimarães Rosa, instituyente de una prosa cantable y magna, suscribe un cuento estupendo en que el personaje principal alza la guardia cuando lo califican, en público, de *morigerado*. Por sabrá Dios cuál asociación la palabra le suena a insulto como a Pablo Neruda le *suena* y le *sabe* a fruta la palabra que parece sabrosa, *lisa como una almendra* y la palabra *tierna como un higo*.

Por quién suenan las palabras

Escribo *sonar* a conciencia. Las palabras jamás repiten el sonido aunque las emita el mismo hablante. Y en determinado enfrentamiento oral pueden negar aquello que, originariamente, definían. Tales cambios semánticos, efectuados por la pronunciación, se convierten en problema en cuanto el escritor opta por el efectismo coloquial. A veces ocurre que el traslado avería el efecto coloquial. Sin que se sepa por qué la palabra que fuera vivaracha y fulgurante, cuando se la decía, palidece y se opaca cuando se la escribe.

Problema de problemas, todo es problema, puesto que oír y ver no son más que actividades auxiliares del escribir, ejercicios de calentamiento y agilización. Como son ejercicios de calentamiento y agilización las cinco posiciones básicas del ballet, las reiteradas vocalizaciones de los cantantes operísticos, los frenéticos arpegios de los concertinos y las prácticas sudorosas del corredor fondista. Lo visto, lo oído, lo que se imprime sin filtrar o desbrozar, hace documento social estremecedor como *La vida* y *Los hijos de Sánchez* de Oscar Lewis. Pero, cierta y felizmente, no hace literatura.

Una vez que el escritor ve y oye, recopila y transcribe las palabras, procede a filtrarlas, a desbrozarlas, para entonces integrarlas a la obra, lugar donde las palabras se ayudan unas a otras como apoyos, como imanes, como estaciones reverberantes, como polos de oposición. ¡Si hasta la resistencia al ritmo saliente en la escritura lo consigue la pronunciación saliente de dicha resistencia! Piénsese en la escritura distraída de Marguerite Duras y el laconismo narrativo de Juan Rulfo, piénsese en el relato *El amante* y en el volumen de cuentos *El Llano en llamas*, dos grandes muestras de unos rítmicos deslices por la arritmia.

Orfebre a perpetuidad, orfebre que ductiliza la palabra, orfebre que se niega a dar gato por libro, el escritor ordena el ritmo cuando lo desordena.

Nimia Vicéns, una de las subestimadas ilustres de la lírica puertorriqueña, escribió unos versos que no olvido: *Para nombrarte, yo quisiera crear una palabra, una sola palabra.* Y el poema, «Tendril», se va haciendo mientras se echa de menos esa palabra hechizada, esa palabra sin nombre, esa palabra omnipresente en todas las estancias e instancias del amor maternal; mientras se aspira a crear esa palabra imposible.

Resumidamente, escribir no es más que crear las palabras, una a una. Crueles en su indisposición, ásperas como la madera que no conoció la lija ni el aserradero, inapresables como el agua entre las manos, fugitivas como la culebra en la maleza, implacables como los epitafios, tornadizas como las hojas del yagrumo, así se comportan las palabras. Mas, para consuelo de aquellos empeñados en la preciosa dificultad del escribir, hijas registradas del martillo que trabaja y afana mientras conduce al corazón del misterio.

STRIP-TEASE AT EAST LANSING
[1997]

Nada hay más incómodo y difícil que echar cuentas del trabajo creador propio. Incómodo porque reviven las dudas que parecieron desaparecer cuando se estampó, entre zozobras y alivios, la palabra *Fin*. Difícil porque el pudor interviene la opinión. A la incomodidad y la dificultad se añade el riesgo de confundir la valoración con el necio engrandecimiento. ¿Habrá trance más bochornoso que la autocelebración? ¿Habrá mayor muestra de inseguridad que cabalgar, a diario, en el Yo Campeador?

Desde luego, hay escritores que hablan de su obra con tal majestad verbal y sagacidad crítica, que el impudor se les perdona. Pablo Neruda se sube al corcel de la falsa modestia para cabalgar por las páginas de *Confieso que he vivido*, bello álbum del remembrar arrogante. El prólogo de *Prosas profanas* notariza el más desbocado *ego trip* que conoce la literatura hispanoamericana. En la breve extensión de las *Palabras liminares* Rubén Darío se presenta como el jefazo de una estética nueva, como un indio dandy y amarquesado, como el inevitable depositario de las envidias letradas, como el primero entre los primeros. Jean Cocteau, oro del mejor quilate, dedica seis extensos *journals* a desmenuzar la expectativa que levanta su obra multiforme. Algunas cartas de Flaubert a Louise Colet, George Sand e Iván Turgenev, registran dudas sobre la escritura que lo atañe en el momento. Lo que no obsta para que la entrelínea filtre los haces del orgullo.

La excepcionalidad de Flaubert y de Cocteau, de Darío y de Neruda, obliga a perdonar sus retorcimientos ególatras; retorcimientos que, cuando los padecen mortales de inferior rango, merecen la burla y el castigo.

Pero, la incomodidad y la dificultad mías portan otras razones. Desconfío de las vueltas al pasado y las recapitulaciones por parecerme formas reaccionarias de vivir, rendiciones a la vejez que todo lo signa de ayer. Desconfío de la nostalgia por parecerme el más tóxico de los sueños. Entre la domesticidad del recuerdo y la vaguedad de la esperanza me refugio en la última. ¿No dice un peso completo de la novela que el libro escrito vale lo mismo que el león muerto en el safari? Al cazador solo le interesa el león que elude la flecha o el tiro, el león que se resiste. Y el amor interesa más cuando se lo busca que cuando se lo encuentra.

Además, poquísimas veces el autor llega a ser el crítico fiable de su obra. Enfrascado en el ordenamiento de la imaginación, afectado por el trabajo tenaz, victimizado por la dedicación penitenciaria, apenas si le resta la templanza para ponderar lo que justifica su vida. No hablo de la falaz objetividad. Hablo de la posibilidad de ejercer el criterio, con libertad y con distancia, con un rigor paciente y compasivo.

Reiteramos, explicar o explicarse son actividades que oscilan entre lo difícil y lo inútil. Ojalá que esta charla, centrada en el apartado dramatúrgico de mi obra, apenas roce lo difícil mientras se aleja de lo inútil. Ojalá que este *striptease*, que vengo a hacer en East Lansing, lo musicalicen, conjuntamente, el recato que se estila en la Academia y la audacia que se estila en el Teatro.

Con permiso.

Historia lejana y mulatez culpable

Mi primera obra teatral se titula *La espera*, una refundición del cuento de igual título. Se estrena el 23 de febrero de 1959. La fecha no se me escapa porque, ese mismo día, muere Luis Palés Matos, el escritor puertorriqueño que más poesía le ofrenda a la Poesía. Se me escapa, en cambio, el proceso que culmina en mi escritura dramática; una escritura de tanta obligatoriedad arquitectónica, de tanta ciencia carpinteril. La inclinación *natural* hubiese sido la poesía, un género de adhesión temprana, por lo que tiene de confesión y reto juveniles, de radicación ante el universo de la voz personal. Contrariamente, en el drama se suprime la voz autoral y se autoriza la voz entera del personaje. Quien puede compartir, con el autor, la interpretación del mundo pero de manera emancipada.

Tal vez la labor de actor radial, tal vez la asistencia regular al teatro Tapia, tal vez la matrícula en el Departamento de Drama de la Universidad de Puerto Rico, donde me refugié cuando se me cerraron las puertas de la televisión en las puras narices, condujeron mi vocación literaria hacia dicho género. La aventura radial me permitió interpretar galancetes de voz a medio hacer, en novelones más sinuosos que una culebra. Por sus títulos los prejuzgaréis: *El color de mi madre*, *Tu raza y la mía*, *Padres culpables*, *Madres solteras*, *El dolor de nacer mujer*, *Yo no creo en los hombres*, *La hija del dolor*. La matrícula en el Departamento de Drama me llevó a actuar en obras de emblematismo epocal como *Los justos* de Camus, *La Celestina* de Fernando de Rojas, *Teatro incompleto* de Max Aub, *Los enamorados* de Goldoni, *La muerte* de Belaval, *Hombre y superhombre* de Shaw, *Títeres de cachiporra* y *La zapatera prodigiosa* de García Lorca.

Corrijo una afirmación vertida en el párrafo anterior.

Las puertas de la televisión no se me cerraron en las puras narices. Las puertas de la televisión se me cerraron por las puras narices. La televisión puertorriqueña padeció, siempre, de un blanquismo estrambótico, reñido con la etnia a que se dirigía. Desafía la razón la caribeñidad blonda, la mucha nalga sumida, la mucha piel alechada que en ella se concentró, desde la emisión inicial en el 1954. Los negros asomaron a la pantalla televisora como negritos fililíes, como parodias a cargo de blancos negripintados: *Diplo, Mamá Yoyó, Reguerete, Chanita*. Los mestizos, los jabados, asomaron como intérpretes del alcahuete y la quitamachos, asomaron para reafirmar el estereotipo y el prejuicio. En fin, que el pelo rizo, la nariz ancha, los labios gruesos, la tez nada armiñada, anunciaban que yo no era telegénico al borinqueño modo, que no podía ocupar un lugar en el cuadro actoral de la televisión puertorriqueña, donde a los histriones se los quería blancos, se los quería de espumas, se los quería de nácar.

Persiste, en cambio, el recuerdo de las idas al teatro Tapia, durante la adolescencia, a ver las compañías españolas de drama y comedia, anunciadas con una rimbombancia que prevenía. *Gran* Compañía Española de Comedias Cómicas de Guadalupe Muñoz Sampedro. *Gran* Compañía Española de Dramas y Comedias de Mercedes Prendes. *Gran* Compañía Española de Teatro de María Fernanda Ladrón de Guevara. *Gran* Compañía Española de Teatro Universal de Alejandro Ulloa.

La magia que no cesa

Aquel teatro de trino operístico y mutis declamatorio, aquel teatro rampante y melodramático de Torrado y Linares Rivas, de Echegaray y Fernández de Ardavín, no acababa de satisfacer mi escaso formado gusto y me hacía reír cuando debía hacerme llorar. No obstante, me enamoraron, a primera vista, la voluptuosidad con que la sala se oscurecía, el poco a poco callarse del público, el susurro del telón cuando se descorría, la concentración de la mirada colectiva en el acontecer del escenario. Y sospecho que influyeron en mi temprana expresión dramatúrgica.

Dada a luz con el subtítulo de *Juego del amor y del tiempo*, salpicada con una poesía que le prendía velas al surrealismo menos automático, por los dos actos de *La espera* resuena la opresion del modelo. Tres años antes había interpretado el personaje principal de la comedia, *Títeres de cachiporra*. El influjo de García Lorca se precipitó. El primer capítulo de mi dramaturgia abunda en lorquianismos identificables, como la metáfora sin desbravar y el lirismo hiperestesiado. Sin embargo, la aportación de *La espera*, si alguna, al teatro puertorriqueño de entonces, consistió en el rescate de la plasticidad de raigambre pantomímica, el entrecruce de los planos de espacio y tiempo y la cohabitación de los personajes fantasmagoriales y los personajes reales.

Lo fantástico reaparece en mi segunda obra, única destinada al teatro infantil, *Cuento de Cucarachita Viudita*. Subtitulada *Tragedia popular de los Tiempos de María Castaña*, la misma se apoya en el conocido cuento folklórico, replanteado como una lucha fatal a tres voces: la antipática del Ratón Pérez, la dulce que aporta la Cucaracha Martina, la articulada por el buen vivir distintivo del Lagartijo. Por decreto de la fantasía los animales se humanan. Y se cotidianizan sus percances. En el ballet del tercer acto se resume o se desborda el estilo que impera en toda la tragedilla: el movimiento líquido, la inserción de la palabra en el movimiento, la coreografía de la luz. En fin, la teatralidad como un recurso anticonvencional.

A los títulos mencionados sumo la *Farsa del amor compradito*, estrenada en octubre de 1961, una criollización experimental de los personajes de la Comedia del Arte. El subtítulo, *Disparate en tres caprichos*, advierte el cese de la coherencia tradicional y el carácter arbitrario de la farsa, género de mescolanza que ramifica sus cultivos y que pide un asedio crítico enfrentado al drama. Que contra el drama como imperio de la coherencia se constituyen las páginas farsescas de Feydeau y de Cuzzani, de Joe Orton y Jardiel Poncela, de John Guare y Peter Schaeffer; se constituyen a favor del argumento destemplado y la trama llevada y traída por los sobresaltos.

Son obras de aprendizaje, a las que enlaza la búsqueda de un idioma teatral que coincida, con mi persona, en su dimensión individual, social e histórica. Hay en ellas una proclamación de entusiasmo por el teatro dentro del teatro, que fuera llevado a las consecuencias óptimas, desde posturas antagónicas, por los dramaturgos más influyentes del siglo, el fascista Pirandello y el marxista Brecht. Hacia el conocimiento de la obra del uno y el otro me guió, desde un asedio cronológico y desmenuzador, un maestro universitario inolvidable, Robert Lewis; maestro que levantaba en el salón de clases un depurado y respetuoso laboratorio, donde se frecuentaban la divulgación y la exégesis crítica, en el más libertario de los ambientes. Pienso, además, que la actividad de la representación dentro de la representación y la publicación del desdoblamiento del personaje, tal como se manifiesta en la *Farsa del amor compradito*, tendrá su deuda con mi trabajo radiofónico; un trabajo que forjó mi admiración por la voz como un útil instrumento de amorosa seducción, de erótica conquista y de espiritual vasallaje.

Como lo narra, con sabrosa certeza, *La tía Julia y el escribidor*, el montaje de una radionovela se convierte en un espectáculo dentro de otro espectáculo. La expresión, frente al micrófono, de cuantas emociones discurre el autor, el habitual desfase entre la apariencia del intérprete y el interpretado, el subrayamiento de los pasajes de alto voltaje emotivo con unos acordes musicales, son prácticas radiales sujetas a un histrionismo por partida doble: del personaje y el del actor en carrera por el estudio, a la búsqueda del plano vocal marcado por el director.

Por otro lado, en ese teatro primero se especifican las claves de mi teatro último, el estrenado y por estrenar. Un teatro que se nutre de la pantomima, el lenguaje corporal y la participación dinámica del público. Lo que parecería confirmar el viejo saber de que solo se escribe una obra aunque los disfraces del asunto hagan pensar que se trata de varias. *La Galatea*, *Don Quijote*, las *Novelas ejemplares*, el *Persiles*, varían el tema obsesivo de Cervantes: la postulación de una modernidad a erguirse sobre la crucifixión de los cánones.

En una ciudad llamada San Juan

Opuestas, diametralmente, a las anteriores por el uso discriminado de la palabra que se afinca en la crudeza, opuestas porque transcurren en unos módulos realistas, son mis obras *Los ángeles se han fatigado* y *La hiel nuestra de cada día*, estrenadas bajo la denominación común de *Sol 13, interior*.

También se diferencian estas de las anteriores porque canibalizan las vivencias de mis años como habitante de la franja histórica de la capital del país; franja, por aquel entonces, poblada por un artesanado pobre y sitiada por las ratas y las boconerías de los marines norteamericanos durante sus orgías putañeras de fin de semana.

Aquella franja sanjuanera de diez calles, cinco salas cinematográficas y un bello teatro a la italiana, aquella San Juan que se volteaba en tranvía, guarda poco parecido con la escenografía para zarzuela a que la tradujeron la restauración y la banca hipotecaria; escenografía frente a la cual se hincha de cerveza la *beautiful people*; escenografía donde rumia su gesta verbal el tierno revolucionario de cafetín: *en todos los cafés del mundo hay demanda de idea y fe*, escribe Witold Gombrowicz—.

Los ángeles se han fatigado se arma con el monólogo de una prostituta borracha, alocada, hija de la cuneta, que desvaría con la vuelta a la suntuosa casa solariega y los placeres de la degradación. Caóticamente, la prostituta habla con una maipriola, con los diversos arrendatarios de su cuerpo, con el hijo suyo en permanente edad infantil, con un pájaro enjaulado. E, incluso, con el público de una manera escéptica y confianzuda.

El trabajo se inspira, en la cháchara, a retazos, de una puta desempleada del cabaret *China Doll,* ubicado en la calle San José de San Juan. Juglar desgraciado, de su errante y deslenguada locuacidad huían las mujeres y gustaban los hombres. Desgreñada, de comportamiento a temer ahora y gustar después, en ocasiones vestía con una vaporosidad que hacía extraño su continente. Tanto que el distinguido actor Alberto Rodríguez, hombre de redondeado decir y gesto magnificado desde muy joven, arrancaba a recitar el «Romance de la Pena Negra» cuando la veía desandar por los callejones sanjuaneros del Tamarindo, del Gámbaro, de la Capilla, del Hospital. A veces, en aparente estado de sobriedad, la mujer irrumpía en la principalísima misa de once de la Catedral y arrancaba a reír, con una furia incrédula. Otras veces, en aparente estado de ebriedad, se la veía seguir la misa, servida en latín entonces, con un pío ensimismamiento. Por Gloria Bayoneta se la conocía aunque en mi obra reencarnó con un nombre de estirpe corsa, Angela Santoni Vincent.

¿Ocurrió lo que Angela Santoni Vincent informa en sus confrontamientos con el pasado? ¿Tejen los agravios de su mente la madeja de recuerdos? Más de un crítico ha visto en el personaje una alegoría del Puerto Rico, sigilosamente, prostituido por los ángeles rubios o *marines*. Otro insiste en que se trata de una reflexión a propósito de la caída y la pérdida del paraíso, tema que recurre en las culturas que denuncian al extranjero depredador, al bárbaro. Ni niego ni confirmo interpretación alguna porque hacerlo sería faltar. Todo texto se expone a la pluralidad interpretativa. Y en muchas encuentra el autor atractivas suscitaciones y esclarecimientos de su obra, sorprendentes iluminaciones.

La hiel nuestra de cada día, la otra parte de esta bilogía realista, dedicada a Victoria Espinosa porque dirigió, con mando y justicia, su estreno, transforma en acto trágico el cuento «La parentela» que se incluye en mi libro *En cuerpo de camisa*. Un matrimonio anciano, a punto de zarpar hacia la muerte, repasa el bagaje de sus derrotas y sufrimientos con un lenguaje que roza las desconexiones del absurdismo. Hastiado de las carencias en la antigua ciudad de San Juan, el matrimonio sueña con una casita limpia, hasta la irrealidad, en la urbanización llamada, sugerentemente, Puerto Nuevo.

Así como ahora, entusiasmada por la visión paradisiaca que las mercadea, la gente amanerada sueña con mudarse a una residencia entre las llamadas *románticas* murallas que aprisionan la zona antigua de San Juan, asimismo, durante los años cincuenta, la gente común y corriente intentaba salir de San Juan, a buscar el progreso que prometían los nuevos suburbios en que señoreaba el cemento. Puerto Nuevo, una sabana fangosa donde reinaban los sapos y los murciélagos, urbanizada por un gringo legendario, Mister Long, fue la utopía que consiguió más optantes, seguida de cerca por la vecina Caparra Terrace. Tal sueño lo dramatiza *La hiel nuestra de cada día*, enmarcado en la pesadilla de la superstición, tan querida de nuestro continente hispanoamericano donde cumple, junto al espiritismo, la función de psicóloga de receta *fast* y de honorario *easy*.

Ambas obras discurren en unos mundos fragilizados por el exceso de ilusiones; mundos que redime la locura en *Los ángeles se han fatigado* y la inmolación en *La hiel nuestra de cada día*; mundos de unas desvanecidas esperanzas.

Dios, sociedad en comandita

La opresión de las ortodoxias y la religiosidad automática a que inducen los milagros se convierten en el eje dialéctico de *O casi el alma*, retorno a los moldes realistas que ensayé en *Sol 13, interior* aunque bajo el palio de la tension mágica y la ambigüedad lírica que los tratadistas codifican como normas del realismo poético. Sea por mi agnosticismo sin educar, sea porque nunca he padecido la hermosura de la devoción religiosa, me fascinan las enigmáticas relaciones del hombre con Dios y con las estructuras humanas que las encarrilan. Dentro de esas relaciones, peligrosas por cierto, particular atracción han ejercido, en mis pobres incertidumbres, el milagro y lo milagroso. Más que nada, me han atraído los arrastres de que son capaces los autodenominados mensajeros de las divinidades, desde Mahoma y Jesucristo en la expresión sublime, hasta Jimmy Baker y Jorge Rasckie en la expresión ramplona.

El milagro y la milagrería son unas empresas de parecido riesgo. El milagro traspasa la fe, la ilumina con febricitantes visiones de piedad y abnegación. El milagro reivindica la venerable idea de la sobrenaturalidad que nos protege, nos alecciona y nos espera. La milagrosidad la traban las histerias colectivas y los calculados fingimientos, la milagrosidad posibilita las mediaciones fariseas.

Con tan inconfesables verdades el personaje principal de *O casi el alma*, El Hombre, se fabrica un destino que le viene cual anillo al dedo. Una víctima ideal, La Mujer o Maggie, le vale de contrapunto a su acto de milagrería charlatana, de milagrería contante y sonante. El desenlace de la obra, suerte de chantaje a aquella fe que la traspasan las iluminaciones, se cuida, no obstante, de distanciar la religión de las iglesias y a Dios de sus peligrosos intermediarios.

El realismo, cuyas virtudes de expresión y percepción son indudables, tiene sus limitaciones. Reducir la criatura humana a apariencia y figuración parece poco ambicioso, más propio de la desgracia política que de la gracia artística. Y si el teatro, en particular, y la literatura, en general, aspira a dar una versión plena de lo humano deberá trascender la chatura consustancial del realismo. Bajo los mantos de la apariencia somos duda que acecha, somos desasosegada pasión, somos ambición de eternidad, somos culpa que mina, somos ficción hecha de sueño, somos riesgo sin cálculo, somos mundanidad promiscua, somos estiércol. A una misma vez, somos angélicos y satánicos, mezquinos y dadivosos, rastreros y elevados. Porque así somos, nuestro ser verdadero lo captan mejor la sonda y el buceo que el retrato y la radiografía. Entre el 1963, cuando escribí *O casi el alma*, y 1967, cuando escribí

La pasión según Antigona Pérez, estas reflexiones se me hicieron, más que patentes, perseguidoras.

Además, quería vincular la experiencia puertorriqueña a la del resto del continente hispanoamericano; un vínculo que, día a día, la oficialidad desalienta cuando arguye que nuestro destino, como pueblo, no mira hacia el sur. En el corazón de *La pasión según Antigona Pérez*, de manera notable, arde ese sentimiento.

Crónica de la América descalza

Subtitulada Crónica americana en dos actos esta *Antígona* mía, de tantas primas y hermanas, trasvasa el mito clásico a una institución de vergonzosa secularidad en Hispanoamérica, la dictadura. El ensayo biografiado y la novela se han ocupado, honda y denunciariamente, de tan deleznable sujeto histórico nuestro. Baste recordar las páginas vibrantes del *Facundo* y el sombrío matrimonio entre la malignidad y el poder que acaece en la persona de Juan Manuel Rosas. Baste recordar la enciclopedia de horrores que edita *El señor presidente* o la alucinación surrealista que se reitera en *El otoño del patriarca*, página tras página.

Quise, sin embargo, que mi drama, en la forma de una crónica, informara el desamor a que se expone quien se levanta contra la dictadura. Quise examinar cómo la corrupción del afecto familiar puede llevar al titubeo de quien se apresta a defender los principios y las ideas. Un nuevo elemento de difamación perturbaría el personaje principal, conseguiría su incomunicación: los medios de comunicación. Esa paradoja impuso la constitución de un coro dedicado a deformar la verdad, uno diferente al griego cuando impide el nexo entre el personaje principal y el pueblo. La estética realista no servía para caracterizar un personaje compuesto como símbolo de juventudes libertarias, un símbolo ariélico. Por eso mi Antígona Pérez, además del don de la ubicuidad, tiene el de la predicción. Por eso opera como protagonista y como testigo de cargo.

Repito, a partir de la admirable puesta en escena que hiciera Pablo Cabrera de *La pasión según Antígona Pérez*, animado por la recepción crítica entusiasta que obtuvo, me propuse adelantar un teatro comprometido con la experimentación en todas sus fases: la idiomática, la espacial, la gestual.

El hosco gusano de la insatisfacción

En concordancia con esta proposición estrené, once años después, la farsa irrazonable en dos partes, *Parábola del andarín*. Escrita con un verso ripioso y zafio, contrapunto exasperado de la plaza pública del Puerto Rico pobre de los años cuarenta, su estreno fue, desde mi punto de vista, un fracaso aunque la crítica se esmerara en desmentirlo. El público se expresó, con discreta tibieza, al final de la representación. Las sonoridades artificiosas del verso latigoso, la interacción impostada de unos personajes desgarbados por el fracaso, la atmósfera de impotencia social, la transformación de los personajes en los actores que leen, en el libreto mecanografiado, el desenlace de la obra, no parecieron gustar al respetable. *Parábola del andarín*, como *La espera*, como *Cuento de Cucarachita Viudita*, permanece sin publicar como respuesta al desagrado que me produjo su debut en sociedad. Por varias razones, entre las que sobresalen la dureza con que miro mi persona y la impiedad con que juzgo mi obra artística, también permanecen engavetadas las piezas, los bocetos y los embriones de los años sesenta, *Vietnam, la noche acaba* y *La balada de las hogueras*, de los años setenta *Las instrucciones de Moscú* y *Necesitamos a Marlon Brando*, de los años ochenta *Mamá Borinquen me llama* y las recientísimas *Bel canto* y *Hablemos de primeras damas*.

El feroz riesgo del teatro

En el 1984 se estrenó el vodevil para máscaras, dividido en dos actos, *Quíntuples*, bajo la dirección óptima de Rafael Acevedo Barrios y con la interpretación excelsa de Idalia Pérez Garay y Francisco Prado. El público y la crítica la acogieron con júbilo. No se me escapa el triunfalismo de la expresión. Sé que todo triunfalismo acaba por dañar e inutilizar. Y que el artista no puede dejar que ese instante llamado éxito pese demasiado en su propia estimación si es que, con franqueza y entrega, aspira a seguir descubriéndose, arriesgándose, jugándose el tipo. Aún así, repito que *Quíntuples* mucho gustó, ha logrado cientos de representaciones, amén de traducciones al inglés, el francés y el portugués.

Alarde de teatralidad, afirmación del escenario como recinto donde avivar la magia, confesiones en forma de monólogos de una familia dedicada al espectáculo, en *Quín-*

tuples se subvierte la idea de la construcción dramática a favor de la idea de la improvisación dramática. Toda la pieza la sostiene la difícil empresa de representar la improvisación, de fingir los baches o lapsos en la memoria de los personajes, de mentir la pérdida y el reencuentro del hilo dialogístico. Pues, a fin de cuentas, se trata de una desencadenada conversación entre los personajes y el público. Que, sin saberlo, representa otro personaje: el público asistente a un congreso de asuntos de la familia.

El séptimo velo

A conciencia he desdramatizado el inventario de mi teatro estrenado. Lo he hecho esforzando la enunciación lineal, en armonía con el pudor que debe presidir la divagación sobre uno y su trabajo. Lo otro, repito, implica arrogancia. Y la arrogancia solapa la ignorancia, la necedad. Durante el inventario se me ha revelado, prístinamente, lo que querría que fuera el norte de mi teatro por hacer.

En primer lugar, patrocinar la revolución del continente hasta alcanzar la libertad de expresión lograda por la novela. Algunos textos adelantados, algunos textos trastornadores, han llevado a cabo esa revolución, expandido y diversificado el lugar de la acción dramática, replanteado la utilidad del escenario, balcanizado el *well made play*. Muchísimo más puede hacerse. También querría que mi teatro contara con la participación del espectador de manera activa, con un espectador dispuesto a la experiencia de cualquier eventualidad escénica. La suma de esos espectadores integra la categoría, amenazante o amable, que se llama público. Otras tareas para el público me gustaría practicar, otras asignaciones que recuperen su presencia durante la representación misma, que lo integren, creativa y provocadoramente, a la representación. De manera tanteadora en la *Farsa del amor compradito*, de manera firme en el vodevil *Quíntuples*, estas asignaciones empezaron a cumplirse.

El teatro, quién no lo sabe, resulta el más dependiente de los géneros que trabajan la palabra; dependiente de los filtros ajenos como el Actor, el Director, el Escenógrafo, el Vestuarista, el Luminotécnico. Y, por dependiente, sujeto a que se lo malentienda, oscurezca o desfigure. La novela pasa del autor al impresor, tras efectuar el circuito mercantil que encabeza el agente, hasta llegar a las manos del lector, sin mayores tropiezos. El teatro, en cambio, avanza por entre docenas de elementos modificadores, previo a someterse al juicio inapelable del tribunal.

A punto de finalizar la charla me asalta la impresión de que el *strip-tease* al que convine con gusto, porque me lo propuso una teatróloga a quien mucho respeto, Priscila Meléndez, ha revelado más de lo necesario. A ese peligro se expone quien accede a desvestirse sin pactar las luces que expondrán su desnudez. *¡Mea culpa!*

PAISAJES DEL CORAZÓN
[2004]

Ocurrió un lunes del pasado abril. Viajaba yo por la Pica, una de las dos carreteras que conducen al pueblo más antiguo del sudeste puertorriqueño, a Maunabo, si se sale de Yabucoa. La otra carretera que lleva a Maunabo, desde Yabucoa, se llama de Camino Nuevo. Ambas son juez y parte de unos paisajes cundidos de primores. Ambas son dominios indisputables del color verde. Como para los gustos se hicieron los paisajes, seleccione el lector cuál prefiere de los que esbozo, seguidamente.

La carretera de Camino Nuevo, vecina del mar e hija adoptiva de la arena y la brea, se recorre bajo el manto azul del cielo. Mientras que la carretera de la Pica, vecina de la montaña e hija adoptiva de la tierra y la brea, se recorre con la arboleda como palio. La Pica avanza como una culebra en el matorral: de repente dibuja una letra ese, de repente dibuja un número ocho, a veces parece trepar hacia los peñascales grandullones, a veces parece desbarrancarse. Camino Nuevo avanza menos abrupta, entre tramos de planicie seguida y curvas escasas, de manera que los ojos pueden darse el lujo de vagar hasta mar adentro, sin mayores inconvenientes.

Los mangoes y los almendros abundan por la Pica, también abunda la flor que antes se llamó sol de las Indias y hoy se llama girasol. Los palmares y los cocotales abundan por Camino Nuevo, abundan las flores trepadoras como la trinitaria.

En fin, que abandonaba el paisaje forestal de la Pica un lunes del último abril y entraba en el paisaje urbano maunabeño, escoltado por el sol caribe de la media tarde, sol bravucón y ponzoñoso. Ya irrumpía en el sector de Vista Alegre, por cuyo lado opuesto una vez remonté hacia el muy grato bar La Última Puñalá, ya bordeaba el antiguo parque atlético, ya llegaba a la esquina donde se encuentra el café Plaza, ya me proponía virar hacia la derecha y continuar hacia el barrio Matuyas, ávido de recalar en el negocio de comidas y bebidas de Valdy Morales, cuando un policía me atajó el paso y lo cedió a una caravana fúnebre, huérfana de coronas florales, huérfana de acompañamiento a pie.

Integraba la caravana el coche que transportaba al difunto, cuatro automóviles donde se apiñaban los parientes y los dolientes, más un yip que tenía bondo hasta por las orejas. Sobre la capota del yip se columpiaba un altoparlante. El altoparlante surtía al casco urbano de Maunabo con una música, entre cuyos acordes refulgía la voz del gran Danny Rivera.

Son incontables los tránsitos por la felicidad y por el deseo, por la amargura también, que ameniza la voz portentosa de Danny Rivera, hoy en cárcel por defender el derecho de Vieques a disfrutar la sensualidad de la paz. Si alguna pasión corporal que reclama la discreción absoluta necesita satisfacerse en la glosa, Danny Rivera se encarga de glosarla: *En un cuarto dos amantes, conversaban de su amor*. Si alguna pasión necesita satisfacerse en el pregón, Danny Rivera se encarga de pregonarla: *Yo quiero un pueblo que ría y que cante*. Si alguna pasión que hace arder la carne, como hija legítima de la irracionalidad y del instinto, necesita resumirse, Danny Rivera la resume: *Estando contigo me olvido de todo y de mí*.

A manera de adiós definitivo la caravana volteó, en repetidas ocasiones y a velocidad escasa, la plaza de recreo. Después, se dirigió hacia el cementerio. Entonces, el policía me autorizó a continuar la marcha, tras elogiarme la paciencia con una abreviada cortesía de cabeza.

Pero, siendo Maunabo un pueblo chico, con escasas calles alternas o ventajosos atrechos, me vi obligado a conducir al paso lento de la caravana fúnebre. La obligación me permitió apreciar el paisaje de respeto sobrio que configuraron algunos hombres cuando se quitaron el sombrero y el paisaje de callada religiosidad que configuraron algunas mujeres cuando se persignaron. Me permitió, asimismo, deducir que el difunto había de ser el padre de uno de los apiñados dentro de los cuatro automóviles. Y que el hijo, un muchacho afincado en las modernidades, quiso despedirlo con un ritual diferente: la voz de Danny Rivera pintaba en el aire de Maunabo el retrato sin retocar del padre entrañable, del querido viejo: *Yo lo miro desde lejos, Porque somos tan distintos*.

Contra toda lógica me integré al paisaje de quieto dolor que se desplazaba junto a la caravana fúnebre. Llegamos al cementerio de Maunabo pasadas las cuatro de la tarde. La voz de Danny Rivera, un ondulante paisaje de consuelo, dio los toques finales al entierro: *La edad se le vino encima, sin carnaval ni comparsa.* Una tristeza que se negaba a refugiarse en la lágrima pactaron los parientes y dolientes. Después, conmigo al fondo, todos fuimos un paisaje de silencio enlutecido.

Salí del cementerio el primero.

LA NOVELA DE LA YOLA
[2004]

Para matar el hambre que lo está matando, el hombre se emperra en mamar la teta seca de una mujer desfalleciente. Otro hombre adentra la cara en la mar y la salitre le araña las fosas nasales, tapa los oídos, raya la garganta, percude los ojos. El espanto acelera la menstruación de otra muier. Un tercer hombre saca fuerzas, de donde no le quedan, para acusar a Dios de negligente. Un tiburón, flexible como una rata, brinca y cercena el pie de una quinceañera. Un cuarto hombre se inmola tras vociferar: *Lastre al agua*. El olor de la sangre menstrual y del pie quinceañero encampana a los tiburones. Una mujer que pagó el traslado desde Elías Piña hasta Nagua con un cerdo hermoso, y el traslado desde Nagua hasta Rincón con una vaca que daba gusto mirar, sonríe a las ilusiones perdidas, con acrimonia.

Los anteriores microrrelatos de naufragios y salvamentos tejen el rosario de angustias que mal hiere o estrangula a los ciudadanos dominicanos cuando intentan arribar a tierras puertorriqueñas, sin la protección burocrática de la visa. Los microrrelatos se repiten, si bien con diversa configuración, a cada nuevo viaje adverso que se inicia, lo mismo en

Barahona que en Miches, en San Rafael del Yuma que en Nagua, en San Pedro de Macorís que en La Romana.

Los microrrelatos acaban por parecer el estribillo cruel de una bachata de autoría colectiva y dimensión trágica. Pues la yola, una embarcación de fragilidad ostentosa, la suele capitanear un marino cuya inexperiencia e irresponsabilidad alarman. En el peor de los casos, será la Muerte quien se ofrezca a capitanearla, en contubernio con el mar, de siempre mudadizo, desconfiable y traicionero.

Unas madrugadas sí y otras también, la pobreza estacionaria de miles de dominicanos halla el remedio casero en los sueños que mece la yola. Unas medianoches sí y otras también, al contracanto obsesivo de la esperanza marina, se reescribe la novela de la yola. Unos atardeceres oscuros sí y otros también, los personajes de la novela de la yola se aprestan a sortear una ilegalidad menos amenazante que el hambre: recalar en Puerto Rico a como sea.

Unas noches cerradas sí y otras también, los personajes de la novela de la yola intentan fugarse de la ilegalidad suprema, la ilegalidad del hambre.

Los personajes que desfilan por la novela de la yola apenas se diferencian. Pobrísimos, jóvenes, negros en la mayoria, con un bajo nivel de escolaridad viajan con lo puesto, si bien reclaman como equipaje adicional la fe inquebrantable en la Virgen de la Altagracia. Una voluntad fanática los anima. La de proporcionarse una segunda oportunidad, lejos del batey, lejos del ingenio azucarero, lejos de la chiripa inconsecuente, lejos de los asedios del prestamista.

Más que acariciar la idea del pronto regreso al lar nativo, acarician la idea de remesar dinero a los familiares que, por causas distintas, jamás enfrentarán los peligros de la travesía. Estos por mayores o desvalidos. Estos por niños y dependientes. Estos por puros pendejos.

No se mal entienda la descalificación última.

Hay que tener el corazón bravío como para subirse a una yola cuyo costillar semeja un nido de ruiseñores. Hay que tener los nervios de hierro como para apuntarse a una travesía, sin más carta de navegación que el azar y la necesidad. Hay que tener los genes bragados como para empeñarse en burlar a la Guardia Costanera Norteamericana. Y para internarse en un matorral tupido. Y para aguardar el momento adecuado cuando sumarse a lo ajeno, a lo desconocido, a lo inhóspito. Y para aprender a vivir sin dejarse arrollar por la nostalgia del bohío, del batey, del ingenio azucarero, de la chiripa inconsecuente, de las tentaciones del prestamista.

En llegando los personajes al otro lado del mar, en llegando a tierra firme, en escurriéndose en cuanto se nombra isla de Puerto Rico, la novela de la yola sesga el rumbo, altera la trama, replantea el tono narrativo. A partir de entonces poco importan los embates del mar, las tostaduras del sol, los escozores de la sal. A partir de entonces poco importan los sollozos, las blasfemias, las maldiciones a quienes lo indujeron a viajar en la yola una madrugada, una medianoche, un atardecer oscuro, una noche cerrada. A partir de entonces comienza a entretejerse una novela nueva, la novela del yolero.

Será entonces cuando comience a fraguarse, con débiles pero perceptibles tics, tan débiles que solo el ojo avizor se percata de su ocurrencia, un personaje de rasgos conmovedores. El personaje del ser de lejanías, tanto en la tierra que abandona como en la tierra que encuentra.

Pero, la auscultación de tan novedoso personaje dominicano, que se establecerá, arraigará y echará palante en cuanto se nombra isla de Puerto Rico, excede la intención restrictiva de este texto. Que consiste en cursar una invitación a leer, con pasión y detenimiento, la novela sin ficción de la yola, la más conflictiva y desgarrada de cuantas hoy imprimen las aguas bullentes del Caribe.

MANTEL DE HULE
Y SERVILLETA DE PAPEL
[2004]

Tiene como gratificación el almorzar solo en cualquier clasemediero de este estupendo país nuestro, que llegan las conversaciones más sabrosas y menos esperadas, sin solicitarlas, filtradas por entre los sorbos que devoran las patitas de cerdo.

La locuacidad puertorriqueña alcanza sus cotas más altas a la hora del almuerzo en el restorán de clase media. La clase que lleva sobre sus espaldas quebrantadas la economía del país. La clase que cuadra el presupuesto familiar con sendos préstamos al Banco y la Financiera. La clase que se traba y se destraba por mandar a sus hijos a la Universidad. La clase a la que contenta un almuercito especial de cinco, seis, siete dólares en el restorán sencillón de clase media, mantel de hule y servilleta de papel. La clase que en el restorán sencillón monta tribuna.

El día que los puertorriqueños decidamos autocriticarnos habremos de reconocer que nadie nos supera a hablar con voz estruendosa. Corrijo, nadie si descontamos a los cubanos y a los dominicanos. ¿Será un rasgo antillano el boconeo? *Somos verdes*, cantaban las Antillas en el extraordinario poema de Lloréns Torres. Igual pudieron cantar: *Somos gritonas, Somos vocingleras.*

Quien ocupa la mesita destinada al parroquiano solitario en el restorán de clase media debe aprender a hacerse el sordo mediante el truco menos ostentoso. ¿Cuál es dicho truco? Alisar el mantel de hule y dobletear la servilleta de papel, alisar el mantel de hule y dobletear la servilleta de papel, alisar el mantel de hule y dobletear la servilleta de papel. En cuanto domina y perfecciona el truco el comensal solitario consigue pasar desapercibido. Entonces, tranquilamente, puede dedicarse a escuchar las conversaciones más sabrosas y menos esperadas, las que se filtran por entre el descueramiento furibundo de los chicharrones de pollo.

Las conversaciones femeninas que le llegan a quien almuerza en soledad transmiten las consabidas inocuidades sobre la realeza europea, que si la pobre Carolina de Mónaco ha pasado por todos los estados civiles, que si ya don Juan Carlos y doña Sofía salieron de una de las dos Infantas, que qué fea es la chilla del Futuro Monarca de Inglaterra.

Las conversaciones femeninas, recatadamente mojadas por una cerveza vestida de novia, se expanden hasta el novio filipino de Dayanara y lo preciosa que le quedó a Jacobo *Linda Sara*, la escasez del plátano y la china y los fiestones que se preparan para la Semana Santa.

Poco a poco, las conversaciones femeninas se encarrilan por la cuestión palpitante de la maldad de los hombres, tornándose previsibles como las ensaladas que sirven en los restoranes humildones: dos arandelas de tomate, cuatro filamentos de zanahoria, ocho pitipuás arrugados. Poco a poco, las conversaciones femeninas inocuas las silencian las inicuas conversaciones masculinas. Que progresan con lentitud, acaso espoleadas por el palo. El palo suelta las lenguas masculinas que, hace un instante, solo hablaban de negocios y semejantes pejigueras.

Poco a poco se airean las proezas sexuales que fastidia escuchar pues pertenecen —o debían pertenecer— al ámbito inviolable de lo privado. Que es el lugar donde se realizan las fantasías más audaces de la carne, tras el feliz acuerdo de ambas partes, libertados los cuerpos de represiones y timideces, sin que tercero alguno jamás llegue a enterarse. Poco a poco se desparpajan las infidelidades conyugales. Entonces, el anecdotario de pretextos masculinos para abandonar el trabajo y recalar en el motel consigue una prosa en la que brillan la escabrosidad y el culto al detalle.

¡Cuánto confiesa con la boca llena la clase media, mi clase, la clase especializada en el almuerzo especial y en las ñapas que vienen con los especiales: mantel de hule y servilleta de papel, pan con ajo, clavel plástico en un florerito de vidrio, palillo de dientes, bombón de menta con que reprender el aliento a bacalao, a sierra, a salmorejo y las otras criolleces que integran el repertorio de los especiales!

De un mes a esta parte, por desgracia, el almuerzo en cualquier restorán clasemediero de este estupendo país nuestro ha dejado de ser grato. En medio de la masticación de los tostones y el soplar el sopón de gandules, porque está tan caliente que arde, las conversaciones coinciden en el tono indignado y el tema recurrente: la corrupción que arropa a Puerto Rico y la asombrosa indiferencia con que el gobernador Rosselló la trata.

Interesantemente, como informa la oreja, la corrupción no se achaca, en su totalidad, a aquella manzana podrida o este legislador determinado, al partido que ahora ocupa el poder o al que ayer lo ocupó. Según la conversación agitada, que se produce en los restoranes humildones, la corrupción tiene dos fuentes de origen. La colocación de la lealtal al Partido por encima de la lealtad al País. El compromiso con el Lucro Personal por encima de cualquier otro compromiso. Incluso por encima del compromiso con la Elemental Decencia.

Peligrosamente, como informa la oreja, el malestar se ha asentado en el país. De los mayores se ha apoderado una tristeza parecida al hastío. De los menores se ha apoderado una rabia que parece cegarlos. Los mayores se repliegan porque el gobierno actual los ha desesperanzado. Y los jóvenes protestan la cartilla de los políticos dañados que siempre se salen con las suyas: *La Deshonestidad Paga Bien. El Pillaje Paga Doble.*

Ocurría en los antiguos cuentos infantiles. Cuando el Rey quería saber lo que los súbditos pensaban de su Reino, despedía al séquito de adulones, se disfrazaba de mendigo y se marchaba, antes del amanecer, a recorrer las ciudades y las aldeas, los callejones y las plazoletas; a averiguar lo que, verdadera y francamente, pensaba el pueblo de su gestión.

Más que a ciudades y aldeas, a callejones y plazoletas, quienes conducen la vida política —y también quienes aspiran a conducirla— harían bien en sentarse a almorzar en cualquier restorán clasemediero, disfrazados de personas comunes y corrientes. Bien harían, además, en alisar el mantel de hule, dobletear la servilleta de papel y dedicarse a oír durante un largo rato lo que los otros tienen que decirles. Los otros. Es decir, nosotros.

CHISMEAR
[2013]

En Humacao, ciudad donde nací, vivió una señora que cultivaba una manía odiosa: apuntaba la fecha exacta del casamiento de cada muchacha para saltar a desacreditarla si paría antes de los nueve meses. En aquellos tiempos, anteriores al colapso estrepitoso de la virginidad, la sociedad exigía a la mujer llegar al matrimonio tan casta como tan pura. Es decir, sin haberse contentado con varón.

Para mucha gente, para demasiada gente, el hecho de casarse en estado de preñez implicaba una defectuosidad moral a denunciarse. De ahí que mi compueblana se aplicara, con obsesión, a sus contabilidades ruines.

Unas preguntas se caen de la mata, como guanábanas maduras. ¿No había en Humacao un asilo al cual la señora maniática donara sus ocios? ¿No había un doliente a quien consolar o un recluido en el hospital a quien auxiliar? ¿No había un niño a quien rescatar de la noche oscura del analfabetismo? ¿No había un ropero que ordenar o un escobillón que aprovechar? Tenía que haberlo, como es natural. Pero, la señora pareció hallar la razón de vivir en el acto de chismear.

229

Así que se sentía felicísima cuando las sumas y las restas confirmaban el descuadre pene-vaginal por ella intuido. Entonces, echaba mano al molinillo de triturar reputaciones. *Se casó a los tres meses de coger fiao. Se casó a los seis meses de estar preñada. Casi pare en el altar la muy p...*

La manía empeoró con el paso de los años y acabó haciendo a la señora igual de conocida que de temida. Aunque, también, llevada y traída. Pues el chisme resulta de un engranaje de tres comunicadores interdependientes quien lo emite, quien lo escucha, quien lo divulga.

1. Quien lo emite merece considerarse la fuente originaria: *Lo sé de buena tinta o lo sé de mi propia tinta.*

2. Quien gusta presumir de indiferente: *A mí no me va ni me viene, pero es bueno saberlo.*

3. Quien se escuda tras los merodeos verbales, que transparentan una hipocresía definitiva: *Yo no lo digo, lo dicen por ahí.*

Dado que no se celebraban bodas todos los sábados, la chismosa vino obligada a diversificar la oferta. Poco a poco comenzó a contabilizar las idas y venidas de los maridos a quienes la fidelidad matrimonial se les había vuelto una cruz pesada. Poco a poco comenzó a contabilizar los reclamos de los acreedores a ciertos deudores morosos. Poco a poco comenzó a curiosear sobre las enfermedades raras y las solterías sospechosas, a ojos suyos. Cuando se rumoraba que alguien padecía de cáncer ella apostillaba en voz baja: *No es cáncer, es algo que se pega.* Cuando veía pasar a un cuarentón soltero, a quien no se le conocían amistades explícitas con el sexo opuesto, insinuaba, en voz baja pero audible: *Yo tengo que averiguar cuál instrumento él toca.* Poco a poco, perdió el control de la lengua. Que acabó transformada en arma demoniaca, capaz de dispararse a la menor oportunidad y producir difamaciones y maledicencias.

El chismoso ¿nace o se hace? Es decir, ¿se registra en el mapa genético la tentación de despellejar con la lengua a los otros, o la produce un aprendizaje social, lento y consciente? No tacharía, por superficial, ninguna de las dos preguntas. Tampoco reduciría el chisme a mero delirio provinciano. Me lo confirman varios recientes desplazamientos por el área metropolitana de Puerto Rico, realizados por medio del transporte público, en guagua pues. Me lo confirma el estudio realizado por un sociólogo.

Lo de la guagua nada sorprenderá a los pasajeros de la parte trasera de la misma, la cocina. No sé si la lejanía del chofer causa tanta desfachatez expresiva. Sí sé que meten miedo los chismes que en la cocina se cocinan. Los chismes de la guagua, en su gran mayoría, remiten a los políticos, despreciados de manera unánime, al margen de sus ideologías y supersticiones. Los chismes de la guagua urden una especie de venganza grupal contra quienes son considerados enemigos acérrimos del pueblo.

Lo del profesor de sociología sí sorprende. Pues elabora la tesis de que chismear parece inevitable. A propósito afirma, después de mucho observar y mucho indagar: *Cuando se reúnen grupos de tres o cuatro personas, por motivos de trabajo o amistad, la primera en marcharse será objeto de detallado escrutinio y enjuiciamiento, relativos a su apariencia y manera de expresarse y comportarse.*

¿Tanto importa el adentramiento en las vidas ajenas? ¿Tanto reconforta el alma un *buen chisme*, un chisme exclusivo? Parece que sí. De hecho, un modo infalible de asegurar la asistencia a una cena de todos los invitados consiste en anunciar que, durante la misma, se revelará un chisme insospechado, colosal, acabadito de salir del horno.

Y es que, si bien nos resistimos a aceptarlo, todos somos la Comay en mayor o menor grado. Ello explica el éxito extraordinario de la muñeca parlanchina de la televisión puertorriqueña. Un éxito extraordinario y... pavoroso.

EXTRATERRESTRE
[2013]

Se presentó a concursar hecha un asco. La ropa, pobretona y mareada por el uso, le prestaba un aspecto estrafalario. Al préstamo se sumaban el barniz que le embarraba las uñas de las manos y la suela de los zapatos, lucida a puras tiras. Y el peinado ni hablar. Si es que la estampida de cabellos, en todas direcciones, merecía llamarse peinado.

El público, que llenaba el estudio de la televisora, ansioso por conocer hoy a quienes mañana serían los grandes artistas de Brasil, sonrió ante la apariencia de la concursante. Las sonrisas se transformaron en carcajadas cuando el animador, quien gustaba de regodearse en la crueldad, le preguntó: *¿De cuál planeta vienes?*

No la intimidó la malevolencia del animador. No la arredraron las carcajadas del público. Irguiendo el rostro al máximo, estirando el cuello como si fuera un cisne, con la voz puesta al servicio del desafío, respondió: *Vengo del planeta Hambre.* Y le arrebató el micrófono al animador, a continuación de lo cual se puso a cantar. Alma adentro intuiría que en la demostración de talento irrefutable, esa arma de neutralizar a insidiosos y enemigos, se jugaba la única oportunidad de reescribir su destino.

Aquel garabato mal endilgado cantaba bien, al derecho y al revés. Ondulaba el sentimiento cuando la ondulación procedía, lo restregaba cuando el restregamiento era la orden. El pasmo y la lividez del animador se hicieron notables. Y el silencio del público no tuvo más remedio que hacerse. El aplauso sostenido le dio derecho a decir el nombre: Elza Soares.

A mediados del octubre pasado recalo en Madrid. Vuelvo de Salamanca, donde inauguro el congreso *Utopías americanas de Don Quijote*, en la compañía honrosa del admirable escritor español Luis Mateo Diez. Aprovecho la estadía para asistir al recital que ofrece la diva del bossa nova y la samba, Elza Soares, en el marco del Festival de Otoño, una temporada de espectáculos de la más alta calidad, llegados del mundo entero.

Miro a la gran Elza Soares con ganas. Apoyan mis ganas la anécdota inolvidable que inicia este artículo y las largas horas mías amenizadas por su cancionero. Miro y remiro cuantas emociones le jamaquean el cuerpo, desde el pescuezo hasta el cóccix. Miro y admiro su valor para desacreditar y sobreponerse a la apariencia, ese concepto útil a la hora de tramitar los prejuicios. Merecidísima resulta la ovación entusiasmada con que se la recibe y despide.

Apenas salir de la sala Valle-Inclán, inserta en el Real Consevatorio de Arte Dramático, tropiezo con un aluvión de fugitivos recientes del planeta Hambre. Proceden de Camerún, de Malí, de Nigeria, de otras naciones que jamás han logrado cuajar unas economías competentes y a las que minan la deficiencia administrativa y la corruptela. Arriban por ramilletes a *la cuna del requiebro y el chotis*, como bautiza a Madrid el divino caricortado, Agustín Lara. Arriban sin los papeles de legalizar su presencia.

De ahí que, una vez en el paraíso, pacten la aceptación de la vida en ascuas. Y pacten el odio que destila la mirada europea ante sus presencias. Y la malevolencia de cuantos se animan a humillarlos. Y las carcajadas de quienes así reaccionan a su apariencia. Y el escarnio de quienes argumentan que ellos barbarizan cuanto tocan.

Pactan, incluso, la segregación étnica, pactan el confinamiento en los barrios periferiales. Pactan la mano de obra barata y la realización de los trabajos que el europeo se niega a realizar. Todo lo pactan los cameruneses, los malienses, los nigerianos y demás fugitivos. Todo menos retornar al planeta Hambre. El planeta de los desiertos huérfanos de oasis. El planeta de la aridez y la sequedad y las montañas infecundas. El planeta donde solo prospera la piedra.

Entonces, si los fugitivos todo lo pactan, menos volver al planeta Hambre, ¿qué hacer con su equipaje de dioses intolerantes? ¿Qué hacer con sus modos y modales fastidiosos, ajenos? ¿Qué hacer con su reclamo de conservar las identidades milenarias? En fin, ¿qué hacer con tanto infeliz determinado a reescribir el destino a como dé lugar? ¿Será menester diversificar el paraíso? ¿Será menester ensayar un laboratorio generoso de tolerancia multicultural? Será menester recordarles a los fugitivos del planeta Hambre que todo exilio supone un doloroso, pero imprescindible, reajuste a la nueva circunstancia?

La noche y el recuerdo de Elza Soares me acompaña por la Gran Vía. Al ratito, la noche, el recuerdo y yo torcemos hacia la calle de Libreros, donde ubica el hotel *Los Condes*. Por ascensor llego a la habitación 312.

NOVELA
[2013]

Con frecuencia una persona desconocida me cierra el paso, de forma amable eso sí, seguido de lo cual susurra, tras mirar a un lado y otro: *Si yo le contara las cosas que me han pasado usted escribiría una novela.* Medio sonreímos. A mis ojos la dicha persona, que igual puede ser hombre o mujer, parece estar en la posesión de lo que busco, a diario: un asunto digno del apalabramiento creador. Y a sus ojos yo poseo lo que ella anhela encontrar, a diario: el instrumental capaz de literaturizar las cosas que le han pasado.

Pero, como ninguno dispone del tiempo para decir esto y oír aquello, nos adiosamos con una frase amable y un gesto ídem. Y proseguimos el camino. No obstante, mientras apuro el café servido por María Araya en *La boulangerie* o bebo el jugo de toronja acabado de exprimir por Ricky Bruno en *La bombonera*, mientras despacho el cerro de arroz con calamares servido por Willy Cancel en *La borincana* o ingiero la avena servida por David Carmona en *El ateneo de Mateo*, calculo para mis adentros las cosas increíbles que han podido sucederle. Pues si no fueran cosas increíbles, si no fueran cosas que desvelan, para qué molestarse en cerrarme el paso y susurrar, tras otear a un lado y el otro: *Si yo le contara las cosas que me han pasado, ¿usted escribiría una novela?*

Desde luego, hay novelas cuyo hechizo radica en que a su trama no le hacen falta peripecias increíbles, misteriosas, alarmantes. Pienso en *Una gota de tiempo*, del puertorriqueño César Andréu Iglesias. Pienso en *Nada*, de la española Carmen Laforet. Ambas reivindican la idea de que la cotidianidad y la rutina no están exentas de conflicto, tensión, amargura. Pero, ambas desdramatizan dicha idea con admirable fortuna. Ambas proclaman que las cosas insólitas, o desgarradas, no tienen por qué enmarcarse, obligatoriamente, en el lloriqueo, en el desmelenamiento, en el desmayo que se socorre con agua de azahar o la ansiedad mejorada por la solidaridad de una Valium. Ambas implican que la procesión va por dentro, muchísimas veces; que nadie sabe lo que está en la olla, fuera de la cuchara que lo menea.

Descartándolas apenas ocurrírseme, pienso que las cosas que le han pasado a quien me cierra el paso podrían ser una fidelidad rota, una herencia familiar usurpada, una carta inconveniente reducida a cenizas, la reaparición de un amor que se creía perdido hasta hoy a mediodía. Después me digo que pico fuera del hoyo. Las tales cosas deberán constituir asuntos menos trillados, menos apegadas al precario modelo imaginístico que triunfa en la telenovela, llámese *Acorralada* o llámese *La fuerza del destino* —sí, como la ópera—.

Mientras integro una fila federal de sobre ochocientas personas, que esperamos al último día para entregar las planillas, o leo el aumentante rechazo del pueblo estadounidense a la salvaje invasión a Irak, calculo para mis adentros si no será que la tal persona se encuentra en medio de una situación de veras horrorosa. Apenas la semana pasada la prensa informaba del señor de Barceloneta que se masturbaba mientras veía a su hija adolescente dormir. Apenas la semana pasada me preguntaba si la madre de la adolescente lo sabía. O si callaba y otorgaba, por miedo o por pena.

La persona que me cierra el paso suele estar en los cincuenta años. Razono, otra vez para mis adentros, que antes de los cincuenta años no se evoca, se vive. A tan mágica edad falta el tiempo necesario para atender los múltiples compromisos que contraen el deseo y la mirada.

A tan mágica edad los chichos son graciosos más que grasosos. En cambio, a partir de los cincuenta años ya se empieza a contabilizar el deseo insatisfecho y la mirada sin respuesta, cuanto no se probó aunque se quiso. A partir de los cincuenta años se admite, si bien refunfuñando, que ha empezado la cuenta regresiva.

Para qué seguir calculando, tejiendo, destejiendo. Todos somos portadores de novelas, estemos o no conscientes de ello, queramos o no que un escritor las traslade a la página en blanco. Rosas y leves unas. Turbias y enrevesadas otras. Profusas en avatares estas. Confusas en su delineamiento aquellas. Al fin y al cabo todos somos el personaje principal de la propia vida: esa irrepetible gran novela de cada quien.

SEXO
[2013]

El sexo está en todas partes menos en la sexualidad. Tengo por sabia la aserción anterior del escritor francés Roland Barthes. Ahora la fotografía de una mujer, despatarrada hasta la grosería, anuncia la venta de enseres eléctricos. Ahora la fotografía de una panza masculina vellosa promociona una pomada para los hongos del pie. Ahora las tetas inmensas, como catedrales, publicitan el puré de espinacas. Sin embargo, ahora cuando el sexo se manifiesta como frenesí exhibicionista, la sexualidad enfrenta unos problemas que van de lo serio a lo grave.

Lo confirma la proliferación de pastillas y unturas que estimulan el apetito genital. Lo confirma la invención de aparatos que prometen alongar el pene y remozar la vagina. Lo confirman los anuncios insinuantes que hallan espacio en la gran prensa. *¿Te sientes seguro con tu tamaño? No la dejes con las ganas. ¿Cansado de pasar vergüenzas?, búscale el punto G y sácalo de las casillas.* Lo confirma el surgimiento masivo de consultorios sobre el tema. Escritos o televisados, científicos o cafretones, como esos donde la gente se insulta, abofetea y patea a la menor oportunidad, dichos consultorios

241

son prueba irrebatible de que el sexo está en todas partes, menos en la sexualidad.

Repitamos que se trata de una contradicción. Ahora el gozo sexual lo recomiendan hasta los curas desde sus guaridas célibes. Ahora las palabras pene y vulva entran y salen de las conversaciones con saludable naturalidad. Y ahora la miseria sexual se ha vuelto epidémica. Como consecuencia, la cama se ha convertido en el trampolín perfecto hacia la infidelidad, el divorcio y el novedoso estatus de *agente libre*.

No hablo de la cama donde haraganear, dormir y convalecer de la monga. No hablo de la cama donde desayunar, almorzar, comer, redondear la obesidad y desde la cual ver programas como *Laura en América* y *Caso cerrado*, *Casos de familia* y *¿Quién tiene la razón?* Tampoco de la cama donde la pareja se reciproca, luego de empijamarse o despijamarse: cada quien reciproca a su manera, como lo enseña Paul Anka. Menos aún hablo de la cama donde algunas parejas audaces transgreden la rutina y la norma. Con la luz apagada si la factura última de la Autoridad de Energía Eléctrica recomienda tales ahorros. Con la luz encendida si el perro, refugiado bajo la cama mientras ocurren las transgresiones, aúlla porque le teme a la oscuridad.

Hablo de la cama donde, poco a poco, se constatan la esfumación del deseo y la anorgasmia, la eyaculación prematura y la precaria erectilidad viril. La cama donde se confirman algunas metáforas peyorativas, por el estilo de 1. cocacola sin efervescencia, 2. desierto sin oasis, 3. chayote mal sancochao, 4. huevo falto de sal. La cama donde florecen los traumas y las insatisfacciones que acabarán venteándose en los consultorios televisados.

Donde la gente acude a insultar y vilipendiar a su cónyuge, con una presteza que da grima. *Mi marido solo se cambia los pantaloncillos dos veces a la semana. Mi mujer se adoba con mentol a la hora de acostarse y me desanimo a hacer aquello.*

Tanto insulto y vilipendio llevan a preguntar: ¿para qué permanecer junto a un hombre cochino o una hembra maloliente? La pregunta jamás alcanzará a responderse. Las razones y las sinrazones que juntan y amarran a las parejas se pierden en un pozo sin fondo, al margen de que el insulto y el vilipendio pronostiquen la separación, el divorcio y el eventual ingreso de la pareja, ya rota y distanciada, en el curioso renglón del *agente libre*. De moda actual, el *agente libre* plagia la independencia súbita del pelotero a quien se da de baja del equipo a causa del rendimiento escaso o la dificultad de acoplarse al dirigente.

El nuevo agente libre anuncia sus necesidades carnales en las secciones periodísticas, por medio de unos textos breves y al punto. *Necesito hombre que me calme. Caballero necesita dama honesta, pero retozona. Necesito conocer muchachas reñidas con el tiquismiquis. Divorciada necesita papisongo que le juegue en todas las bases.*

No sé si la fotografía de una mujer despatarrada resulta más zafia que la suma de necesidades pregonadas por los *agentes libres* o los insultos y vilipendios entrecruzados en los consultorios televisivos. Sé que como el sexo está en todos sitios, menos en la sexualidad, esa flor nacida de dos voluntades acordes y llamada amor se halla en triste, en lamentable condición crítica.

¿USTED ES USTED?
[2022]

Uno

Hago fila en el Aeropuerto Las Américas, ubicado en Santo Domingo de Guzmán, capital de la República Dominicana. Viajo hacia San Juan Bautista, capital de Puerto Rico. La fila contigua se integra con viajeros hacia San Cristóbal de La Habana, capital de Cuba. De repente se me acerca una muchacha a quien la timidez le queda bien. A quemarropa me pregunta: *¿Usted es usted?* Como la pregunta tiene un aquel filosofal le contesto, dudoso: *Yo creo que sí.* La muchacha me adiosa con la mano y se reintegra a su fila. Incrédulo, abro el maletín donde llevo la computadora y archivo el verso *¿Usted es usted?* Bueno, si no es verso, tiene tumbao de verso. A ver cuándo le ordeño prosa y trajino por los vaivenes del pronombre usted.

Dos

En la escuela elemental aprendemos que las letras se dividen en mayúsculas y minúsculas y se subdividen en vocales y consonantes. Más importante: en la escuela elemental aprendemos a escribir el nombre que nos singulariza, apenas desembarcar en la Vida. ¿Desembarcar? Sí.

Las barrigas maternas son naves que transportan a la humanidad. Segundo tras segundo dichas naves desembarcan en la Vida, muelle supremo. Son naves modernas anteriores a la historia: el viajero audaz improvisa un *jacuzzi* en la barriga maternal. Tan audaz se comporta el viajerillo que, aun pesando dos libras, estira las patitas en el brevísimo *jacuzzi*.

Tres

Algunas naves maternas entregan la mercancía hasta en los lugares excluidos de los mapas. Incluso si la mercancía reclama entrega urgente la barriga materna la desembarca en el taxi que corre a cien millas. O en el suelo de una juguetería a donde se entró a comprarle un regalito al bebé por nacer. O en las manos temblorosas del Papá comadrón a quien emociona recibir la mercancía. La emoción nubla su voz cuando balbucea: *Usted es un varoncito chulo, como su Papá.*

Cuatro

En la escuela elemental aprendemos la diferencia entre una palabra y una oración, entre el número singular y el número plural, entre el sujeto y el predicado, entre el pronombre *usted* y el pronombre *tú*. Aprendemos que el pronombre *usted* abona a la formalidad y el pronombre *tú* abona a la confianza. Y que el pronombre *usted* recomienda conducir despacito y el pronombre *tú* recomienda hundir el acelerador e ir a por más. Y que el ustedeo auspicia el freno: *Con el permiso de usted debo resolver asuntos impostergables.* Y que el tuteo auspicia el relajo: *Menos aquello pide lo que tú quieras.* La imaginación suda cuando quiere averiguar qué es, realmente, *aquello*.

Hablando del usted recuerdo que, siendo niño de pantalón corto, me sorprendía escuchar a una prima de mi madre, Julieta Morales y su marido Chito Cardoza, ustedeándose. Entonces, para mí el *usted* y el ustedeo eran verjas fabricadas con alambre de púa. Entonces, para mí los matrimonios venían obligados a tutearse.

Cinco

Julieta y Chito vivían en la barriada *La Maricutana*, contigua al *Cementerio Histórico* de Humacao, cementerio que yo atravesaba en ruta hacia la escuela elemental *Antonia Sáez*. Llegaban a nuestra casa con sacos donde no cabía un mangó más. Casa número 28 del *caserío Antonio Roig*. Casa que el *Expreso Ortiz Stella* se llevó. Llegaban riéndose. Regordeta ella, larguirucho él, abrigados por la piel donde la noche se zambulle, Julieta y Chito padecían de felicidad incurable.

—*Julieta, usted olvidó traer la pana.*

—*Chito, fue usted quien se olvidó.*

El ustedeo remataba en sonrisas. Yo maliciaba que el ustedeo sonreído presagiaba algo a ocurrir cuando volvieran a *La Maricutana*. Repito, solo lo maliciaba. Todavía era niño de pantalón corto. Todavía estaba ajeno al picnic carnal.

No obstante me interrogaba, solitariamente, ¿en qué consistía el algo? ¿Cuál poema de los asignados por la maestra de español aludiría al *algo*? ¿El de José De Diego que comienza *Laura mía: Ya sé que no lo eres*? ¿Cuáles *algos* esperan a los niños después de estrenar pantalones largos y a las niñas después de estrenar colorete?

Seis

La inocencia se agrieta a los siete años. Por la grieta se escapa el sinfín de preguntas. ¿Cómo puede ser que doce patas de camellos no dejen huella alguna en el patio de la casa número 28 del *caserío Antonio Roig*? ¿Cómo puede ser que ni camellos ni reyes magos aprovechen la cerrada oscuridad para *dar del cuerpo* en el patio de la casa número 28 del *caserío Antonio Roig*? Agrietada la inocencia la grieta se convierte en salidero de dudas. Elementales, pero dudas que la niñez eleva a tormentos. Jamás olvidar *El niño que enloqueció de amor*. Jamás olvidar el tormento que sufre Pirulo cuando descubre el rostro de *Monchín del Alma*, carcomido por la lepra. Pirulo, el protagonista de *La víspera del hombre* del inmortal René Marqués.

Sí, Julieta Morales y Chito Cardoza se ustedeaban a toda hora. En cambio, mi madre Águeda y mi padre Luis se ustedeaban tras garatear: *Cuando usted quiera comer avise*, enunciaba mi madre, cumpliendo con las obligaciones de *la perfecta casada*, unas obligaciones bosquejadas por el fraile renacentista Luis de León. Mi padre le hacía el juego, a la par reivindicaba la indiferencia del macho ante las vainas domésticas: *Cuando usted quiera.*

Ya mayor comprendí que el usted sirve de inusual pertrecho verbal en las jornadas del amor. El *usted* que se reciprocaban Julieta Morales y Chito Cardoza lo almibaraba el cariño sin pausar. El *usted* que se reciprocaban mi madre y mi padre lo amargaban lastimaduras de sanación difícil.

Siete

También ya mayor reparé en que, si bien el *usted* opera como frontera donde se diferencian la edad, la clase social y la profesión, en ocasiones su empleo transgrede as diferencias de edad, clase social y profesión. ¡Cuántas ocasiones el *usted* fortalece la atracción del varón etiquetado *interesante*! ¡Cuántas ocasiones el *usted* aureola la sensualidad de la cuarentona, presta a despabilar el eros de los galancetes veinteañeros que la ustedean! ¡Cuántas ocasiones el pronombre usted almacena tanto voltio sensual que la persona que el usted mantiene a raya acaba dejándose quemar por el fuego amable del voltaje! ¡Cuántas ocasiones dicho voltaje inspira el cancionero popular!

Ocho

Un bolero, con letra de Dino Ramos y música de Palito Ortega, arriba a la fama por cortesía de Tito Fodríguez: *A mí me pasa lo mismo que a usted, Me siento solo lo mismo que usted.* Calculan ambos versos que la igualación de la soledad remecerá las bases del *usted.* Entonces, las diferencias de edad, clase social y profesión se destinan al *Carajo Virtual.* Entonces, el amador salmodiará, de cara a quien, de buenas a primeras, le agasaja la soledad: *Hasta la vida diera/ por perder el miedo/ de besarla a usted.* Que son los versos culminantes del bolero clásico *Usted,* con música de Gabriel Ruiz y letra que igual se adjudica a José Antonio Zorrilla, Chamaco Sandoval o Elías Nandino.

Nueve

Prosa, que te quiero prosa: retoñas del verso casual *¿Usted es usted?* Necesito saber si dicho verso es una absolución o una condena.

BAD BUNNY SÍ
[2023]

Uno

Vez hubo cuando Bad Bunny, el puertorriqueño hoy ídolo de multitudes, se llamaba Benito Antonio y se apellidaba Martínez por la vía paterna y Ocasio por la vía materna. Veces hay cuando Bad Bunny, ahora maniquí viviente de las pasarelas y ciudadano del *Planeta Fama*, se recuerda, a sí mismo, como *el chamaquito del supermercado*. Lo leo en el periódico español *El País*.

Me emociona la sencillez del autorretrato de otrora, tan contrario al suyo actual. Que enciende el tecnicolor, alumbra los neones y musicaliza el cntusiasmo vociferante que desata su imagen. Sea presencial, sea virtual, sea collage fotográfico con destino a los magacines, la imagen de Bad Bunny jitea en todas las ligas: la Universidad de San Diego anuncia un cursillo, anivela graduado, sobre Bad Bunny. A quien publicitan como *superestrella global*. El cursillo analizará, entre otros temas, la masculinidad y el colonialismo. Recomendaría se analizara por qué nutren la inspiración de la *superestrella global* unos cuantos ingredientes soceces de la contemporaneidad.

Habla la sospecha: el protagonismo en *los medios* de Bad Bunny da pie a una fantasía hembraica: conseguir que estampe su nombre, BB, en las riberas de sus senos tiernos.

Asimismo se fantaseará con embrujar al ayer *chamaquito del supermercado* y hoy anfitrión de banquetes donde las desnudez se sirve en mesa vestida.

Ojo: la fama y el rumor malicioso van de la mano: si Bad Bunny se despilfarra, en cuantos banquetes nudistas se le endosan, no hubiera llegado a ser Bad Bunny. Amar es un quehacer sin intermedios ni tiempos muertos. También lo es el quehacer de sexualizar a manos y bocas llenas. Desde luego, amar y sexualizar no son tareas frívolas, sí son tareas creadoras, en grado sumo vigorosas. Y, por creadoras y vigorosas, felizmente agotadoras, el sudor lo evidencia.

Dos

Indaguemos el término *chamaquito*. El diminutivo *ito* confirma el apego del país puertorriqueño al chiquiteo. Un chiquiteo que propicia chiquitear, incluso a gente de talento enorme: *Carmita, Ednita, Lucecita, Yolandita*. ¡He ahí cuatro super itas de talento itísimo!

No quepa duda: el chiquiteo retrasa el *edadismo*, esa palabreja de circulación reciente. La misma bautiza la obsesión neurótica de edadizar hasta el aire. No quepa duda: el chiquiteo batalla contra las arrugas: Doña Ititita, Don Dominguinito, Doña Doñita, Don Chispitín.

Tres

Indaguemos la biografía tras el término *chamaquito de super-mercado*. Sugiere las obligaciones que Benito Antonio Martínez Ocasio contrae, mucho antesito de inventar a *Bad Bunny*. Mejor dicho, antesito de que *Bad Bunny* suplantara a Benito Antonio Martínez Ocasio.

1. Empacar la mercancía. 2. Llevar la mercancía al automóvil del cliente. 3. Higienizar la góndola donde se vomitó el nenito a quien enfurece ser pasajerito de la prisión rodante o *cochecito*.

Avisa, igualmente, dicho *ito* que Benito fue un muchachito clasemediero, medio pobre o pobre completo: la sociología aún no decide quién es quién en el *Planeta Pobreza*.

Mas, convengamos en que hay pobres pobrísimos, si bien una maraña de pobres aguarda detrás de los pobres pobrísimos. La maraña de pobres sin fin ni siquiera se rotula. ¿Los jodidísimos inapelables?

El muchachito serio, educado en los deberes del trabajo por el señor Martínez y la señora Ocasio, viviría ajeno a las prácticas *funestas de los hijos del guame*. Los *hijos del guame* mamalonean, a la sombra de los chequecitos del *Viejo* y de la *Vieja*, mientras recitan *El brindis del bohemio incomprendido*. ¡De la militancia en la holgazanería a la *incomprensión* un paso es!

Cuatro

El hoy súper exitoso Bad Bunny fue el típico muchachito que suda la gota gorda y dobla el lomo desde temprano, obligado a *buscárselas*, honradamente, desde luego.

Por la multiplicidad de significados que transporta considero la palabra *buscárselas* una palabra *guagua*. Como aquí todos tenemos un superávit de primos hasta el idioma convalida el nepotismo: *buscárselas* es palabra prima hermana de *bregar*.

La palabra *bregar* le vale de trampolín a Arcadio Díaz Quiñones para lanzarse a escribir un texto originalísimo de título cáustico, *El arte de bregar*. Sí, también hay un *arte de buscárselas*, sirva de ejemplo el practicado por Benito Antonio Martínez Ocasio.

Buscárselas significa buscarse la paga honesta a como dé lugar. Si hay que pintar se pinta. Si hay que raspar se raspa. Si hay que pasear a dos gatos necios, acompañados de cuatro perros ladradores, se los pasea a cambio de tres dólares por rabo.

Cinco

La hemorragia de pelos por el pubis, la barba, las piernas, los sobacos, certificó como varón adulto al *chamaquito del supermercado*. ¿Dieciséis, diecisiete, dieciocho años?

La urgencia de acariciar un cuerpo, fuera del cuerpo propio, germina y florece durante los años intensos de la adolescencia. La adolescencia detesta hablar de ayer y de mañana. La adolescencia exige que el deseo y el gozo y el riesgo se concreten hoy. ¡Bendita sea la prisa adolescente!

¿Lo urgió a *buscárselas* el imperativo moral que gobierna al varón adulto? Abochornará pedirle dinero a Pa para contraceptivos, para profilácticos, para preservativos. En fin, sin más rodeos, para condones. ¿No se es YA hombre de pelo en pecho y con llave de la casa hogareña? ¿No deben los hombres de pelo en pecho, con llave de la casa hogareña, sufragarse los pertrechos útiles en la brega sensual?

Me emociona, también, que Bad Bunny confiese: *En mi casa nada ha cambiado*. Me emociona leer que siga llamando *mi casa* a la casa donde vivió desde cuando gateaba hasta cuando se transformó en fenómeno mediático y ciudadano del *Planeta Fama*. Un ciudadano a quien la prensa entrevista de continuo, la fanaticada acosa despiadada y el *grajeo* facial de las masas se le vuelve amenazante en tiempos del virus *Covid*.

Las multitudes opinan que la *superestrella global*, Bad Bunny, no cesa de portarse bonito. Yo no ceso de aplaudir el arte irreverente de mi compatriota. Arte más saludable que el hipócrita estornudo moral. Arte jamás cobarde.

El feroz riesgo del teatro

QUÍNTUPLES
[1985; texto íntegro]

«Monsters don't die early; they hang on long. Awfully long.
Their vanity's infinite, almost as infinite as their
disgust with themselves».
Tennessee Williams
Sweet Bird of Youth
(Act Three)

Personajes

Dafne Morrison
Baby Morrison
Bianca Morrison
Mandrake el Mago
Carlota Morrison
El Gran Divo Papá Morrison

Prólogo a la representación

Aunque no lo sabe de inmediato, el público espectador de Quíntuples *interpreta al público asistente a un Congreso de Asuntos*

de la Familia. El teatro, pues, deberá proponer el confinamiento de un salón de actos tradicional que acomoda, más o menos, trescientas personas.

Un facistol sólido con su correspondiente lámpara rectangular y una mesita baja sobre la que descansan una jarra llena de agua y unos cuantos vasos de cartón son los únicos muebles del escenario.

La luz —la del público y la del escenario— es una misma a lo largo de los dos actos. La única música incidental se escucha a lo largo del intermedio, un bolero enérgico y convidador de Pedro Flores o de Rafael Hernández. El telón se utiliza, solamente, cuando finaliza el acto segundo.

Tan calculada opacidad en el escenario más la economía de la luminotecnia y los muebles y la ausencia de musicalización cuando empieza la obra contrastan con la efervescencia, el histrionismo permanente, la desgarrada intensidad que proponen los seis personajes —a ser interpretados por una actriz y un actor—. La locura instalada en la cordura, la wagnerización de las anécdotas —o la de su relato al público, el yo imperial, el yo histérico y demás ostensibles características de los personajes, su permanente ebriedad con unas emociones superlativas— encuentran su contrapunto en la sobriedad ambiental.

La prolijidad de las acotaciones, su literaturización consciente, quieren servir como reflexión de los temperamentos, de las actitudes, de las máscaras preferidas por los personajes; servicio puesto a la disposición exclusiva del director, la actriz y el actor, los diseñadores del vestuario, la luz y el maquillaje. De ninguna manera, bajo ningún pretexto de experimentación, distanciamiento o muestra de originalidad, deberán dichas acotaciones ofrecerse al público. Son, pese a su apariencia, un código de señales para que la palabra y el gesto proyecten la plenitud de los contenidos que se les han asignado, para que la atmósfera específica que el autor imaginó mientras construía su pieza teatral se realice.

El público espectador de Quíntuples *interpreta al público asistente a un Congreso de Asuntos de la Familia como se predicó anteriormente. Su participación, sin embargo, no es pasiva. Con la discreción que procede, con el sentido común elemental, los actores deberán incorporar al público a las peripecias de la trama mediante el lenguaje visual, las sonrisas de complicidad o la búsqueda de apoyo con los gestos indicados. Dichos envolvimiento y dinámica agilizan los ritmos narrativos de los monólogos que se convierten, entonces, en diálogos para una voz.*

La división de esta pieza teatral en dos actos y seis escenas no es meramente formal. La sucesión de las escenas encadena unos datos que resultan efectivos mediante su acumulación y su revelación final. Por lo tanto, el sentido mismo se lastimaría —su posible significado— si se fragmentara para atender determinados gustos o necesidades de pasajera ocasión como un recital o la representación de una escena en un café teatro o un café concert.

Quíntuples *es un vodevil, un sainete de enredos. Es, también, la parodia de una comedia de suspenso. Y, finalmente, una aventura de la imaginación, una obra dentro de otra obra. El ritmo escénico tiene un brío cercano a la danza frenética, una irreprimible urgencia.*

L.R.S.

ESCENA PRIMERA

Dafne Morrison habla del amor y sus efectos

Extendidos los brazos hacia el infinito, amorosa y entregada a la dicha de amar y de entregarse, instalada en la felicidad como Vanessa Williams con corona, como si fuera un cruce mejoradísimo de la Catherine Deneuve y la Sonia Braga y la Jane Fonda que enseñó los pelos en Coming Home *y la María Félix cuando la matrimonió el Agustín Lara y la Bette Midler que la humanidad gay idolatra y la Diana Ross en su concierto bajo la lluvia en Central Park, majestuosa, como una divinidad que zarpara hacia los cielos de su absoluta propiedad, así y de ninguna otra manera que se empeñe el director, entra a escena Dafne Morrison, suntuosamente vestida con un traje largo donde se dan cita todos los tonos del rojo que en el mundo han sido, traje cuyos escotes delantero y trasero se avecinan a la indecencia aunque no la rozan. Más que calzada, Dafne Morrison está entarimada en rojo y la cabellera se la orquesta un precioso desorden; desorden hay, además, en los aretes que luce, enormes.*

Con el teatro inolvidable que es su sonrisa Dafne Morrison sonríe, uno por uno, a los trescientos a espectadores o congresistas. Después, con los manerismos peculiares de las estrellas del cine mudo y las bailarinas flamencas, se vuelve coqueta, juguetona, provocadora —en la boca la promesa del resoluto sexo oral, la nariz temblorosa porque olfatea las tetillas exactas de un varón que exige lengua y pasión intransigentes—.

Si Dafne Morrison no fuera tan bella —más bella que nadie— no importaría demasiado.

Porque la menor imperfección física habría sido, astutamen-
te, combatida por los esplendores del maquillaje que luce. Dafne
Morrison ataca sus líneas con la ferocidad de una soprano dra-
mática que interpreta una pantera enferma de histeria terminal.

Aplausos, aplausos, aplausos, que entra una mujer con causa. Gracias, muchas gracias por tan cálida ovación que no sé,
francamente, si me toma por sorpresa o la esperaba.

Dafne Morrison agradece el recibimiento caluroso con una
precipitación de sonrisas.

Me sorprende, me sorprende pero no, no me sorprende: la
costumbre es una segunda naturaleza argumentaba mi marido Tony Pizza cuando quería poseerme en la ducha pero bajo
una sombrilla. *(Adorable.)* No hay que asombrarse, el asombro también pasó de moda. El calor de los aplausos ya es mi
otra naturaleza, mi costumbre. Lo juro, no me escapo del
aplauso ni cuando quiero escaparme del aplauso.

Dafne Morrison repite con el gesto lo que la palabra informa
en una especie de duelo de expresión histriónica.

Y me engafo oscuramente. Y me enturbanto. Y me conven-
zo ante el espejo de que nadie me va a reconocer. Y me atrevo a la Avenida. Y me atrevo a la playa de Isla Verde. Y me
atrevo a descalza. Y me atrevo a bikini bikinísimo. Pero, el
atrevimiento es la otra cara de la imprudencia como insistía
mi marido Marcos Paquito Aníbal que dormía con camisa y
corbata por si ocurría un temblor. Cuando menos lo espero
una sombra rumorosa me acecha. Inevitable es, me vuelvo…

Dafne Morrison entra y sale del relato central mediante unas
coqueterías fogosas.

… ustedes también se volverían a los rumores de una sombra en la playa de Isla Verde. Me vuelvo. A mis espaldas, como una urdida cola de pavo real, mi público en legión. Y se zafa el toqueteo, la petición de autógrafos en la arena que achicharra, el disimulado que se lleva fiado tres chavos de mis nalgas. *(Falsamente preocupada.)* La palabra nalga espero que no desentone en esta actividad. Los médicos la usan, las enfermeras, los farmacéuticos… ¿Qué puedo hacer?, conocida soy, reconocida, la prensa del corazón, la farándula, el hecho pregonado de mis siete maridos más o menos. Me sorprende, me sorprende el entusiasmo con que ustedes me reciben pero no, no me sorprende. Redundante es presentarme pero quiero redundar. ¡La gran Elizabeth Taylor decía si uno quiere redundar uno redunda! *(Presentándose.)* ¡Dafne Morrison!, modelo, finalista de certámenes, actriz honrosamente diplomada por el Conservatorio de la Madre Experiencia, quíntuple desde luego, quíntuple adscrita a la Compañía Quíntuples Morrison, lectora devota de Corín Tellado, lectora devota de Barbara Cartland, hago doblaje de películas de Hollywood; aquí donde me ven, tan inmediata y tan asequible, yo soy la voz en español de la Novia del Super Ratón. Mi marido Angelo Patines me regañaba y me corregía: no seas tan inmediata y tan asequible, Dafne Morrison: tú eres la voz en español de la Novia del Super Ratón. Pero la costumbre es una segunda naturaleza como argumentaba mi marido Tony Pizza y, por costumbre, soy inmediata y asequible. ¿Qué más soy, qué más soy? *(Absoluta tras el hallazgo.)* ¡Soy aspirante a mito!

Hecha mito, hecha Marilyn Monroe después de filmar Niagara, *hecha María Félix después de filmar* El peñón de las ánimas, *las manos interpretándole una coreografía del éxtasis, confundiéndose con el público, zalamera, diosa potencial.*

Me fragancié las manos, esmalté sus diez dedos, me ensortijé por si a algún asistente a este Congreso de Asuntos de la Familia le provoca besarlas. Los besos comprometen, lo sé, casi estoy hablando en tango, casi estoy gardelizando, un beso es un contrato, lo sé. *(Defensiva.)* No me acusen a mí, acusen a Libertad Lamarque. *(Canturreando.)* «Besándome en la boca me dijiste, solo la muerte podrá alejarnos». Pensaba en el beso inocente, discreto, afrancesado, beso a intercambiarse tras dar prueba eficaz de soltería. La prueba de soltería es un agradable engaño, un dulce fingimiento.

Dafne Morrison prepara la putería siguiente con una mirada que pasea por entre todos los asistentes al Congreso de Asuntos de la Familia.

Como cuando un varón… digo varón y aunque lo evite se me hace la boca un charco. Discúlpenme, ojalá que no enoje mi espontaneidad, trato de estar a la altura de la ocasión.

Para borrar cualquier impresión equívoca, desagradable, Dafne Morrison arremete con otro tema.

Le dije a Papá Morrison, el Gran Divo Papá Morrison, el Gran Semental Papá Morrison: esta noche yo quiero improvisar. Se trata de un Congreso de Asuntos de la Familia y la familiaridad procede. Papá Morrison me respondió, Dafne Morrison, tú mandas, esta noche improvisamos, cada cual que se acoja a los beneficios o a los maleficios de la improvisación, tú la primera que saliste a mí y eres liviana y mundanal, después que hablen los demás, que son más complicados. Un gran tipo Papá Morrison, mundanal, liviano, fiestea, mujerea, a pesar de su impedimento fiestea y mujerea, lleva las finanzas de los Quíntuples Morrison, escribe los libretos que habitualmente representamos. *(Fingiendo los olvidos.)* Decía cuando me interrumpí… la improvisación corre el peligro de la dispersión, decía… no me permitan que yo misma me interrumpa, sean mis aliados, mis cómplices, decía que… ¿qué decía?… *(Recordando de súbito)* hablaba de los besos y decía que algunos fingimientos nos complacen, nos agradan. Como cuando un varón que cabecea entre los pechos complacidos de una hembra, tras hacer el amor loca y ruidosamente, bajo un toldo de ardientes chulerías, le murmura, tajeándole el pescuezo con su aliento: Nena mía, te regalo completito el corazón. Que fue, exactamente, lo mismo que le murmuró a la otra entre cuyos pechos complacidos cabeceó el día anterior. *(Continuando el relato entusiasmada, yendo de persona a persona.)* Una mentira, una hermosa mentira, si es que hay mentiras hermosas; una mentira que era una maroma entre ella y él. Sin redes. Que una maroma con redes no es maroma, no es riesgo. Y el amor es, por más que lo embelequen, una maroma audaz, un feroz riesgo. *(Triunfal y pletórica, sobetona con el público.)* Debo improvisar con más frecuencia. Hasta filosofo el amor. *(Fingidamente ignorante)* ¿Se dice filosofo? Pero esta no soy yo aunque lo parezca. Quien filosofa el amor no lo practica y viceversa. ¡Y yo lo viceverso puntualmente!

Dafne Morrison tiende una mano para que se la bese un espectador, veleidosa la retira, se la tiende a otro y a otro con el resultado de una danza para pingas.

¡Falsifique el carnet de soltería y opte por un beso afrancesado!, beso sin compromiso que, a lo mejor, anticipa los besos suplicados en la hora azul del automóvil que se atasca en unas dunas de Piñones. O, acaso, los besos amarrados junto al cielo de la boca.

Dafne Morrison trata de arrancarse el caramelo del cielo de la boca.

Como si fueran caramelo que no, no se despega, y hay que clamarle auxilios a la lengua. De esos besos volveremos a hablar.

Dafne Morrison obsequia a espectadores distintos la promesa que guarda cada una de las próximas frases.

Tal vez… a lo mejor, acaso, puede ser, quizás, quizás, quizás como se dice en la canción que canta Toña La Negra.

Dafne Morrison se abraza a sí misma y después se autodefine.

Dafne Morrison, víspera de mito, aspirante a heredera de toda la belleza que reinó: Ava Gardner, María Félix, Sophia Loren, Brigitte Bardot.

Con una transición gloriosa, como si emergiera de un hechizo, Dafne Morrison mira hacia atrás, hacia fuera del escenario para llamar a sus familiares, llamados que son, obviamente, la esperada confirmación de sus ausencias.

Papá Morrison, Baby Morrison, Carlota Morrison, Bianca Morrison, Mandrake el Mago… *(Falsamente adorable.)* Papá Morrison, ¿dónde se han ido? *(Al público.)* Se han ido al bar de al lado a ensayar la improvisación. ¡Si se improvisa no se ensaya pero mi familia es así! Baby Morrison es nervioso y Bianca Morrison es hielo y esfinge y Carlota Morrison es una mujer enfermiza. Mandrake el Mago es distinto, todo lo soluciona. De Papá Morrison no hablo.

Dafne Morrison se coloca tras el facistol.

El Gran Divo Papá Morrison es una celebridad, que vive para caer bien, para simpatizar. Habla, monologa, chacharea, frivoliza; heredó mi mundanidad y mi liviandad. Están en el bar. Yo estoy sola ante ustedes. Me les quiero confiar. *(Tremebunda.)* ¡Esta es mi última función junto a los Quíntuples Morrison!

Dafne Morrison abandona el facistol y se dirige, malcriada, a uno, otro, un tercer espectador.

No quiero que ningún presente opine que es un disparate formidable. Que estropeo mi carrera de aspirante a mito. Que la prensa del corazón se ensañará y que en los cafetines donde hormiguea la farándula seré la comidilla. Menos quiero que se me especifique que me falta un tornillo. ¡Porque me faltan dos! Y porque me faltan dos me estoy volviendo cuerda. Mi marido Tony Pizza repetía: Si yo estuviera tan loco como tú, qué gran pareja haríamos. Loca de atarme estuve hasta el domingo penúltimo. El domingo penúltimo sentí los primeros síntomas de la cordura.

Dafne Morrison mira al público con la promesa y el suspenso garabateados por la cara. En lo adelante oscila entre el susurro y el trueno.

Encontré un nuevo amor. Nue-ve-ci-to. En mi caso particularísimo tras siete maridos más o menos, un amor nuevo parece un amor viejo. Pero, es un amor nuevo. Lo siento hasta en las uñas, me recorre desde los sesos hasta el peroné, me lo asegura el constante no estar en mí: me siento a comer porque quiero comer y me levanto porque no quiero comer y vuelvo a sentarme porque lo único que quiero es comer y me vuelvo a levantar porque lo único que no quiero es comer.

Dafne Morrison mira hacia atrás con cautela, también hacia las puertas del salón de actos por donde entraron los asistentes al Congreso de Asuntos de la Familia.

El domingo penúltimo yo andaba fugada por la playa de Isla Verde, huyéndole a mi público, engafada, enturbantada, bikinísima no lo niego, cuando lo vi. Tendido, solitario entre los arrullos de las olas, como un Hércules averiado. Me detuve sin más, prisionera del ritmo del mar, de un deseo infinito de amar. Lo miré. Lo caté. Lo tasé. Dejé que aquel fauno me invadiera la pupila.

Las preguntas y respuestas que siguen se formulan como si atendieran el interés de diversos espectadores.

¿El cuerpo? Duro, un hombre bien construido, bien empañetado. ¿La boca? La guarida del deseo. ¿Las tetillas? Ascendentes desde las selvas de los sobacos hasta reventar en un pezón oscuro como una ciruela. ¿Las ingles? Lagos reposados y uno que otro pelo como un pez aventurándose. ¿Entre los muslos? (*Repite ahogada.*) ¿Entre los muslos?… La paz en la tierra a las mujeres de buena voluntad.

Dafne Morrison cierra los ojos como mareada, borracha, condenada al desmayo.

No me desmayo porque nunca aprendi a desmayarme. Le hablé, soy compulsiva, mi marido Marcos Paquito Aníbal me advertía que la compulsión es la prima hermana del error. A mí siempre me dominó mi prima hermana. Le hablé, le pregunté dónde en la playa podría comprar un diccionario. El muy fauno, el muy Hércules, abrió un ojo y dejó el otro cerrado —el sol de Isla Verde es implacable— y me contestó sin inmutarse: Yo tengo todos los verbos. Y si hacen falta adjetivos usted los contendrá. Porque nadie sale a la calle sin adjetivos estos días.

Dafne Morrison remeda la conversación repartiéndose el diálogo con gracia y efectividad. Naturalmente, la palabra adjetivos se acompaña con el gesto significativo de dinero contante y sonante. Dafne Morrison mira, insegura, hacia afuera.

Económicamente sonreída… que una víspera de mito no prodiga su sonrisa si no está ante el clic de la cámara yo le manifesté, entre el pánico y la compulsión, que tenía unos pocos adjetivos, ciertamente. Entonces el muy fauno, el muy Hércules pontificó: Aprecio su búsqueda del diccionario; la gramática es muy importante estos días. Pedazo de Mujer Bellísima, me le alquilo para conjugar. Me llamo aunque se me descrea Besos De Fuego. *(Transición estupenda.)* Ni una coma he omitido, lo juro por la memoria de mi madre que murió dándonos la vida. Salimos en carrera, tropezamos el uno con el otro y con los demás bañistas de la playa de Isla Verde, nos caímos, nos levantamos hasta que, faltos de oxígeno, traicionados por el sudor, arribamos a la caseta que Besos De Fuego comparte con un león.

El cambio brusco en el tiempo verbal es, también, un cambio en el tono relator.

¿He dicho algo malo? Un león. ¿Contraría la moral vivir con un león? ¿Es pecaminoso vivir con un león? ¿Viola algún código… el código napoleónico, el Roberts de parlamentarismo, el de Ann Landers o su hermana la Querida Abby sobre los usos sociales? No es desde luego el león de la Metro. No es un león glamoroso. Pero, es un león de carne y hueso, un león convenientemente enjaulado, un león formal, un león discretísimo que no se inmutó cuando Besos De Fuego me quitó el bikini de una dentellada. Ni tampoco se mostró ansioso cuando Besos De Fuego y yo nos amamos entre gritos: Pedazo De Mujer Bellísima, Usted es lo que la vida me debía y: Oiga Besos De Fuego no me desafíe a hablar bonito.

Dafne Morrison distancia el diálogo furioso anterior mediante un tono en que la mesura prevalece.

A los gritos anteriores siguieron los juramentos susurrados de que nada nos separaría, ni la distancia, ni el tiempo, ni los cuatro elementos… ni siquiera la próxima partida del Gran Circo Antillano en el que Besos De Fuego es el enano principal.

Dafne Morrison se recupera de la evocación y transiciona con prontitud y amenaza.

No hay que asombrarse. El asombro, también, pasó de moda. *(Honestísima y payasa.)* El amor desordenado me vulnera, el enano Besos De Fuego me vulnera, la promesa de su nombre me vulnera, su tamaño me vulnera. ¡No es locura! Es… desorden tal vez, a lo mejor, quizás, quizás, quizás como repite la canción que canta Toña La Negra. Por el desorden me acerco a la cordura, los síntomas no cesan.

Dafne Morrison abre los ojos, espantada, y confiesa con las manos al frente para contener una figurada rabia ajena.

Mañana por la mañana me fugo con el Gran Circo Antillano. *(A un espectador cercano.)* Estréchene la mano y felicíteme. Voy *(Apoteósica, la sonrisa caballuna)* de rumbera cubana. Voy de rumbera cubana con el nombre artístico de Melao, Sensual y Bandolera.

Cuando la sonrisa caballuna se le cansa, Dafne Morrison se desinfla y la sonrisa caballuna se le esfuma, lamentablemente. Dafne Morrison vuelve a asegurarse de que su familia no está cerca.

No me da la gana estomacal de mentirles. Si uno les miente a los demás miente una vez, si uno se miente a sí mismo miente dos veces, decía mi marido Pancho Quién Lo Diría. No me place ir de rumbera cubana. *(Las líneas siguientes contienen una frustración que raya en el dolor.)* Aspiro a más, soy actriz diplomada por el Conservatorio de la Madre Experiencia, soy la voz en español de la Novia del Super Ratón.

Dafne Morrison sale de la frustración y entra en el reino del sueño doméstico de la ambición que parece chatura.

Yo me moría por ir de Princesa China. Pálida, la pollina chorreada sobre las cejas oblicuas, misteriosa, atollada en el enigma como un sapo en el fango. ¡El Gran Circo Antillano presenta a La Princesa Come Fuego de Catay! *(Trastornada, desinflada.)* Contrataron a otra princesa china. Besos De Fuego alega que las princesas chinas están a dos por chavo. Besos De Fuego alega que la gran atracción de un gran circo antillano es la rumbera cubana. Besos De Fuego alega que como Melao, Sensual y Bandolera obtendré un éxito sensacional en Tortola, San Bartolomé, Santa Cruz, San Tomás. Por más que una se rompe la cabeza y se pregunta ¿pero quién, pero quién, pero quién? ¡Nadie es lo que quiere ser! Ni siquiera la gran Elizabeth Taylor que no quiere ser gorda. *(A la total defensiva.)* No quiero que ningún presente opine que es un disparate formidable. Que arriesgo la sobrevivencia de los Quíntuples Morrison. Que estropeo mi carrera de aspirante a mito.

Baby Morrison asoma por el fondo del escenario. Dafne Morrison repara en su presencia y cambia el tono filosofal y amargado por uno espectacular y fingidísimo.

Me francié las manos, me esmalté los diez dedos, me ensortijé. ¡Aplausos, aplausos, aplausos, que sale una mujer con causa!

Como una divinidad que zarpara hacia los cielos de su absoluta propiedad, así y de ninguna otra manera que se empeñe el director, sale de escena Dafne Morrison.

ESCENA SEGUNDA

Viaje hacia un gato llamado Gallo Pelón

La salida teatralísima de Dafne Morrison aumenta el patetismo, la desolación que propone la figura de Baby Morrison abrazada a una jaula grande de alambre. Altísimo, huesudo, la piel facial azulenca de tanto afeitarla, los ojos enterrados debajo de unos espejuelos de grosor descomunal y triple aumento que, como una mascarilla extraterrestre, le descienden hasta la nariz. Baby Morrison viste traje gris de corte desastroso, encogido por las veces que ha sido mal lavado. La camisa amarilla y la corbata azul marino desentonan la una con la otra y ambas con el traje gris, los zapatos marrones y los calcetines blancos. Costumbre de Baby Morrison es hablar consigo mismo, hablar en que el espectador repara por el intermitente movimiento labial que coloca entre sus propios silencios. Como si nunca —ni dormido— pudiera dejar de articular. La expresión asustada y tímida del comienzo —y que comunica el patetismo y la desolación— se modifica según avanza la representación hasta escalar el grotesco final.

¿Se oye?

La pregunta anterior emerge con voz económica desde el fondo del escenario donde Baby Morrison está plantado.

(En voz baja.) ¿Se oye claramente? ¿Se oye con potencia? ¿Se distinguen las vocales de las consonantes? ¿Se diferencian las vocales fuertes de las vocales débiles? Papá Morrison repite que si se habla se oye. El ruido siempre se oye dice Papá Morrison. Propio del ruido es serlo dice Papá Morrison. Lo que debe preocupar no es si se oye dice Papá Morrison. Lo que debe preocupar es si se entiende dice Papá Morrison. *(Deletreando la pregunta.)* ¿Se entiende?

Baby Morrison camina y se detiene junto al facistol pero no suelta la jaula.

Cuando se asiste a un acto de esta… envergadura se quiere oír, precisamente, el mensaje… el mensaje no, el tema… las anécdotas, sin tener que esforzar el tímpano, sin tener que adivinar el final de una oración… sin permitir que casi lo humille la sordera o su apariencia. A propósito de la sordera… Comentarios perniciosos a propósito de la sordera de la Prima Ballerina Assoluta Natasha Fedorovna Kondratieva circulaban por los samovares de San Petersburgo. La Prima Ballerina Assoluta Natasha Fedorovna Kondratieva negaba tenazmente su sordera, como negaba sus cincuenta años más los diez que pasó como partiquina en Moscovia, como decían sus rivales enemigas que se preguntaban cuándo la Prima Ballerina Assoluta Natasha Fedorovna Kondratieva se irá a retirar. Una noche de invierno glacial en San Petersburgo la sordera de la Prima Ballerina Assoluta Natasha Fedorovna Kondratieva quedó expuesta cuando la Prima Ballerina Assoluta Natasha Fedorovna Kondratieva terminó el Cuarto Acto del *Lago de los cisnes* antes de que sonaran los acordes de la Obertura. La sordera no es buena pero tampoco es mala, mala es la comida recalentada.

Baby Morrison —será por su timidez— se ríe hacia dentro —como si la risa lo entretuviera a la par que lo avergonzara—. Baby Morrison se guarda la boca con la mano y por entre los dedos la risa se le escapa.

El chiste no es de mi invención, no soy chistoso ni gracioso, lo reconozco, y como si no lo reconociera esa es otra de las quejas de mis hermanas. *(Fascinado por el dato.)* El chiste es invención de mi gato Gallo Pelón. Tienen que pasar por casa a conocer a mi gato Gallo Pelón, una dama, un cráneo privilegiado. Hasta mañana por la mañana tienen para conocerlo. Si es que yo logro encontrarlo y si es que logro hacerlo recapacitar.

Baby Morrison se amueca histérico, como si le hicieran cosqui-
llas con una pluma de ganso por la planta de los pies.

Porque Gallo Pelón es, además, el gato más perro que exis-
te. Porque Gallo Pelón es el gato más hijo de puta que ha
parido gata alguna.

A las risas y a las muecas en catarata le sucede una careta de
horror por el mal gusto que implica acudir a la palabrota. La
culpa lleva a Baby Morrison a colocar la jaula en el suelo y
apoyarse en ella. Cuando se recupera se empeña en ser gentil,
ilustrado, amable, correctísimo.

A las señoras y a las señoritas les pido mis disculpas por la
obscenidad del gato más hijo de puta que ha parido gata
alguna. A los caballeros les envío mis respetos. No sé improvisar *(Pataleando)*… no sé improvisar.

Uno sabe lo que sabe y sabe lo que no sabe y cuando hace lo
que no sabe la sintaxis estomacal se le desorganiza. *(Al públi-*
co en general.) Tóquenme el corazón, tóquenmelo. *(Acusador.)*
Papá Morrison fue el embelequero. No, Dafne Morrison fue
la embelequera. *(Acusador.)* Papá Morrison acogió con bene-
plácito la recomendación de Dafne Morrison de que esta
noche improvisáramos. Yo me opuse, tembluzco. Bianca
Morrison se opuso furibunda. Bianca Morrison siempre se
opone, furibunda. Carlota Morrison lloró. Carlota Morrison
siempre llora. Carlota Morrison es lágrima fácil. *(Razona-*
dor.) Yo insistí en que prefería repetir el libreto que escribió Papá Morrison sobre las grandes ilusiones de la vida en
familia, sobre la urgente necesidad de amar… *(Tierno y cursi)*

sobre los recuerdos de haber crecido juntos como una familia de pollitos… los respetos al hermano mayor, Mandrake el Mago, porque nació diez minutos antes… los mimos y los tongoneos al hermano menor, Baby Morrison, porque nació diez minutos después. *(Evocador.)* Mi hermanito y yo vestiditos igualitos de marineritos… tan vestiditos igualitos de marineritos que yo no sabía si yo era yo o si yo era mi hermanito. La bendición al acostarse: bendición Papá Morrison, bendición Mandrake el Mago, bendición Dafne Morrison, bendición Bianca Morrison, bendición Carlota Morrison… Mamá no existió… quiero decir… Mamá murió dándonos la vida… Yo nunca he improvisado… yo nunca he improvisado… arguí, protesté, grité. Mi hermano me agarró por la corbata y me contestó: A la única persona a quien yo le tolero la inconveniencia de un tantrum es al muy estimado Pato Donald.

Tras una pausa abarrotada de tensión y rebuscando las miradas comprensivas del público.

¡Lo escupí! Era mi deber moral escupirlo. Mi hermana Bianca Morison bramó y pateó un cigarrillo que se iba a llevar a la boca. Mi hermana Carlota Morrison exigió una Valium como es su costumbre… La costumbre es una segunda naturaleza dice mi hermana Dafne Morrison que decía su marido Tony Pizza. Mi hermano Mandrake el Mago se salió de las casillas. ¡Todos nos salimos de las casillas! ¡Todos nos descompusimos! ¡No sé improvisar! Chillé con toda la voluntad y seguro de que me impondría. *(Pícaro y maligno.)* Cuando chillo me impongo. Entonces mi hermano Mandrake el Mago echó mano de un argumento que a todos nos dejó sin argumentos y sin alientos: Tampoco sabías inmacularte el culo y un día aprendiste.

Baby Morrison se queda apopléjico, la mirada se le extravía, se saca un pañuelito de la manga con la misma parsimonia que lo haría una matrona respetuosa. Después se saca un segundo pañuelo del bolsillo trasero del pantalón. Con los dos pañuelos juntos se seca el sudor copioso de las manos y la cara.

¿Se me oye? ¿Se me entiende? En las filas más distantes, ¿se me entiende? *(Afianzándose.)*

¡Por qué no se me va a oír? Siempre que hablo en público se me entiende y se me oye, los Quíntuples Morrison hemos participado en más de cincuenta actividades parecidas y en todas se me ha oído y en todas se me ha entendido. *(Inseguro y tímido.)* En ninguna se ha notado mi inseguridad y mi timidez. Pero, Papá Morrison y mis tres hermanas y mi hermano Mandrake el Mago me acosan, me victimizan con la jeringa de que los tímidos tienden a hablar en voz baja y con la jeringa de que los tímidos se tragan las palabras y con la jeringa de que los tímidos no tienen ningún futuro y con la jeringa de que ningún tímido participó en el descubrimiento de América y con la jeringa de que los tímidos no vamos al cielo. Yo sabía que los zurdos no van al cielo. Y está bien que no vayan. ¿Por qué van a ser zurdos si pueden ser derechos?

Baby Morrison da unos pasos hacia el público tras volver a tomar la jaula de alambre.

Baby Morrison es tímido especulan. Baby Morrison es tímido reiteran. Baby Morrison es tímido establecen. ¡Y Baby Morrison termina por ser tímido aunque Baby Morrison no lo sea! ¡Uno es, también, carajo carajete, lo que los demás quieren!

Baby Morrison traga en seco pero se repone y continúa.

A las señoras y a las señoritas les pido mis disculpas por el exabrupto del carajo carajete. A los señores les envío mis respetos. Así es. Uno es, también, lo que los demás quieren. Es una persona encantadora, se comenta, y el encanto le fluye a la tal persona. Es una persona dificilísima, se comenta, y las dificultades le florecen a la tal persona. Es una persona razonable, se comenta, y hasta la sinrazón de esa persona parece razonable. Es una persona que tiene un gran talento para la desgracia, se comenta. Y la desgracia adopta de por vida a esa persona.

Baby Morrison deposita la jaula en el suelo, nuevamente. Después, coloca junto a la jaula los vasos de cartón y la jarra de agua que ha quitado de la mesita baja. Entonces, acerca la mesita baja al público y sonríe con su poquillo de malicia y luminosidad.

Pero, Dios no hace animales indefensos como me enseñó mi gato Gallo Pelón; un cráneo privilegiado Gallo Pelón, un concienzudo escritor de cuentos Gallo Pelón. Cuentos comiquísimos para gatos. No, no me malinterpreten. Gallo Pelón no escribe cuentos sobre gatos para niños. El gato Gallo Pelón escribe cuentos sobre niños para gatos. *(Con toda naturalidad.)* El gato es un gran mercado. Una bella persona el gato Gallo Pelón. Un desprendido cuando me asesora. Un insobornable. Tú no eres un animal indefenso me repite Gallo Pelón cuando me nota acongojado. Desaparécete uno de estos días y coge el monte me exhorta Gallo Pelón cuando me ve merendarme las cutículas y acariciarme la timidez. Esfúmate uno de estos días me conmina Gallo Pelón, esfúmate bien esfumado como un personaje que se esfuma en una novela de la Agatha Christie, me propone Gallo Pelón. Escarmiéntalos, me instiga Gallo Pelón. Lárgate a ver cómo prosperan y funcionan los Quíntuples Morrison con la ausencia de un quíntuple, remata Gallo Pelón.

Baby Morrison prepara con la mirada sorprendente la expectación del público.

Mañana ya llegó el día. Mañana por la mañana me desaparezco, me esfumo, me largo.

Se lo dije a Papá Morrison, se lo dije a Dafne Morrison, se lo dije a Bianca Morrison, se lo dije a Carlota Morrison, se lo dije a Mandrake el Mago: voy a ir a ver cómo es el mundo, me contrataron como domador de leones del Gran Circo Antillano. *(Humillado.)* No me creyeron. Les dije, lo confieso, una mentira, una hermosa mentira. Si es que hay mentiras hermosas. Dije leones porque si digo león suena desmerecido.

Baby Morrison carraspea antes de desmentirse, nuevamente. Después sonríe a manera de disculpa.

Dije una segunda mentira. Dije domador. No voy de domador. Voy de enfermero del único león que tiene el circo. *(Justificatorio.)* Es un león de carne y hueso. Es un león con el rabo acortado por causa de una enfermedad que desafía a la veterinaria. Es un león con una pata entablillada. Es un león canoso que hay que teñir una vez por semana con Miss

Clairol 0-29 para rubias. Pero, es un león de carne y hueso. A desaparecerme me marcho, a esfumarme. Como se esfuma un personaje que se esfuma de la Agatha Christie, a procurar las soledades de la gloria en la compañía de mi gato Gallo Pelón. Si es que logro convencerlo de que el bamboleo de la goleta no lo va a marear como él alega. Si es que logro enjaularlo. Porque si Gallo Pelón no va yo no me arriesgo a ir.

Baby Morrison se encamina a donde está la jaula y la abraza.

Por la atención prestada a su debut como improvisador Baby Morrison les da las gracias. En las patualesas islas del volcán estaré a sus órdenes. Si es que mañana llega.

Baby Morrison se dispone a salir. Antes, más muerto que vivo, se coloca en la mano un beso y lo sopla hacia el público. Tras lanzar el beso, Baby Morrison saca fuerzas para preguntar lo que sigue:

¿Se me oyó? ¿Se me oyó claramente?

Sin dar la espalda al público Baby Morrison sale.

ESCENA TERCERA

Tema y variaciones
de un amor que no se atreve
a decir su nombre

Quisquillosamente femenina a través de su vestimenta masculina, Bianca Morrison irrumpe en escena, dueña aparente de todas las situaciones. Redundancia del nombre, ¿alegoría?, es el color blanco del pantalón, de la chaquetilla, de la camisa de cuello cerrado, del lazo que engalana la camisa, de los zapatos, de la redecilla salpicada de perlas bebés que le esconde la cabellera. Entre las manos Bianca Morrison trae unos papeles en los que ha esquematizado su disertación y una cigarrillera de plata. Bianca Morrison se dirige, exactamente, al facistol. Desde allí, con la mirada que no vacila en acertar su objetivo, ve que la jarra de agua y los vasos de cartón están en el suelo y que la mesita baja tampoco está donde debe. Pero, no se decide a devolverlos a su sitio. Bianca Morrison coloca la cigarrillera de plata muy cerca y repasa, breve y circunstancialmente, los papeles que ha traído. La seguridad de Bianca Morrison, una seguridad que se quiebra, esporádicamente, como un relámpago de furibundez, se expresa en su hablar de oración corta, algo tajante.

Buenas noches. Bianca Morrison. Bianca sí. Como Bianca Jagger. Papá Morrison dice no. Como las dos Biancas de Shakespeare. Bianca es Blanca en italiano. Cuando uno lo oye la primera vez parece excéntrico. La segunda vez no queda la menor duda. Pero, menos excéntrico que Dafne Morrison. Aunque más excéntrico que Carlota Morrison. Y desde luego, muchísimo menos excéntrico que Mandrake Morrison, Baby Morrison y el Gran Divo Papá Morrison. Tres distintas personas y un solo nombre verdadero: Ifigenio. No es cómico. Es trágico. Papá todavía cuenta cómo lo enfermaba su nombre. Cuando tuvo dos hijos varones decidió compartir la enfermedad. Mandrake Morrison se llama, realmente, Ifigenio Dos. Baby Morrison se llama, realmente, Ifigenio Tres.

Bianca Morrison va a tomar un cigarillo pero se golpea la mano delincuente con fuerza.

¡No fumes Bianca Morrison! Perdón. Yo misma me asusté. Nunca grito. Mi propio grito me asustó. Es un ejercicio mental. Corrientazo psicológico lo llama el hipnotizador. Cuando me tienta el cigarrillo debo frenarme: No fumes Bianca Morrison. Y castigarme la mano delincuente. El castigo transporta el mensaje. El mensaje va hasta la conciencia dice el hipnotizador. El primer mes es infernal. Los labios se resecan. Se despierta con dolor de cabeza. El recuerdo del cigarrillo se pega de la nariz como una mosca. ¡La nostalgia del vicio! No exagero. No finjo.

No hablo rebuscado. No me llamo Dafne Morrison. *(Asombradísima de ella misma.)*

Perdón. Es una broma. *(Culpable.)* Ustedes saben que es una broma. Yo aprecio a mi hermana, la quiero quiero decir. Una broma de mal gusto, sí, sí, sí.

Bianca Morrison va a echar mano de la cigarrillera. Nuevamente se castiga la mano que iba a delinquir.

¡No fumes Bianca Morrison! Perdón. Hoy todo se me va en grito y freno. Perdón. Otra vez tengo que pedir perdón. ¿Qué me pasa? No quiero volver a pedir perdón. Tanto descontrol. Yo no soy descontrolada. Al revés. Ya van tres o cuatro veces que pido perdón. *(Tomándose un poco de pena.)* No sé si en este estado pueda continuar. *(Asumiéndose valiente.)* Pero, cómo no voy a poder continuar. Este es mi trabajo. Tengo que sobreponerme. Déjenme reponerme. Respiro hondo. No tardo. Cuestión de medio segundo. Gracias.

Bianca Morrison respira hondo. Mientras lo hace se mira las manos apoyadas en el facistol. Sus manos tiemblan pero el público no lo sabe.

Uno respira hondo, inhala, exhala poquito a poquito. La tranquilidad se acomoda. Como cuando un perro da cuatro o cinco vueltas para echarse. El instinto atávico. Uno respira profundo y oxigena todo el sistema… la fábrica que es el cuerpo. Una fábrica que se desintoxica si se le da mantenimiento con regularidad. La mente sobre todo. La mente necesita limpieza como mínimo una vez por semana. La fábrica se deteriora. No es culpa de uno siempre. El hipnotizador que me cura el hábito de fumar aconseja que se eviten las culpas. Uno las evita hasta donde puede evitarlas. La acumulación de los malos ratos influye. El ajoro. El ajoro para todo. Los empujones. Las rabias que todos acumulamos. La irritación por estar vivos. Ya nadie se detiene en la luz roja. El estrés de la dichosa vida moderna. Uno se enferma. No son los virus son las bacterias. Uno. Uno se maltrata. ¿Ven? Ya estoy bien.

Bianca Morrison se tranquiliza con una leve teatralidad.

Voy a empezar de nuevo. No voy a repetir que me llamo Bianca Morrison. Tampoco repito la referencia a Shakespeare. Bianca por *La fierecilla domada*. Bianca por *El mercader de Venecia*. Digo voy a empezar de nuevo. Pero, todavía no había empezado.

Bianca Morrison sonríe con una falsa confianza, como si el gesto de confianza fuera capaz de dársela. A la vez que asciende a la óptima calma repasa los papeles de la disertación.

Bien. *(En broma.)* No es Bianca por Bianca Jagger. Bianca es Blanca en italiano.

Bianca Morrison pronuncia las líneas que siguen con un impulso artificial y hasta peligroso.

Quíntuples Morrison es una agrupación integrada por los quíntuples Morrison. Con el relato de sus vidas llenas de sorpresas entretienen a quienes contratan sus servicios. Ocurrencias, situaciones inverosímiles que surgen entre las personas que crecen juntas, la declamación de poemas finos de Rubén-Darío, Alfonsina Storni y Luis Lloréns Torres —y poetas más recientes— integran el repertorio artístico y humano de la agrupación. Nada grosero encuentra entre ellos lugar.

Bianca Morrison mira con poco disimulo los papeles de la disertación. La mirada, sin embargo, pesca la oración próxima.

La grosería florece entre los espíritus ruines. El nacimiento de los quíntuples Morrison fue un acontecimiento. Traspasó las barreras de la isla del encanto. Solo el tiroteo al Congreso norteamericano llevado a cabo por los nacionalistas puertorriqueños el mismo año desplazó el interés de los Quíntuples Morrison en la prensa mundial. ¡Perdón!

Cierta debilidad refleja Bianca Morrison cuando vuelve el rostro hacia fuera del escenario.

¡Papá Morrison insiste que jamás se toca la política!

Bianca Morrison va a buscar un cigarrillo. Antes de tomarlo se castiga la mano con fuerza.

¡No fumes Bianca Morrison! Los quíntuples Dionne también asombraron al mundo.

Pero, los quíntuples Dionne provenían de un país rico. El bellísimo país canadiense.

Los quíntuples Morrison somos naturales de Puerto Rico. Una antilla menor famosa por su hospitalidad y por su pobreza que los nativos han superado con gran dignidad. Famosa también es esta antilla porque está en la ruta de los ciclones. Los quíntuples Morrison somos más raros. Más exóticos.

La palabra exótico descuadra mínimamente a Bianca Morrison. La descuadra porque no pertenece a su vocabulario habitual.

La leche Pet compró la felicidad de los quíntuples Morrison. Para ilustrar su campaña publicitaria de que los bebés más felices del universo toman leche Pet. También los alimentos Clapp's compraron nuestra felicidad. Los alimentos Clapp's nos retrataban mientras comíamos compota de melocotón de la marca Clapp's y puré de espinacas de la marca Clapp's. Los contratos con las dos grandes compañías norteamericanas fueron interrumpidos bruscamente. Mi hermano Baby Morrison fue el culpable. Lloró tanto, chilló tanto en las sesiones fotográficas que los fotógrafos de la leche Pet y los alimentos Clapp's para bebés protestaron. Los contratos fueron cancelados. Papá Morrison dijo el que no trabaja no come. Y nos puso a los quíntuples Morrison a sudar la gota gorda.

Alterada por el esfuerzo notable de la improvisación, crispada cada vena, crispado cada vaso capilar de su sistema sanguíneo, Bianca Morrison va a tomar un cigarrillo. Esta vez se pega en la cara a la vez que grita el corrientazo psicológico.

¡No fumes Bianca Morrison! Perdón. Me he pegado en la cara. Me ha dolido. Se supone que me duela. Para eso es el castigo. Pero la mano. La cara no. La cara no tengo que castigarla. No tengo que ofenderla. Perdón. Prometí no pedir más perdón. Perdónenme. Me siento mal. Las fuerzas no me alcanzan.

Bianca Morrison niega con la cabeza y adelanta lo que las líneas próximas nos informan.

No debí participar. No debí participar. No debí participar. ¡Dafne Morrison pudo reaparecer! Sustituirme no. Ella no sustituye nunca. A nadie. Reaparecer. Se dice reaparece a petición popular. Y todos quedamos bien. Dafne Morrison pudo seguir entreteniéndolos. Le sobran recursos. Siempre le han sobrado recursos. Mucha palabrería. Palabrería bonita. Para quien le gusta la palabrería bonita. Tiene gracia antillana dice Papá Morrison. Tiene el carisma de Diana Ross dice Mandrake el Mago. Tiene un no sabe uno qué que gusta dice Carlota Morrison. ¡Es tan femenina, dice Bianca Morrison! Dafne Morrison hace los cuentos tan vivos. Porque a ella se le sobra la vida. Improvisa, improvisa, improvisa, disparata, disparata, disparata, ¿qué digo, qué digo, qué digo?

Bianca Morrison busca entre los papeles como si creyera que en ellos puede encontrar la luz donde finalizan los túneles. La palabra es su defensa, su muleta, su calmante. Va, nuevamente, a procurar un cigarrillo.

¡No fumes Bianca Morrison!

A partir de este momento la histeria que se entreveía en la conducta de Bianca Morrison la avasalla como los ríos que se desbordan. Una histeria que se configura en espirales de emoción que alcanzan su cielo en la confesión última.

Se me han juntado los nervios, se me han juntado los malos ratos: la violencia de improvisar, el cigarrillo que quiero dejar y no puedo… *(Amarga y frustrada)* la rabia de no estar con ella.

La revelación se le ha escapado, literalmente. Bianca Morrison sonambuliza su mirada por entre los espectadores. Bianca Morrison se compone físicamente e intenta recomponer el desliz del pronombre después de mirar hacia tras bastidores, asustada, desconfiada.

Ella…quiero decir…ella..una persona con quien hice de pronto amistad. Ella…es decir…la persona…se embarcaba mañana por la mañana y nos prometimos despedirnos esta noche…Ella…es decir…la persona…es artista de un circo… un circo con gente de…*(Despectiva.)* circo…con nombres de circo: Melao, Sensual y Bandolera…un tal Enano Besos De Fuego… *(Sonreída, profunda la ternura, inevitándola.)* La Princesa Come Fuego de Catay. Ella… quiero decir… la persona llamó antes de que yo saliera a improvisar. Me dijo que adelantaron el maldito viaje. El mar es más sereno por la noche balbució ella…la persona. Para los que se van le grité… el mar nunca es sereno para los que aguardan en la orilla le grité. Me ahogo, por favor, un ujier, un espectador amable que abra de par en par las puertas de salida. *(En medio de un rugido.)* Por favor, un espectador amable que me encienda este cigarrillo.

Insistente, aturdida por el abandono y la confesión hecha a retazos dolorosos, Bianca Morrison avanza hacia los espectadores, el cigarrillo en la mano, la exigencia del vicio atravesándola. Cuando, finalmente, un espectador la socorre y le da la lumbre, Bianca Morrison fuma con histérica pasión. Entre

los sorbos de humo se cuelan las palabras siguientes como una
porfiada liberación.

¡Fuma Bianca Morrison, fuma!

Bianca Morrison enciende otro cigarrillo. Lo inhala, lo chu-
pa, lo devora.

El bolero enérgico y convidador aumenta. Las luces de la sala
se encienden.

Bianca Morrison sigue fumando, fumando, fumando, mien-
tras el público abandona la sala.

ESCENA CUARTA

Tango
para un hombre
irremediablemente bello

Cuando las luces de la sala están encendidas, la gran mayoría
del público no ha regresado a sus asientos y el bolero enérgico
y convidador sigue plantado en su apoteosis infinita, entra a
escena Mandrake el Mago. Denunciado por la virilidad que le
inunda el rostro, el bigotón tan negro que haría avergonzar la
noche, el porte de un gladiador romano que sueña con parecerse a
Steve Reeves y un caminar sinuoso de félido carnicero selvático
—puma, leopardo, jaguar— Mandrake el Mago es un hombre
irremediablemente bello. Para perfilar nitidamente su belleza
irremediable, para felizmente enmarcarla, Mandrake el Mago
se desenvuelve con unas formas que son, unisonamente, corte-
sanas y napolitanas. El napolitanismo referido es apócrifo pero

válido y recorre el planeta encargado a los grandes gesticuladores del cine italiano, Vittorio Gassman, Marcelo Mastroianni, Nino Manfredi, Alberto Sordi, Giancarlo Gianinni. La elegancia con la que viste Mandrake el Mago es apabullante: el traje cruzado de un suavísimo color amarillo yema de huevo, zapatos blancos, corbata azul eléctrico, el más elegante sombrero de Panamá que se tejió en Ecuador. Mandrake el Mago luce en el dedo anular derecho una sortija con piedra de ojo de tigre y en el dedo anular izquierdo una sortija con piedra de lapislázuli. Cuando Mandrake el Mago entra en escena el bolero enérgico se interrumpe, bruscamente. Con teatralidad y efectismo Mandrake el Mago da tres palmadas netas para llamar la atención del público retrasado o todavía por acomodarse en sus butacas.

¿Qué pasa? La diversión va a continuar. El fin de fiesta del Congreso de Asuntos de la Familia va a continuar. Vuelvan a sus butacas. Siéntense tranquilos. Que aquí de todo lo que hay nada falta. Adelante.

Las líneas anteriores se expresan con un reproche amable y espectacular, napolitana la vitalidad.

Tres escenas más aún nos quedan, tres escenas contando con esta, tres escenas simétricas, urgentes. Que en arte todo es premeditación y alevosía. *(Chulísimo, con un golpe corporal de tanguista.)* Hasta la espontaneidad. Hasta la improvisación.

Mandrake el Mago se acerca al público con una notable, sincera cordialidad que se repite cuantas veces se dirige al público.

¡Que les aproveche hasta sus más hermosas consecuencias el trago que apuraron durante el intermedio! Ron antillano desde luego, para que la tentación de vivir los encandile.

¿O se fumaron un cigarrillo? Mandrake el Mago les dice bravo, bravísimo aunque la ciencia les ataje que Dios libre. ¡Hay que tener paciencia con la ciencia! Total, nadie se muere la víspera. El turno de morir de cada quien está asignado en los pergaminos de Melquiades el Gitano.

Mandrake el Mago carcajea, levanta las manos como los caudillos, después las extiende mesiánicamente. Nunca, desde luego, abandona el manejo y el dominio de la palabra.

¡Ya empecé a improvisar! Así es como se improvisa, inventando las peripecias sobre la marcha, dejando que el cuento se construya a sí mismo, ajustando un nudo que amarro regularmente, reservando el buen golpe que deja aturdido a quien escucha, observa y se interesa. ¡El cuento no es el cuento! El cuento es quien lo cuenta. Mandrake Morrison. Mandrake el Mago, como quieran sustantivarme. Ifigenio Dos está prohibido sustantivarme. Un desliz de Papá Morrison que hace rato perdoné. Si no es para perdonar y para que perdonen a uno, ¿para qué mmmmmiércoles se vive? Primero vamos a los titulares. Dafne Morrison chacharea en el bar de al lado. Baby Morrison prosigue su viaje hacia un gato llamado Gallo Pelón. Bianca Morrison fuma, fuma, fuma, mientras Papá Morrison intenta convencerla de que no fume, de que no fume, de que no fume. Carlota Morrison no aparece ni en los centros espiritistas. Lo que implica que Dafne Morrison no se ha quitado su exagerado traje que se avecina a la indecencia aunque no la roza por si acaso, a lo mejor, quién sabe, quizás, quizás, quizás como dice la canción que canta Toña La Negra, tiene que seguir, exageradamente, entreteniéndolos. Y ahora a las noticias en detalle. Le di un beso en la mejilla a Dafne Morrison cuando salía hacia el bar de al lado y la piropé: Ya quisiera la Diana Ross para sus días festivos ser tan linda como tú. (Carcajea.) Hay que mostrarles ternura a las hermanas. A Baby Morrison lo agarré por las solapas y le dije: Baby Morrison, ¿por qué eres un monstruo tan mierdísimo?, ¿por qué no eres un monstruo honorable como el Conde Drácula que desaparece en la maleza vuelto lobo?, ¿por qué no eres tan sutil como Frankenstein? Hay que mostrarles rigor a los hermanos. A Bianca Morrison le informé: Bianca Morrison, a ti no sé decirte nada. Hay que mostrarles compasión a las hermanas.

Para narrar la anécdota que continúa Mandrake el Mago apoya los codos en el facistol. La anécdota contiene una larga secuencia que los asistentes al Congreso de Asuntos de la Familia deben cinematizar. Mandrake el Mago permite que la fuerza expresiva de la palabra abarrote la representación. El movimiento de las manos se maximiza. El movimiento del cuerpo se minimiza.

Mujer más complicada que Bianca Morrison nunca la hubo. Descontada la muier de Noé que preguntaba, presa de admiración, mientras el arca combatía el diluvio: Dónde está Federico Fellini, dónde está Federico Fellini, solo el Maestro Fellini puede filmar esta epopeya de las aguas. Mujer de Noé abofeteada una, dos, tres, cuatro veces por Noé. Y por efecto de las cuatro bofetadas el pandemonium de los mugidos, las discrepancias de los pajarracos alrededor de los cuellos de las dos jirafas, los llamados vociferados a la serenidad de la pareja orangutana: Hermanos animales, no se apendejen, el reino de Macondo se descarajó en agua y se salvaron los macondenses. Hermanos animales, vámonos a los fornicios por los camarotes. Hermanos animales, que se jodan Noé y su mujer con sus problemas matrimoniales.

Mandrake el Mago retoma la voz relatora original después de una transición magnífica hacia un mayor suspenso.

Mujer de Noé a la que Noé apostrofó tras abofetear una, dos, tres, cuatro veces más: Los derechos de filmación del final del mundo fueron vendidos a la televisión norteamericana. Mujer más complicada que la mujer de Noé nunca la hubo. Descontada mi hermana Bianca Morrison.

Mandrake el Mago abandona el facistol y se dirige hacia el espectador más distante. El cruce se realiza sin dudar.

Las noticias del Gran Divo Papá Morrison, no las detallo porque el Gran Divo Papá Morrison se dará el gusto de detallarlas. Carlota Morrison les noticio que no ha llegado aún, que estará en su visita diaria al médico generalista o al médico especialista o al laboratorio o a la farmacia.

Mandrake el Mago se vuelve con el golpe corporal chulísimo del tango.

La pregunta huelga. ¿Cómo que por qué? No hay dolor, espasmo, mareo, náusea, fiebre, inflamación, flojera, cefalea que no sobresalte a Carlota Morrison. No hay virus, bacteria, piojillo que no la incursione y amenace con veranear o invernar en ella. Carlota Morrison ingiere tantas pastillas diferentes que siente el imperativo legal de recitarles el reglamento de tránsito: para llegar al corazón avance un tramo corto y doble con precaución hacia la izquierda, para llegar al hígado manténgase a la derecha excepto para pasarle a otra pastilla, para llegar a la espalda la pastilla está autorizada a doblar en U.

La coyuntura de las úes vecinas autoriza a Mandrake el Mago a chulear con otro golpe de tango arrabalero. No es remotamente bailar el tango. Es insinuar que el tango arranca.

Y hablando de la *U* uno la humilla y la ofende si le dice: Qué bien estás Carlota Morrison, qué elegante. Malhumorada, herida en su amor propio, Carlota Morrison responde: Cómo puede estar elegante quien es un proyecto de cadáver. Todos somos proyectos de cadáveres, uno animándola interviene.

Mandrake el Mago comunica las líneas próximas divertido y feliz. Como si fuera el más divertido y feliz mortal quien las dice.

Dentro de cien años todos seremos calvos. Dentro de cien años todos seremos cadáveres indiferenciados. Entonces, Carlota Morrison avasalla: Dentro de cien años yo seré más cadáver que nadie.

Mandrake el Mago recorre con la vista el público asistente al Congreso de Asuntos de la Familia. La conciencia de su irremediable belleza la delata la coquetería —viril desde luego— con la que intenta asesinar a hombres y a mujeres por igual.

Así es como se improvisa, inventando las peripecias, dejando que el cuento se construya sobre la marcha, ajustando un nudo, reservando el buen golpe que aturde a quien escucha, observa y se interesa. ¡El cuento no es el cuento! El cuento es quien lo cuenta.

Mandrake el Mago se ladea el sombrero en el mejor estilo charro del cine mejicano. Después, carcajea.

¿Y yo? ¿Qué digo yo de mí? ¿Qué titulares míos adelanto? En la ciudad de Río de Janeiro un periódico publica una noticia alucinante: Porque la insultaba su infidelidad con varias vecinas de la favela una mujer castró ayer a su marido. ¿Titular del periódico? Cortó la raíz del mal. *(Mandrake el Mago carcajea.)* Los titulares son muy importantes estos días. Pero, no tanto como la gramática. La gramática es muy importante estos días concede un enano habilidoso llamado Besos De Fuego a quien le acabo de apostar y ganar. ¿Qué? Un gato desvalido que el enano ascendió a león inyectándole hormonas. Unas casetas deshilachadas y mugrosas a las que el muy enano bautizó con el nombre de Gran Circo Antillano.

Mandrake el Mago interrumpe la palabra y calcula el efecto de lo dicho. Entonces, saca del bolsillo dos topos rojos con destellos enceguecientes, luciferinos. Con maña graciosa de mago coloca el uno frente al otro en el centro indudable del escenario.

¿Qué digo yo de mí? ¿Cuál vida me improviso para ustedes? ¿La del quíntuple que recita *El duelo de la cañada* o *El brindis del bohemio*?, ¿la del amante empedernido?, ¿la del jugador empedernido?

Con donosura de bailarín —los brazos arqueados de quien se arranca por tango—, Mandrake el Mago voltea, lenta y ritualmente, alrededor de los topos.

Son prestados los topos. Es prestada mi belleza irremediable. No sé si préstamo es la palabra que me vale. Me los prestó un fulano que quería comer del pan que yo comía.

Mandrake el Mago detiene su interpretación del tango lento y ritual.

Mira Joe, dame pan. Mira Joe, no comas solo. Mira Joe, no te hagas el desconectado. Mira Joe, te juro por Dios que yo soy el Diablo, respétame. Mira Joe, hazme caso, yo soy el Diablo. Mira Joe, está bien, me va mal, me salió el tiro por la culata, me busqué un problema. El resto de los ángeles se fue con el otro. Mucho gritar Luzbel, ese es, ese es y a la hora de los mameyes me dejaron solo. Mira Joe, me quedé solo. Mira Joe, soy un desgraciado pero te juro por la preciosa salud del Papa Polaco que yo soy el Diablo. Mira Joe, contéstame si ese es pan francés o pan de agua.

El Diablo ha sido remedado por Mandrake el Mago como un diablo endrogado, como un impertinente sin redención.

Te doy pan pero desaparécete, coge el monte, esfúmate bien esfumado como un personaje que se esfuma en una novela de Agatha Christie, le dije. Mira Joe, pónme el pan en la boca. ¡Tipo, qué pasa!, le dije. Mira Joe, el Diablo tiene siempre las manos sucias. Se las lava con jabón, con detergentes, con lejías, con gasolina. Nada Joe. Y hoy quiero comerme el pan limpio.

Mandrake el Mago recorre con la vista al público. Sonríe malignamente, luciferinamente.

Lo alimenté como a un perro. Tres libras de pan francés. Tres libras de pan de agua.

Mandrake el Mago toma los topos del suelo.

Me prestó estos topos que solo saben ganar. Me prestó esta belleza irremediable. ¿Quién superará esta noticia en detalles? ¿El titular? Me preocupa desconocer cuándo demonios volverá el Diablo.

Tres toques formidables se escuchan en la puerta. Mandrake el Mago palidece, falsamente asustado huye, se persigna. Después, sonríe, carcajea.

¡El cuento no es el cuento! El cuento es quien lo cuenta!

Con los andares sinuosos de félido carnicero selvático, Mandrake el Mago se desaparece.

ESCENA QUINTA

Instrucciones generales
al público y unos versos

Con la fatiga de una preñez de ocho meses ya metidísimos en el noveno llega a escena Carlota Morrison. Corriente, corrientísima en su esencia y apariencia de esposa amantísima, Carlota Morrison viste una bata de maternidad color de rosa. Un collarito de perlas de una vuelta, zapatos grises, cartera gris, medias de nailon circa 1950 completan su ajuar, que contrasta, inevitablemente, con la espectacularidad y composición de los ajuares de sus hermanas. Carlota Morrison peina trenzas que se recogen hacia arriba. Para resaltar, para confirmar su estampa de ordinariez decente, Carlota Morrison trae pillado con las axilas derechas un sobre amarillo grande de radiografías, pillada con las axilas izquierdas una sombrilla color gris también y en la mano que le desocu-

pa la cartera gris trae un termo amplísimo lleno de té de naranjo y una caja llena de moñas. Hundida en ella misma, desaparecida en sus enfermedades —inventadas según Mandrake el Mago pero verdaderamente suyas porque las padece— Carlota Morrison no tiene tiempo para expansionarse con los demás miembros del clan Morrison. Pero, de manera distinta, menos teatralizada, más apegada a esa otra forma de la representación que es la realidad, Carlota Morrison cumple con sus compromisos profesionales. Carlota Morrison coloca en la mesita baja junto al facistol la cartera, el termo, la sombrilla, el sobre con las radiografías, la caja llena de moñas. Después se coloca tras el facistol y con la simpleza amable de una maestra que va a dictar cátedra comienza a hablar.

Buenas noches. Soy Carlota Morrison. ¿Habrá agua en esta jarra? *(Coteja.)* Hay agua en esta jarra. A estos vasos de cartón no me arriesgo. Los microbios nos asedian. A ver quién ríe último, los microbios o nosotros. Total, dentro de cien años todos seremos calvos, todos seremos cadáveres indiferenciados. Mientras, ¡la batalla contra los microbios!

Carlota Morrison saca un portavasos transparente y lo coloca a su lado. Se arrepiente, lo abre, se sirve agua, toma agua.

De los provechos del agua mineral no se ha escrito suficiente. Hago una advertencia porque mi salud es lo primero. *(Transición violenta.)* ¡Qué perfume más polémico tiene puesto un asistente al Congreso de Asuntos de la Familia! Pronto empiezo a estornudar. Ojalá pronto no empiece a estornudar. Estornudo media hora.

Carlota Morrison busca un pañuelito en la cartera gris. De paso, extrae de la cartera un frasquito con la etiqueta de aspi-

298

rinas, una cajita de metal con pastillas Vick's y varias cajitas esmaltadas de guardar pastillas.

¡No traje las pastillas para la alergia! Pero, ¿cómo pude olvidar las pastillas para la alergia?
Carlota se seca la incomodidad nasal con el pañuelito. Se trata de una opresión delicada en las fosas nasales.

Repito, una advertencia. Puedo parir ahora mismo. ¡Aquí! Estoy en el mes. Anoche me desveló el sudor copioso. No era el sudor del calor. Era otro. ¿Cuál? Yo no soy médico. Soy maestra de español aunque no ejerzo. La tiza me agrava. Me cambié la camisa de dormir. Le dije a mi esposo, este sudor no es normal. Mi esposo se impresionó. Le receté una Ativán porque lo vi impresionado. Y me receté media Ativán porque mi esposo me contagió su impresión. Mi esposo me suplicó que no participara en esta función. Pasas un susto y se lo haces pasar al público asistente al Congreso de Asuntos de la Familia. Por eso les advierto. Si por casualidad expreso síntomas del parto como quejidos intermitentes, sudor copioso o contracciones deben observarse las instrucciones que enumero.
Carlota Morrison señala hacia los lados izquierdo y derecho del público con la autoridad y la firmeza de una autoritaria y firme maestra de español.

Alguien proveniente de este lado, usted, alguien proveniente de este otro lado, usted, avanzan hacia mí y evitan la inminencia de mi caída. Para que la confusión no se suscite identifico las personas que evitarán mi caída inminente con estas dos moñas que les voy a colocar en sus respectivas solapas en este momento.

Carlota Morrison se desplaza hacia los lados izquierdo y derecho, asigna las únicas moñas rojas a dos señores del público y continúa dando instrucciones sin pausar.

Con las consideraciones que merece una señora que procesa el dulce misterio de la maternidad desde que el espermatozoide fecundó el óvulo fértil me acomodan en esa silla y aguardan por mis próximas instrucciones.

Carlota Morrison echa la cabeza hacia atrás para evitar un vaporizo insoportable.

¡El perfume persiste! Es un perfume con sedimento de café de la India o de canela. La canela me agrava. No puedo comer tembleque, arroz con dulce, majarete, ninguna golosina polvoreada con canela. Pronto empiezo a estornudar. Y después el llantén. *(Transición violenta.)* Si los mensajes de mi organismo y mi intuición femenina me alertan de que puedo sobrellevar el traslado al camerino así lo haré. Los señores identificados con las moñas rojas deben asistirme. Si, por el contrario, no puedo levantarme de la silla ofrezco la alternativa de un segundo grupo de instrucciones que son las siguientes. Inmediatamente, una señora, usted, se levanta y procura en mi cartera este imperdible. Con la mano desocupada busca y encuentra en la cartera esta tarjetita que informa que mi tipo de sangre es AB, el tipo de sangre más raro.

Carlota Morrison muestra una tarjetita colocada en una lámina de mica.

Ya en sus manos el imperdible y la tarjetita que informa que mi tipo de sangre es el AB procede a prenderla de la parte superior de mi bata de maternidad.

Carlota Morrison extrae una tercera y una cuarta moña de la caja. Con ellas en la mano se acerca a la señora escogida.

Identifico a la señora que procurará en mi cartera el imperdible y la tarjetita que informa que mi tipo de sangre es AB.

Carlota Morrison retiene la cuarta moña en sus manos mientras escruta a quién debe entregarla. La acción no se puede interrumpir ni despaciar nunca pese a los silencios y el movimiento agotador de Carlota Morrison.

Una segunda señora, usted, cruza, inmediatamente, hasta la mesita, toma el termo, lo destapa y me sirve dos sorbos de té de hoja de naranjo. No hay riesgo con el agua que utilicé para preparar el té de hoja de naranjo. El agua alcanzó el punto de ebullición. Identifico a la señora que me servirá el té de hoja de naranjo.

Carlota Morrison vuelve al facistol y, desde luego, a su trajín en la caja de las moñas. Con la mirada se dirige a otro señor del público.

Usted va tras bastidores y busca a Papá Morrison. Identifico con una moña al señor que buscará a Papá Morrison tras bastidores.

Carlota Morrison instruye al señor seleccionado.

Usted llama a Papá Morrison aparte, con tono mesurado, y le susurra: Carlota Morrison marcha al hospital más cercano a parir. Solo a Papá Morrison repito. Ningún otro de los restantes quíntuples debe enterarse. Son susceptibles a conatos de histeria y pesadumbre.

Carlota Morrison dice las líneas referentes a sus hermanos mientras vuelve al facistol.

Bianca Morrison sucumbió a la nostalgia del vicio otra vez. A Dafne Morrison siempre la faltó un tornillo. Baby Morrison es un extraterrestre. Mandrake Morrison vive del cuento de que el Diablo le prestó su belleza irremediable y sus topos. Yo soy la única quíntuple Morrison que está en sus cabales. Ultima instrucción. En esta tarjeta tamaño cinco por siete están apuntados los teléfonos donde se consigue a mi esposo. Teléfono del trabajo, teléfono de nuestro hogar, teléfono de mi suegra, teléfono del billar donde mi esposo juega una mesa de billar, teléfono del médico de cabecera de mi esposo por si la noticia lo afecta y lo descompone.

Carlota Morrison entrega una sexta moña a la persona seleccionada y la instruye directamente.

Identifico a la persona que llamará por teléfono a mi esposo y le comunicará: Su esposa acata los designios divinos y se multiplica. Si mi esposo no entiende con rapidez le sugiero que abrevie: Su esposa va a parir. Recomendación de ella es que se tome la Valium que está en la tablilla superior del botiquín. Su esposa recomienda también que, pese a su historial de estreñimiento, se tome una Lomotil. La Lomotil está en la mesita de noche en un frasquito ámbar.

Carlota Morrison vuelve al facistol. Mira a todo el público con ánimo de crear expectación.

El perfume no ceja. Pronto estornudo. Ojalá pronto no estornude. *(Transición violenta como todas las suyas.)* Presten mayor atención a este segundo grupo de instrucciones. Si los mensajes de mi organismo y mi intuición femenina me indican que no puedo sobrellevar el traslado a un hospital porque el parto no espera, gritaré, con todo el aire que puedan prestarme los pulmones, SE ME SALE. Entonces, cuatro personas del lado izquierdo, usted, usted, usted y usted y cuatro personas del lado derecho, usted, usted, usted y usted, sin encomendarse a nadie, arrancan todas las cortinas de este teatro y me improvisan un lecho ahí enfrente.

Carlota Morrison señala hacia el centro mismo del escenario a la vez que reparte las ocho moñas.

Dos señores de camisa blanca, usted y usted, se quitan las camisas blancas y hacen tiras con ellas y se las entregan a las dos señoras que me asistirán, usted y usted.

Carlota Morrison reparte cuatro moñas más, siempre diligente.

Con las cortinas que todavía queden en su sitio un grupo de señoras construye un círculo de tela a mi alrededor. Las criaturas están colocadas en posición de salir, con la cabeza encajada hacia abajo. El parto se prevé sin mayores dificultades. Será un parto largo, eso sí. El médico nos informó que son ¡quíntuples! Hechas las instrucciones generales comienzo mi participación en este gran fin de fiesta de los Quíntuples Morrison. Con gusto recito un poema de Ángela María Dávila, gran poeta puertorriqueña de nuestros días. Dice así:

Carlota Morrison recita el poema con una gran belleza y una gran verdad.

¿Será la rosa? ¿Será el trámite de la sombra debajo de los pétalos?

Carlota Morrison se interrumpe de súbito. Se mira el vientre. Se lo palpa. Va a gritar pero se silencia a sí misma.

Oigo, sensatamente, los mensajes de mi organismo y de mi intuición femenina. Nadie se asuste. Tengo tiempo suficiente para llegar al camerino. Nadie se asuste. No hay que evitar caída inminente alguna. Y el perfume polémico persiste. Café De La India. Canela. Pero, no estornudo. No me fastidia. Los señores identificados con las dos moñas rojas favor de acompañarme. *(Los dos espectadores identificados con las moñas rojas se acercan a Carlota Morrison y la sostienen por los brazos.)* No se preocupen. De veras. Gracias. Estoy serena. Será la poesía. Será la rosa.

Carlota Morrison comienza a recoger sus pertenencias. Mientras lo hace, como si la maternidad que se le avecina la transportara a una suma plenitud, recita los versos majestuosos de Ángela María Dávila.

¿Será la rosa o será la espinísima ferocidad de a diario? ¿Será la rosa, será tal vez el pétalo desnudo y transitorio? ¿Será la rosa con su gota de siempre en la mañana o será que una lágrima se encarga de refrescar las flores ilusorias?

Carlota Morrison acusa los dolores con valentía y dulzura. Carlota Morrison empieza a salir cuando termina el verso que habla de la ferocidad de a diario. Un solo verso no se pierde. Lenta, y bellamente, pariéndose, Carlota Morrison sale.

ESCENA SEXTA

El Gran Divo Papá Morrison habla de la imaginación y sus efectos.

La silla de ruedas que transporta a Papá Morrison no le resta ni un ápice de esplendor a su figura, esplendor que se inicia en los otoños sensuales de su persona y culmina en el frac impecable, la fresca camelia que lleva en la solapa, los guantes albísimos y la manta que lo cubre desde las rodillas. La silla de ruedas es tan original como quien la conduce y la vale. Aditamentos de una deportividad guasona —luces intermitentes, bocina, una tablilla que lee JAGUAR, un barcito con dos copas— le borran a la silla de ruedas la menor idea o reminiscencia de desamparo. Aunque un tanquecito de oxígeno no se oculta bajo uno de los brazos. Que, desde luego, no llama la atención. Como si nada tuviera que ver con Papá Morrison, el Gran Divo Papá Morrison. Divo, divino, es Papá Morrison, como una estrella cinemática que desconoce el ocaso. Y la práctica de su divinidad lo dota de su afable seguridad, su decir que es bombástico pero sincero, como si actuara en un espacio al aire libre y sin micrófonos. Papá Morrison se acerca al público en su silla de ruedas, silla que conduce con una destreza espectacular. Su entrada, de por sí, es espectacular, de espaldas al público.

Aplausos, aplausos, que entra un hombre con causa. Gracias, muchas gracias por tan cálida ovación que, no sé, francamente, si me toma por sorpresa o la esperaba. Redundante es presentarme pero quiero redundar. El Gran Sócrates decía si uno quiere redundar uno redunda. Papá Morrison, el Gran Divo Papá Morrison, Padre de los Quíntuples Morrison, Escritor de los Libretos que Interpretan los Quíntuples Morrison, Director Escénico de las Veladas Donde Triunfa el Buen Arte de los Quíntuples Morrison. Fantaseador.

Un ataque de tos interrumpe la enumeración que realiza Papá Morrison. El alaque es un tanto desproporcionado en su escándalo. Papá Morrison procede a disculparse.

Un aire malo. Un cambio direccional de los Vientos Alisios. Hay quien me llama, también, El Gran Semental Papá Morrison.

Con una provocación machista Papá Morrison recorre, precipitadamente, algunos rostros de mujer que selecciona tras obviar, ostentosamente, los rostros de los hombres.

Semental no es un apelativo elegante. Semental no es vocablo propio de los salones distinguidos como este. Pero, hay que tener paciencia con la ciencia. Semental, divo, celebridad, feliz en las buenas y en las malas. Que criar cinco muchachos no es un guame.

Papá Morrison empieza a repartir las tarjetitas de presentación que trae en una finísima portatarjetas.

Las pataletas de Baby Morrison. Los ataques de llanto de Bianca Morrison. Las enfermedades que los médicos no descubrían de Carlota Morrison. Las fantasías galopantes de Mandrake Morrison. Solo Dafne Morrison no me dio ni gota de candela. No le daba miedo el cuarto oscuro por la noche. Preguntaba por qué el Cuco no venía a desayunar.

Jamás pero que jamás envidió el pipí de sus hermanos. Ellos felices con su pipí. Ella felicísima con su pupú.

Papá Morrison se muerde la lengua con calculado efectismo. Después, mira a todos sitios con embarazo.

Si el vocablo pupú parece un poco burdo, si no parece fino, si no parece lírico lo retiro del número. Pero, insisto, *(A una señora)* perdóneme que insista, criar cinco muchachos no es un guame. Menos cuando el padre es el padre y el padre es la madre. Soledad Niebla murió cuando nacieron los cachorros. *(A una señora cercana.)* El nombre de mi mujer sí que asombra. Así mismito. Soledad Niebla. No practico el culto de las lágrimas. Aunque de Gustavo Adolfo Bécquer me cuido.

Papá Morrison se compunge con una manifiesta afectación de divo operístico. De debajo la manta saca un pañuelo y se recompone.

Pero, las lágrimas acuden. Perdón pido en nombre de mis lágrimas.

Papá Morrison saca del bolsillo interior de la chaqueia de su frac un atadito de cartas viejas.

De Soledad Niebla me laceran los reproches. Una mujer que se sabe querida y deseada no debe enviar cartas amargas de reproche. Los hombres estamos hechos de carne débil. Carne débil, sí señora que me mira con su tonito de burla. Frívolos pero inocentes picaflores, víctimas de la cultura. La cultura fortalece nuestra ya carne débil. Pasa una mujer bonita o fea y es obligación masculina bendecirle los jugos, convidarla a la playa en plenilunio, encargarle una docena de gladiolas por cada letra de su nombre, enviarle con mensajero uniformado un estuche de chocolates rellenos de sambuca romana, regalarle dos o tres cajitas de música, los Valses de Strauss, los *Valses Nobles y Sentimentales* de Ravel, los valses del Divino Flaco Agustín Lara, las danzas ponceñas de Don Juan Morell Campos, la *Boquita Azucará* de Rafael Hernández.

Las líneas anteriores han llevado a Papá Morrison a un crescendo formidable, tan histérico como la música de Wagner.

¡Oxígeno! El corazón me galopa como un potro. ¡La locura de Dafne Morrison de improvisar! Y yo más loco que ella le dije improvisemos. Yo salí a Dafne Morrison. Oxígeno, Confesión, Los Santos Óleos. Tengo la sistólica por las nubes. El corazón me quiere hacer una putada. Confesión no. Los Santos Óleos no. Oxígeno sí.

Papá Morrison trata de soltar el tanquecito de oxígeno durante las líneas anteriores.

Nadie se muere la víspera. Y yo pienso estarme en la víspera muchos años.

Papá Morrison se coloca la careta de oxígeno. Inhala poderosamente una, dos, tres veces. Poco a poco vuelve a sí y a si, al divo, al actor. Después, coloca el tanquecito y la careta en su sitio. Entonces, mira el atadito de cartas.

¡El matrimonio es una institución penitenciaria! Espero que el estallido intempestivo no ofenda. Ni que distraiga a los que acarician la idea de matrimoniarse. Estoy, lo sé, hablando ante un Congreso de Asuntos de la Familia. Veo parejas jóvenes por dondequiera. Cómo están. Mucho gusto. Que el matrimonio les regale el provecho merecido es mi súplica al Padre Nuestro que Está en los Cielos. Claro, el matrimonio es una institución penitenciaria. Yo lo descubrí pronto. Pero enviudé pronto gracias a Dios.

Papá Morrison repara en su error garrafal e intenta corregirlo apresuradamente con otro ataque de tos.

Voy a morir en el escenario como mueren los actores ingleses. ¡Y no saberme el Hamlet de cabo a rabo! El esfuerzo de la improvisación, la tensión de estar frente a ustedes sosteniendo el personaje, entreteniéndolos, amenizándolos. Otro mal aire quién lo duda, las corrientes desleales del Canal de la Mona, las turbulencias que nos envía Desecheo y Caja de Muertos, la agitación del Caribe.

Papá Morrison se rebusca en los bolsillos mientras sigue tosiendo para desviar la atención del error. Las líneas próximas se atacuñan entre la tos que se apacigua, lentamente, a la vez que unas fotografías de Soledad Niebla se riegan por el piso. El incidente mínimo altera a Papá Morrison.

Uno o dos buenos samaritanos recójanme el suelo las fotografías de Soledad Niebla. *(Tapándose el rostro, volviéndolo hacia atrás.)* No quiero volver a verlas de aquí a la eternidad si se han manchado, si una brizna o paja ha osado herirlas, si una indiscreta laminilla de polvo manchó el velo de novia urdido como una cola de pavo real.

Papá Morrison se arranca la camelia y se la entrega a uno de los buenos samaritanos. Bombástico, irreal, decimonónico, con los ojos cerrados dice la línea bombástica, irreal, decimonónica que sigue.

Solo la suavidad de una gardenia podrá ufanarse de que limpió una fotografía de Soledad Niebla.

Papá Morrison examina las fotografías que le devuelve uno de los dos buenos samaritanos.

Fotografías inolvidables de Soledad Niebla que autorizo a los asistentes al Congreso de Asuntos de la Familia a observar con el compromiso honorable de que las tratarán con cariño. Que son mi persona como dice el bolero que canta el Inquieto Anacobero Daniel Santos, testigo ocular de mi accidente, mi desgracia.

Papá Morrison hace circular las fotografías y sigue con la mirada interesada su circulación.

El traje de novia de Soledad Niebla lo cosió y lo bordó Rafaela Santos. Hay una fotografía, quién la tiene, en que Soledad Niebla aparece frente a *La Bombonera*. La sombra que se proyecta es la del tranvía. Esa tarde Soledad Niebla y yo celebramos una descomunal pelea. Nada importante. *(Dándole importancia.)* Celos. El único defecto que le conocí. Las mallorcas, los besitos de coco, los brazos gitanos, se elevaron por los aires de *La Bombonera*. La crema de los palitos de Jacob salpicó las señoras vestidas de teta y collar. Los señores aprovecharon sus bastones para capturar las roscas que salían disparadas hacia la calle San Francisco. Hay otra fotografía en Guajataca, ¿quién la tiene?, mirándonos los dos en el Atlántico. Ese domingo Soledad Niebla y yo celebramos una descomunal pelea. Dicen los que lo vieron, yo no lo vi, yo estaba enfrascado en la descomunal pelea, que una escuadra de peces voladores y tres o cuatro tintoreras salieron del Atlántico a mirarnos. Pásenlas. Contémplenlas. Respétenlas. Y devuélvanmelas. Son las antorchas que iluminan mi antigua felicidad.

Papá Morrison se tranquiliza totalmente y sonríe para reconfirmar lo que sigue.

El matrimonio es una institución penitenciaria. Pero, hay que matrimoniarse aunque las doñas nos peleen. Como me repetía el Inquieto Anacobero Daniel Santos, testigo ocular de mi accidente, mi desgracia.

Papá Morrison dirige la silla de ruedas hacia el facistol después de recoger las fotografías.

Un lance amoroso sí, se lo confesé a Soledad Niebla, tuve que confesárselo, admitírselo entre súplicas de indulgencia. Un lance galante, atrevido, nocherniego; lance que la humanidad aplaude cuando lo oye en forma de bolero que compone el genio de Pedro Flores. Y que aborrece en cuanto le ocurre a cualquier hijo de vecino. *(Señalando al público.)* A este, a aquel que ladea la cabeza, al Gran Divo Papá Morrison que se estrelló como un huevo en la sartén mientras ascendía hacia la intimidad del tálamo de su amada prohibida por la escala de sus trenzas. Por las trenzas sí, las trenzas larguísimas de Argentina Watson... las trenzas larguísimas de Argentina Watson que descendieron hasta los adoquines de la calle del Cristo como dos larguísimas espigas de tentación. El marido de Argentina Watson vigilaba al final de la escalera con un arcabuz sostenido por sus manos artríticas. Pero, el deseo de manosearnos era superior a la estampa ridícula de un marido al final de la escalera. Argentina

311

Watson era una mulata jamaiquina de las de apaga y qué-date. *(Espectacular.)* Y yo siempre fui fósforo vivo. Argentina Watson me susurraba a gritos: sube por mis trenzas, es el único acceso que mi marido no vigila. Y descolgó a lo largo de los cuatro pisos el lujo incomparable de sus dos hermosas trenzas. El Inquieto Anacobero Daniel Santos me exhortaba, cómplice y dichoso: Adelante, hombre enamorado... el mundo es de los que no tiemblan... comience la escalada... adelante hombre favorecido por la vida y por la aventura. Me sujeté a las dos trenzas larguísimas de Argentina Watson. Y empecé a ascender. Resbalaba y empezaba, resbalaba y proseguía.

El Gran Divo Morrison evoca la acción, la repite casi desde su silla de ruedas.

Ya iba por la mitad de las trenzas de Argentina Watson cuando las manos empezaron a fallarme. De repente... ¡Virgen de Medianoche!... de una sola vez las trenzas de Argentina Watson se me escaparon como peces sorprendidos. No pude más, no pude más, no pude más.

El Gran Divo Papá Morrison o El Actor que interpreta a Papá Morrison efeciúa la transición más extraordinaria que jamás se intentó. En la gloria suprema de su sonrisa —la sonrisa que le desborda la cara— como un corredor olímpico que alcanza la meta y triunfa, El Gran Divo Papá Morrison o El Actor que interpreta al Gran Divo Papá Morrison salta de la silla de ruedas mientras exclama más allá de la euforia lo que sigue.

El Actor

Yo tampoco puedo más. No puedo fabular más. No puedo armar más imaginaciones con palabras. No puedo construir más peripecias de unos quíntuples inventados y del Padre también inventado que los acompaña.

Por el fondo aparece La Actriz que interpretó los personajes de Dafne Morrison, Bianca Morrison y Carlota Morrison. La Actriz viene vestida con una bata de camerino de un lila pastel que la convierte en una bellísima, fantasmagórica aparición. La Actriz trae entre las manos un pomo de cristal lila que contiene crema de desmaquillar.

El Actor

No queremos ahondar más en la magia porque le dañamos la magia. Porque se arriesga la hermosura de su mentira. Una mentira que es como una maroma entre ustedes, el público y nosotros, los actores.

La Actriz

Que en arte todo es premeditación y alevosía.

El Actor

Una maroma sin redes.

La Actriz

Una maroma con redes no es maroma, no es riesgo.

El Actor

Y el teatro es, por más que lo embelequen, una maroma audaz, un feroz riesgo.

La Actriz se acerca al Actor que interpretó a Baby Morrison, Mandrake Morrison y El Gran Divo Papá Morrison y le ofrece un poco de crema limpiadora. El Actor la acepta, con alegría y agradecimiento. La Actriz y el Actor comienzan a quitarse el maquillaje frente al público. El bolero enérgico y convidador sube, impera, arrasa.

Río Piedras, Puerto Rico
Septiembre del 1984

PROCEDENCIA DE LOS TEXTOS RECOPILADOS EN ESTA ANTOLOGÍA

En cuerpo de camisa. 2da edición. Editorial Antillana, 1971.
    Que sabe a paraíso
    Tiene la noche una raíz
    Aleluya negra
    Memoria de un eclipse
    ¡Jum!
    Etc.

La guaracha del Macho Camacho. Ediciones de la Flor, 1976.
    Pp. 55-64.

La importancia de llamarse Daniel Santos. Editorial Diana, 1989. Pp. 151-162.

La guagua aérea. Editorial Cultural, 1994.
    La guagua aérea
    Las señas del Caribe
    Rumba de salón
    Nuevas canciones festivas para ser lloradas

No llores por nosotros, Puerto Rico. Ediciones del Norte, 1997.
    La gente de color
    El corazón del misterio
    Strip-tease at East Lansing

Devórame otra vez. Ediciones Callejón, 2004.
    Paisajes del corazón
    La novela de la yola
    Mantel de hule y servilleta de papel

Indiscreciones de un perro gringo. Alfaguara, 2007.
    Tercera parte: La herejía genital

Abecé indócil. Editorial Cultural, 2013.
    Chismear
    Extraterrestre
    Novela
    Sexo

«¿Usted es usted?» *El Nuevo Día* (San Juan, Puerto Rico),
    7 de agosto de 2022, p. 55.

Quíntuples. Ediciones del Norte, 1985.

OBRAS DE LUIS RAFAEL SÁNCHEZ

La espera (teatro, Editorial del Instituto de Cultura Puertorriqueña, 1958)

Los ángeles se han fatigado (teatro, Editorial del Instituto de Cultura Puertorriqueña, 1960)

Farsa del amor compradito (teatro, Editorial del Instituto de Cultura Puertorriqueña, 1960)

La hiel nuestra de cada día (teatro, Editorial del Instituto de Cultura Puertorriqueña, 1960)

Sol 13, interior (teatro, Editorial del Instituto de Cultura Puertorriqueña, 1961)

O casi el alma (teatro, Editorial del Instituto de Cultura Puertorriqueña, 1965)

En cuerpo de camisa (cuentos, Editorial Antillana, 1966)

La pasión según Antígona Pérez (teatro, Editorial Cultural, 1970)

La guaracha del Macho Camacho (novela, Ediciones de la Flor, 1976)

Parábola del andarín (teatro, 1979, inédita)

Fabulación de ideología en la cuentística de Emilio S. Belaval (ensayo, Editorial del Instituto de Cultura Puertorriqueña, 1979)

Quíntuples (teatro, Ediciones del Norte, 1985)

La importancia de llamarse Daniel Santos (novela, Ediciones del Norte, 1988)

La guagua aérea (ensayo, Editorial Cultural, 1994)

No llores por nosotros, Puerto Rico (ensayo, Ediciones del Norte, 1997)

Devórame otra vez (ensayo, Ediciones Callejón, 2004)

Indiscreciones de un perro gringo (novela, Alfaguara, 2007)

Abecé indócil (ensayo, Editorial Cultural, 2013)

El corazón frente al mar (ensayo, Publicaciones Gaviota, 2022)